警視庁陰陽寮オニマル

鬼刑事 VS 吸血鬼

田中啓文

角川ホラー文庫
21370

目次

"ONIMARU"

ONMYOJI&DEMON
THE POLICE TEAM

主な登場人物

ベニー芳《よし》垣《がき》

「警視庁陰陽寮」室長。アメリカ帰りのエリート敏腕刑事。
凄腕の陰陽師でもある。

鬼《おに》丸《まる》三《さぶ》郎《ろう》太《た》

「陰陽寮」スタッフの巡査部長。その正体は「鬼」。

小《こ》麦《むぎ》早《さ》希《き》

「陰陽寮」スタッフ。巡査。

諸《もろ》見《み》里《ざと》卓《たく》

警視総監。「陰陽寮」に否定的。

ヒョウリ

謎の少女。

プロローグ

つくば市にあるＪＡＸＡの筑波《つくば》宇宙センターは騒然としていた。無人火星探査車《マーズ・ローバー》「ともしび」から、突然、データが送られてきたのだ。「ともしび」は三年まえ、種子島《たねがしま》宇宙センターから打ち上げられた探査機「あかほし」から火星に向けて投下されたが、軟着陸に失敗し、すぐに通信が途絶えた。ＪＡＸＡは、

「通信が回復する見込みはきわめて低い」

と計画の失敗を認めた。それから三年間、「ともしび」はなんの反応も示さず、ほぼ忘れられていたのだが、今朝早く、なんの前触れもなくデータが届いた。内容は、画像のほかに短い映像も含まれていたが、それを見たスタッフから驚きの声が上がった。

「なんだ、これは……」

最初は火星の赤い大地が映っているだけなのだが、最後になにかが画面を横切る。色は真っ赤で、一瞬しか映らないが、その外観はまるで……生物のように見えた。もっと正確に言うと、形は猿か人間のこどものような「人形《ひとがた》」で、表面は生肉を丸めた団子を無数にくっつけたような凹凸がある。

「生物のはずがない。岩かなにかの破片が風で飛んできて、カメラのまえを通過したのが、たまたまこんな風に見えるだけだろう」

「解像度も悪いし、ほんの一瞬だからな。画像には映っていない」

「でも、マスコミは大騒ぎするだろう。いまだに、アポロの月着陸の映像で旗がはためいているとか言ってるやつらがいるからな」

「発表しないつもりか」

「それは不可能だ。『ともしび』の通信が回復して、こうやってまがりなりにもデータが届いたんだ。これは大きな成果だと胸を張れる」

「失敗の記者会見のときは、さんざん叩《たた》かれたからな。五億円を無駄にした、とか言って……」

「あいつらはなにもわかっていないんだ。宇宙開発というものは……」

「そうだ、最後の部分だけ切って発表すればいい」

「欺瞞《ぎまん》だ。ありのままを公表すべきだ。もちろん、映像を徹底的に解析して、この物体がなんであるかをつきとめたうえで、だが」

「せっかくの重要な科学的成果が、センセーショナルな話題に埋没してしまうのはいやだ」

「もし、これが本当に生物だったとしたら、それこそすごい成果だが……」

「おまえ、真面目に言ってるのか」

「ははは、まさか……。H・G・ウェルズ以来、火星人はタコの姿をしてるって決まってる」

「冗談を言ってる場合じゃないぞ。対応を考えないと」

「後続データが届けば、なにかわかるかもしれんな」

しかし、「ともしび」から新たなデータが届くことは永久になかった。火星探査車はふたたび長い沈黙に入ったのである。

☆天狗隠し

篠塚幹夫《しのづかみきお》は、雷炎山《らいえんざん》の麓《ふもと》にあるロープウェイ駅の二階にある待合室のドアを開けた。設備が古いせいもあるが、待合室の雰囲気はどことなく陰鬱《いんうつ》だ。壁のひび割れから水が滲《にじ》み出ており、壁がカビだらけだ。山の風景を撮った写真はどれも色褪《いろあ》せ、破れたり、パネルの枠が壊れたりしているし、「外法《げほう》さん祭り」という地元のイベントのポスターは十数年まえのものだ。篠塚は首をコキコキと動かして、時刻表を見上げた。

（時刻どおりに来るんだろうな……）

彼のほかに待合室にいるのは、チェックの登山帽の若い男と、頭の禿《は》げた中年男性、ピンク色のTシャツを着た中年女性、そしてかなりくたびれた感じの初老の男の四人だった。皆、ばらばらの方向を向いてベンチに座り、スマホを見たり、文庫本を読んだりしている。待合室はロープウェイ乗り場に直結していて、そのあいだに簡単な囲いだけの切符売り場があり、歯の抜けた老人が番をしている。切符売り場のすぐ横には神棚があり、鏡や水、榊《さかき》、灯明などとともに、「雷炎山外法谷大天狗護法魔王尊樹雷坊《だいてんぐごほうまおうそんじゅらいぼう》」と書かれた札が置かれていた。

K県中部にある雷炎山地一帯は、高い山々が連なり、深い谷を分厚い森が囲む険しい地形のせいで、踏み込むものは少なかった。地元民のほとんどは林業従事者だが、彼らも村からもっとも近い僧阿岳《そうあだけ》に入山するのみで、その先は彼らにとっても未知の土地である。時折、熱心な釣り人や昆虫採集、高山植物マニアなどが足を伸ばすが、あまりに未整備の道に恐れをなし、途中であきらめて引き返すものも多いようだ。原始時代からその姿を変えていないという山の峻厳《しゅんげん》さは、文明のメスが入ることを拒み続けてきた。

ただし例外は外法谷《げほうだに》で、ここには小規模ながら温泉があり、地元民や観光客が訪れる。周辺にはなにもないから、客たちはただ温泉に入って帰るだけだが、それでも週末には多少の人数が訪れる。舗装された道路はないためバスや車では行けない。唯一の交通手段がこのロープウェイなのだ。駅も、この「登山口」駅と終点である「外法谷」駅のふたつしかない。その間の所要時間は五分である。

「いやあ、珍しいこったなあ」

切符を買おうとした篠塚に、切符売り場の老人が言った。

「もう夕方で、今度のがお山行きの最終便じゃ。昼間温泉に行ったもんが帰ってくる時刻じゃ。今頃から外法谷に行くちゅうことは、皆さん泊りなさるというわけじゃろうが……いやあ、平日のお山行き最終便に五人も乗客がおるとは珍しいのう。たいがいは空なんじゃが……」

篠塚幹夫はにやりと笑って切符を受け取った。篠塚は温泉マニアである。それも、不便さゆえにひとが行けないようないわゆる秘湯に入り、その体験をブログにアップするのが趣味なのだ。送迎バスが出ていたり、温泉街や娯楽施設があったりするような「普通の」温泉は見向きもしない。行きにくければ行きにくいほど燃えるのだ。これまでに訪れた秘湯は百五十ヵ所にのぼる。おかげでその筋ではちょっとした有名人でWEBマガジンから執筆の依頼も来るほどだが、会社ではそういった側面はひた隠しにしている。ときどき有休を使ってこっそり出かけるのだ。篠塚は、仕事と趣味は切り離して考えるタイプだった。企業の人事課長という立場の人間が、温泉ライターのようなことをして小遣いを稼いでいる、と思われるのも業腹だ。

「失礼ですが、『秘湯探検隊』のラドン篠塚さんですよね」

さっきからちらちらこちらを見ていたチェックの登山帽をかぶった若い男に声をかけられた。ラドン篠塚は、ブログなどで使っている彼のペンネームである。

「あ、そうですが……」

ネットでは顔出ししているからときどきこういうことがある。しかし、彼の顔を知っているのはたいがい秘湯マニアだけだから心配はいらない。同好の士というわけだ。

「うわあ、やっぱりそうでしたか。ぼくは佐藤《さとう》といいます。秘湯が好きであちこち行ってるんですが、篠塚さんの記事をいつも参考にさせていただいています。こんなところでお目にかかれるとは……ラッキーでした」

「それはありがとうございます」

「外法谷温泉ははじめてですか？」

「そうなんです。どんなところかわくわくしています」

「ぼくは二度目なんですが、森のなかの、まわりじゅう高い杉の木が生えてるところに、ぽつんと岩風呂《いわぶろ》があるんです。洗い場もない。お湯に浸《つ》かるだけです。施設といっても、小屋みたいな脱衣場だけです」

「そういうのがいいんですよ。大自然と一体になれる。――でも、旅館があるはずでしょう？　私は、そこに泊まるつもりなんですが……」

「はい。温泉から少し離れたところに『外法荘《げほうそう》』という古びた旅館がひとつあります。山の幸を使った料理は美味《うま》いですが、我々のような物好き以外は泊まらずすぐにロープウェイで引き返してしまいますね。なにしろ見物するようなものもないし、樹木に遮られて見晴しも悪いし……ほんとになにもないですから」

「なにもない、というのが現代社会では最高の贅沢なんです」

「情緒豊かですよ。ロープウェイしか交通手段がない、というのもいいですね。このあたりは古代の地層で、ここにしか生えていない植物やここでしか見つかっていない昆虫なんかの宝庫だそうです。たしかゲホウトンボとかいう原始時代の形態を残すトンボは、外法谷で一匹採集されただけらしいですよ」

「ますます楽しみになってきました」

「一応、水着着用が義務付けられているのですが……ああ、こんなことはもちろんご存じですよね」

「はい。水着は持参しました」

「でも、地元のひとたちはそんなこと気にせずに裸で入ってるみたいですけどね」

「外法谷という名前は、なにか謂《いわ》れがあるのでしょうか」

「さあ……どうなんでしょうね。地元のひとにきいてみたらなにかわかるかもしれませんが……」

そのとき、ひとりの男が待合室に入ってきた。長い黒のコートを着、黒い背広に黒いズボン、サングラスをかけ、黒い帽子をかぶっている。まるでブルース・ブラザースかMIBだな、と篠塚は思った。

（逃走中の犯人じゃないだろうな……）

全身黒ずくめで、よほど目立ちたくないのかもしれないが、かえって悪目立ちする。

男はベンチにどっかり腰を下ろすと、

「ちっ、あと三十分もあるのかよ。うぜえな」

皆に聞こえるような大声でそう言うと、すぐに立ち上がり、自販機のまえまで行った。

「なんだ、酒はないのか」

男は顎《あご》をばりばりと指で掻《か》きながら、切符売り場の老人に、

「おい、爺《じい》さん。一番近いコンビニはどこだ」

「コンビニ……？　そんなもん、この村にはねえ」

「じゃあ、このへんで酒を売ってるところを教えてくれ。あと、煙草が残りすくないんだが自販機はないのか」

「そうじゃなあ、酒は国道まで出たら雑貨屋があるが、煙草はこの待合室もロープウェ

イのなかも禁煙じゃで……」

「禁煙だと？　そんなこと知るか。俺は吸いたいときに吸う主義なんだよ」

そう言うと、男はコートのポケットから煙草を出し、これ見よがしにその場で吸い始めた。

「お、お客さん、禁煙と言うたじゃろ」

「さあ、聞こえなかったな」

「その壁に書いてある。この駅舎は木造じゃで、火事になったら一巻の終わりじゃ。頼むからやめとくれ」

男はにやりと笑って、

「ああ、わかったよ」

火のついたままの煙草を木製の床に捨て、足で揉《も》み消した。腰の曲がった老人はあわてて切符売り場のなかから飛び出してくると、床が燃えていないか確認しようとした。

「あははは……そんなに心配かよ。ちゃんと消してやるから安心しな」

男は唾《つば》を煙草に吐きかけ、

「これでどうだ。――じゃあ、酒買ってくるわ。俺が戻るまで出発させるんじゃないぞ」

言い捨てると男は待合室を出ていった。佐藤は顔をしかめ、

「あんなやつと、たとえ五分間でも一緒にロープウェイに乗るなんて憂鬱《ゆううつ》ですね」

篠塚はうなずき、

「だれなんでしょう。まるでヤクザみたいですけど……」

「辺鄙《へんぴ》な温泉に用事があるようには思えませんよね」

腰をかがめて一生懸命床の唾と吸い殻を掃除していた老人が切符売り場に戻ったのを機に、篠塚は話しかけてみた。

「たいへんでしたね」

「わしら田舎もんはああいう手合いに慣れとらんで、どうしてええかわかりませんわ。なにをしにこんなところに来たのやら……」

老人は苦笑いした。

「ほうっておけばいいんですよ。すぐに帰るでしょう」

佐藤が横合いから、

「外法谷という地名の由来はなんですか」

「ああ、ここらにゃあ外法さんがおる、て昔から言われとるから、それで外法谷じゃ」

「外法……？」

「天狗《てんぐ》さまのことじゃ」

「て、天狗？　あの、顔が赤くて、鼻の高い……あれですか」

「さよう。あんたらが行く湧き湯ももともとは『外法さんの癒《いや》し湯』と呼ばれとった。天狗さまが疲れを癒しに入りにくるという話じゃ」

「天狗が疲れますかね？」

「そりゃああんた、一日中空を飛んどるからのう」

老人は真面目な顔つきでそう言った。

「天狗って飛ぶんですか」

「あんた、なにも知りゃせんのじゃなあ。天狗さまは羽団扇《はうちわ》というのを持っておられてな、あれであおぐと飛べるのじゃ」

「はは……そうですか。お湯に入ってるとき、隣に天狗がいたりしたらびっくりするから気を付けないと……」

篠塚がまぜっかえすと、老人はじろりと彼を見て、

「そうじゃ、気を付けることじゃな」

「え？　でも、天狗がいたのはずいぶんと昔のことなんでしょう？」

「天狗さまは今もおられる。土地のものは皆、そう信じとる。天狗さまを信じぬやつは大たわけじゃ。この雷炎山一帯は天狗さまのものゆえ、本来は人間が入山してはならぬ神聖な場所じゃ。我々は天狗さまにお願いして、木を少々切ることと、湧き湯に入らせてもらうことを許してもろうとるのじゃ」

「天狗は人間よりえらいんですか。昔話なんかだと、とんちでやりこめられたりするから間抜けなのかと思ってました」

篠塚が、ブログのいいネタができたと思いながらそう言うと、

「な、なにを言うか、罰当たりめ！　あんたがたは天狗さまの怖さを知らんからそんな気楽なことが言えるのじゃ。外法谷の大天狗樹雷坊さま、子天狗さま、烏《からす》天狗さま、木《こ》の葉《は》天狗さま、鼻高《はなたか》天狗さま……どうぞお許しを……」

老人は神棚に向かって手を擦《こす》り合わせた。そこに、さっきの黒ずくめの男が戻ってきた。途端、空気がひりついた。右手に缶チューハイを持ち、左手にワンカップをたくさん入れたビニール袋を提げているが、道々飲んできたのかすでにかなり酔っている。男はベンチに乱暴に座ると、ピンク色のTシャツを着た女性に、

「あんた、ひとりか。女がひとりでこんなつまらねえ温泉に来るなんて、どういうこった？　失恋か？　そんなことはないわな、その歳でさあ」

「私の趣味は鉱物の採集です。このあたりは古代の地層で、いろいろ面白い鉱物が見つかるんです」

「コウブツ？　俺の好物は美味い酒と、あとは若いぴちぴちした女だね。だから、あんたみたいな中年女はノーサンキューだ」

「鉱物というのは、天然の均質な無機物、石英や長石、黄鉄鉱などのことです」

「なんだ、鉱物って石かよ。そんなもの掘ってなにが面白いんだか……。あんた、相当変わってるよなあ」

女は、ぷいと席を立ち、待合室から出ていった。

「なんだ、愛想のない女だな。男は度胸、女は愛敬《あいきょう》だぜ」

男は、灰色のコートを着た初老の男に、

「あんたはなにしにきたんだ」

「私はその……定年になって暇なので、ときどきこうしてぶらりと旅をしとるんです。このあたりは新緑がきれいだと思いまして……」

「へへへ、暇つぶしか。家族はいないのか」

「私はひとり者です」

「もとからいないのか、それとも離婚したのか」

「そんなことあなたに関係ないでしょう！　初対面のひとにぺらぺらプライバシーをしゃべる必要がありますか！」

サングラスの男は初老の男に顔を近づけ、

「おい、おっさんよ。もうちょっとものの言い方には気をつけたほうがいいぜ。俺だっていつも機嫌がいいとは限らないからな」

「す、すいません……」

初老の男は何度も謝った。

「あっははは……弱っちいやつだ」

男は缶チューハイのロング缶を飲み干すと、床に転がした。切符売り場の老人はびくっとしたがなにも言わなかった。男はワンカップをつぎつぎと空にし、それらを床に捨てたので、待合室のなかは酒臭くなった。

頭の禿《は》げた中年男が熱心に雑誌を読んでいるが、そういうふりをしているだけかもしれない。黒ずくめの男がその中年に言った。

「あんた……地元のひとかい」

中年男はおどおどと顔を上げ、

「そうじゃが……」

「外法谷にはなにをしに行くんだ」

「久しぶりに温泉に入ろうと思うてな」

「ふーん、ここへ来て一緒に飲まないか。おごってやるぜ」

「あいにくわしゃ酒を飲めんもんで……」

「なに？ 俺の酒が飲めないっていうのか」

「申し訳ない。飲むと顔が赤《あこ》うなって、動悸《どうき》がして、わけがわからなくなるんだわ」

「酒っていうのはそういうもんだ。そこがいいんだよ。なあ、まあ一杯飲んでみろよ」

「いや、ほんとにダメなんじゃ。勘弁してくれ」

「ひと口でいいんだ。飲んでくれよ」

「ひと口でも入院することになるんじゃ……」

「つまらない野郎だな。なあ、一杯だけでいいから飲めよ。飲めったら」

そのとき、佐藤が切符売り場の老人に大声できいた。からまれている中年男を助けてやろうとしたのかもしれない。

「天狗なんてぼくには信じられませんね。今でも天狗がいるという証拠はあるんですか？」

「おう、あるとも。あんた、天狗笑いって知っとるかね。山のなかで突然、変な声が聞こえるんじゃ」

「笑い声ですか？」

「笑っとるというのか啼《な》いとるというのか……とにかく鳥でも獣でもねえ声が谷底からときどき響いてくるんじゃ」

「ふーん……そうですか。鳥の声が谷に反響してそう聞こえるだけかもしれませんよ。それだけで証拠と言われても……」

「天狗倒しというのもある。だれも木を切ったわけでもないのに、森の木が何本も折れて、倒れていることがある。あんなことのできる動物はおらん。熊でもあそこまでの力はなかろうて」

「雷炎山だけに、落雷で折れたんじゃないですか？　高い杉に雷が落ちることはよくあります」

「林業用の山小屋があるのじゃが、それが深夜にぐらぐら揺れるそうじゃ。雷にはできんじゃろ」

「谷を吹き抜ける突風が小屋を揺らすのかもしれません」

「あんた、なんでも理屈をつけるのぅ。天狗礫《てんぐつぶて》というて、山道を歩いておると、石が降ってくることもあるらしい」

「それも、突風のせいでしょう」

「あんたら都会のもんはすぐにそうやってなんでもかんでも否定するが、深い山のなかにおると不思議なことに出くわすもんじゃ」

「山の怪異というやつですね。わからなくもないですが……」

「おお、そうじゃ、思い出した。天狗隠しというのもある。この村ではときどき、こどもがいなくなることがあるのじゃ。どれだけ捜しても履物や服の切れ端すら見つからぬ。親は、天狗さまにさらわれたのじゃ、とあきらめてしまう。これだけ証拠がそろったら、天狗さまが今もおられるとわしら村のものが信じておってもおかしくはなかろう」

「ときどきこどもがいなくなるって、あなたの知っているかぎり何人がその天狗隠しにあったんですか」

「う……それはじゃな……三人だったかのう。こどもだけではないぞ。おとなもさらわれたことがある。山小屋でふたりの樵《きこり》が寝ていたらしい。夜中に急に小屋が揺れてな、例の天狗さまの仕業じゃと布団を頭からかぶってじっとしていたのじゃが、気がついたらそのうちのひとりがいなくなっていたそうじゃ」

「それでも全部で四人ですね。何年のあいだに四人ですか？」

「それは……うーむ、ざっと六十年かな」

「六十年で四人がいなくなるというのは『ときどき』に当てはまりますか？　これだけ

の深い山だから、迷ってしまうひとも多いでしょう。四人なら少ないほうですよ」

佐藤は篠塚に向き直り、

「山の怪談なんてこんなものです。よく調べると、ちょっとしたことを大袈裟《おおげさ》に言い立てているだけだったりする。昔から、目を離したすきに鷲《わし》が赤ん坊をさらう、というのはけっこうあったそうですからね」

「でも、鷲はおとなはさらわないでしょう」

「都会には都市伝説がありますが、山にも山の伝説があります。都市伝説というのはたいがい根も葉もないデマですが、だとしたら山の伝説もデマじゃないんですかね」

「はあ……」

篠塚にはどうでもいいことだった。彼は、秘湯に入りたいだけなのだ。

「おい、おまえら、天狗ってなんのことだ」

案の定、黒ずくめの男が割り込んできた。

「この谷には天狗が棲《す》んでいるらしいんです。あなたは天狗を信じますか」

佐藤が答えると、男は大笑いして、

「あっははは……そんなものいるわけがない。くだらん迷信だ」

「でも、土地のひとはみんな信じているみたいですよ。そこの神棚も天狗が祀《まつ》ってあるらしいです。あなたも拝んでみたらどうです？　ご利益があるかもしれません」

男は舌打ちをして、

「迷信は全部くだらないが、そのなかでもとくに天狗なんてのはくだらんな。もし、本当に天狗がいるなら俺がつかまえて、羽根をむしって、焼き鳥にして食ってやる」

「焼き鳥ですか。バラバラにして串《くし》に刺すのはたいへんそうですね」

「じゃあ、唐揚げにするか。油で揚げりゃあどんな妖怪《ようかい》もお陀仏《だぶつ》するだろうぜ」

老人は蒼白《そうはく》になり、

「あ、あ、あんた……なんちゅう怖ろしいこと……」

神棚のまえにひざまずくと数珠《じゅず》を揉《も》みながら、

「天狗さま、天狗さま、どうかお許しを……」

サングラスの男はにやにや笑いながら老人の後ろから神棚に近づき、貼ってあった「雷炎山外法谷大天狗護法魔王尊樹雷坊」という札にワンカップの酒をぶっかけた。驚いて尻餅《しりもち》をついた老人をあざ笑うと、神棚を蹴《け》った。割れはしなかったが、鏡や榊《さかき》がひっくり返った。

「へへ……天狗が本当にいるなら、俺にはバチが当たるはずだろ？　なんともないってことは……天狗なんていないのさ。――酒がなくなっちまった。まだ時間があるから買ってこよう」

そう言うと男はまた待合室を出ていった。足取りがふらふらしていた。老人は札にかかった酒をタオルで必死に拭《ふ》き清めはじめた。

「なにごともなきゃええが……」

しばらくするとようやくゴンドラの出発時刻になった。

「大変長らくお待たせいたしました。『外法谷』行き、本日の最終となります。このあとの便はございませんのでご注意ください。お乗り遅れのないようにお願いいたします。なお、この便は『外法谷』到着後、すぐに折り返し当駅への最終便となります」

駅員が張りのない声で言うのを合図に、客たちが乗り込んだ。篠塚も彼らに続いた。ゴンドラは三十人乗りで、座席はない。例の黒ずくめの男も後部奥に陣取り、窓のほうを向いて立っている。いつのまにか大きなマスクをしているが、二度ほどくしゃみをしたので、もしかすると花粉症なのかもしれない。なにしろこれから向かう場所は杉林の真っただ中だ。ゴンドラ内で煙草を吸いだすんじゃないか、と篠塚は心配していたが、マスクをした、ということはその懸念はないようだ。篠塚も、男とは反対側の、ゴンドラのいちばん前で窓から外を眺めた。大きな窓は固定だが、端にある小さな三角窓は開くことができ、そこから吹き込む風によって、篠塚は山の匂いをふんだんに味わうことができた。

「見てください、すごい景色でしょう！」

佐藤が叫んだ。たしかに絶景だ。眼下に広がる樹海は、文字通り緑の海である。篠塚の目はまるで吸い込まれるように釘《くぎ》づけになった。灰色のコートを着た初老の男が後ろからおびえたような声を篠塚にかけた。

「私、高いところは苦手でねえ、東京タワーなんかも上れないぐらいなんです」

「現在、高さ一六〇〇メートルでございます。これは東京タワーを五個重ねたものに匹敵し……」

録音されたアナウンスがスピーカーから聞こえてきた。テープが古くて伸びているらしく、間の抜けた声で、しかも雑音がひどい。

「どうぞ、五分間の空の旅をお楽しみください」

「五分もあるのか」

そう言って顔をしかめる初老の男を見て、篠塚は笑いそうになった。

高い杉の尖《とが》った先端がずらりと並び、幾何学的なデザインのように見える。まるで、針の山だ。

「もし、今、ロープが切れたら、ゴンドラが落っこちてあの杉に突き刺さるでしょうね。うー、怖いなあ」

佐藤が縁起でもないことを口にした。しかし、篠塚も思いは同じだった。高所恐怖症ではない彼だが、ここから落ちたら一巻の終わりだろう。杉に刺さるどころか、木っ端みじんになって跡形も残らないかもしれない。篠塚がそんなことを思っていると、頭の禿《は》げた中年男が言った。

「このあたりの杉は外法杉といって、品質がいいんじゃ」

「へえ、ブランドですね」

「そう。だから、高く売れるのさ」

佐藤がはしゃいだ声で、

「お、あそこを見てください。猿がいますよ！」

佐藤が指差した崖《がけ》には、針葉樹林には珍しいニホンザルの一群がいた。佐藤は大はしゃぎしながらスマホで写真を撮りまくっている。篠塚もブログ用に何枚かデジカメで撮影をした。夕陽が猿たちを赤く染めており、まさにシャッターチャンスなのだ。ついでと言ってはなんだが、手を伸ばして自撮りをした。ときどき、ちらっと最後部にいる黒ずくめの男のほうを見るのだが、案外おとなしく、こちらに背を向けてじっと外を見ているようだ。

（なにかしでかすんじゃないかと思っていたけど、拍子抜けだな……）

たぶん酒を飲み過ぎて、眠いのだろう、と篠塚は思った。時折、場所を変えて、右や左の窓をのぞいている。男も、この「空の旅」を楽しんでいるようだ。ほかには、ピンクのTシャツを着た中年女性、灰色のコートを着た初老の男、そして、頭の禿《は》げた中年男が乗っている。

（おや……？）

女性が立っていた三角形の窓のあたりで、なにかがきらりと光ったような気がした。しかし、女性が動じていないので、

（気のせいか……）

篠塚はそう思った。

「まもなく終点の『外法谷』駅でございます。降りるご準備をお願いいたします。長らくのご乗車お疲れさまでした。どうぞお気をつけて降車くださいませ」

前方に終着駅が近づいてきた。篠塚はデジカメをポケットにしまい、旅行用のキャリーバッグの取っ手を伸ばした。そのとき、なにか黒いものが谷底からゴンドラに向かって一直線に飛んでくるのが見えた。黒い物体はみるみる大きくなっていく。鳥だ。カラスのようにも猛禽類《もうきんるい》のようにも思えた。凄《すさ》まじいスピードだ。

「危ないっ！」

篠塚がそう叫んだつぎの瞬間、黒い鳥は大窓に激突した。ガラスが砕け散り、突風が吹き込んできた。ゴンドラが振り子のように大きく揺れた。悲鳴がゴンドラ内に満ちた。篠塚は立っていられなくて目のまえにあった金属製のバーにつかまろうとしたが、つかみそこね、そのままバーに額から突っ込んでしまった。ぐがっ、という衝撃とともに篠塚の意識は遠のいていった。

そして……。

雲を突くような背丈の天狗《てんぐ》が篠塚のまえに立っていた。顔も腕も真っ赤だ。高い鼻は隆々と反りかえり、目はぎょろりとして篠塚をにらみすえている。頭には兜巾《ときん》というかぶりものをいただき、鈴懸《すずかけ》に結袈裟《ゆいげさ》を着て、一本歯の下駄《げた》をはいている。腋《わき》の下には羽根が生え、羽団扇《はうちわ》を持つ指は節くれだって、長い爪が生えている。

「わが棲《す》む山は神域である。人間の分際でなにゆえわが領分を踏み荒らすぞ。返答次第によっては生かして返すわけにはいかぬ」

篠塚は震え声で、

「温泉に入りたかっただけです。踏み荒らすなんてとんでもない……」

「わが護符に酒をかけたのも貴様であろう」

「ち、ち、ちがいます！　あれはべつのひとです。黒いコートを着たサングラスの男で……」

「そのようなものはおらぬ。嘘を申したな。口を引き裂き、舌を抜いてやる」

天狗の両手が篠塚の口に向かって伸ばされた。

「お、お助けください、お願いです！」

篠塚は必死に首を左右に振った。

「ラドンさん！　ラドンさん！」

え……？

篠塚はうっすらと目を開けた。そこにあったのは、佐藤という秘湯好きの若者の顔だった。

「ゆ、夢……？」

そこはまだ、ゴンドラのなかだった。篠塚は床に寝かされていた。

「ああ、よかった。気がつきましたね」

「私はいったい……」

上体を起こそうとすると、額に痛みがあった。

「鳥が衝突して、ゴンドラが停まってるんです。ラドンさんは、そのとき頭を金属バーにぶつけて気絶したんです。脈も呼吸も正常なので、大丈夫だろうとは思っていたのですが……」

「そうでしたか……」

篠塚はそろそろと立ち上がった。額は痛んで小さなこぶができているが、血も出ていないようだし、意識もしっかりしている。脳震盪《のうしんとう》を起こしたのだろう、と篠塚は思った。

「どれぐらいのあいだ失神していましたか？」

「たぶん……十分ぐらいです」

「そんなに……。じゃあこのゴンドラも十分もこんな状態のまま、ということですか？」

「そういうことです。無線で『登山口』駅の係員と連絡がついていて、鳥がぶつかった衝撃で自動停止装置が働いたらしいんですが、それを解除しようとしても機械の調子が悪くてうまくいかないそうなんです。でも、もうじき復旧できる、と聞いています」

「そうですか。私のほかに怪我されたかたはいらっしゃいますか」

「皆さん、脚や胸を打ったりしましたが、たいしたことはありません」

「それはよかった……。もし、鳥がぶつかったときにロープが切れていたら……たいへんなことになっているわけですからね」

そこまで言って、篠塚はあることに気づいてあたりを見回した。

「どうかしましたか」

「いや……あのひとはどこです？」

「あのひと、というと……？」

「黒コートのひとですよ。こんなことがあったらさぞかし文句を言ってるのでは、と思ったのですが、案外おとなしいですね」

「それが……ですね……」

佐藤は妙な笑い方をした。

「どうかしましたか？」

「それがその……あのひとが見当たらないのです」

「はあ？　そんなはずはないでしょう。鳥がぶつかるまえはたしかに最後部におられましたよ」

「ですよね。そうですよね。でも……」

佐藤はみずからゴンドラのなかを見やったあと、

「いないのです」

「そんな馬鹿な！　ロープウェイのゴンドラからいなくなるなんて不可能だ！」

篠塚が大声をあげた。

「でも、本当なのです。正直、ゴンドラが停まったときは、みんな自分のことで精いっぱいで、あのひとのことは念頭にありませんでした。でも、時間が経つにつれ、気づいたのです。ひとり足りない、ということに」

「ありえない。鳥がぶつかった衝撃でゴンドラの扉が開いて、そこから放り出されたのじゃないですか？」

「我々も最初はそう思いましたが、扉は閉まっており、外から鍵《かぎ》がかけられておりました。それに、扉が開いて、また閉まった……という場面を見たものはだれもいません」

「でも、そうとしか考えられないでしょう」

「それがその……『登山口』駅の駅員さんから連絡がありました。つい、今しがたのことです。黒いコートを着た男の死体が、『登山口』駅で見つかったそうです。ナイフが背中に突き刺さっていたとか……」

篠塚は呆然《ぼうぜん》とした。さっきまで見ていた夢で大天狗が言った「そのようなものはおらぬ」という言葉、そして、切符売り場の老人が口にした「天狗隠し」という言葉が思い出された。

「じゃあ、あの男はこのゴンドラに乗り込んだあと、途中で『登山口』駅に引き返して、そこで殺された、ということですか？　空中にいるのに抜け出せるわけがない。めちゃくちゃだ」

「ロープをつたったのかもしれませんよ、消防士みたいに……」

「なんのためにそんなことを？」

「さあ……そこまでは……」

篠塚がそう言ったとき、スピーカーから雑音混じりの声が聞こえてきた。

「ようやく設備が復旧しました。今からゴンドラの運行を再開いたします」

がくん、とゴンドラが揺れて、ゆるゆると動きはじめた。

☆

「徳川家康《とくがわいえやす》？　Oh……きみはなにを言ってるんだ」

大阪出張から警視庁本庁舎十三階にある「陰陽寮《おんみょうりょう》」の部屋に戻ってきたばかりのベニー芳垣《よしがき》は、小麦早希《こむぎさき》からの報告を聞いて苛立《いらだ》ちを隠さなかった。小麦は最近管内で多発している失踪《しっそう》事件の解決のために、地下工事の現場主任をしていた西田《にしだ》という高校の先輩に頼んで、失踪した彼の部下の足取りを追ったのだ。そこでふたりは、その部下が犬や猫の血を吸っていたと思われる現場を目撃した。動転した早希はひとりでその場を逃げ出した。西田のことなど考えている余裕はなかったのだ。

「でも、本当なんです。西田先輩から電話があって、血の友になった、とか、犬の血や猫の血はまずくて人間の血がいちばんだ、いい地酒みたいに濃くて、深みがあって、喉《のど》越しもよくて、いくらでも飲める、とか……」

出張の疲れが色濃く顔に出ているベニーは、百八十センチを超える長身を椅子に沈めて長い脚を組んだ。総髪を手ではらりと掻《か》き上げ、ため息をつく。

「万博工事がらみの連続失踪を調べていくと、吸血事件にたどりついた……というのはわかった」

「吸血鬼なんていないとおっしゃるかもしれませんが、失血死した犬や猫が増えていることはたしかです」

小麦早希が言うと、

「私は吸血ということは否定していないよ。蚊やアブ、ノミ、シラミ、ヒル、チスイコウモリ、日本住血吸虫……血を吸う生物はいくらでもいる。人間でも吸血衝動を抑えられない神経症があるというのも知っている。それに、刑事部は隠しているが、地下工事関係者が出血多量で死亡し、そのあとに死体が、まるでみずからの意思で動いたように行方不明になる、という情報が多数寄せられていることも知っている。しかし……Why? そこにどうして徳川家康が出てくるんだ」

「私にもわかりません！ 聞いたとおりをお話ししています。大御所《おおごしょ》公に会った、と西田先輩が言ったので、大御所公ってだれですかとたずねたら、徳川家康に決まってる、東京は滅びる、と言って電話は切れました」

ベニーはこめかみを指でぐりぐりと揉《も》み、肩を叩《たた》いた。額に脂汗をにじませ、疲労困《こん》憊《ぱい》している様子は、出張のせいだけだとは思えなかった。立ったままその会話を聞いていた鬼丸《おにまる》は、

「室長は疲れてるみたいですね。俺はなんともありませんけど。——歳ですかね」

わざと冗談めかして言うと、

「きみとちがってデリケートにできてるものでね。大阪での祓《はら》いはけっこうきつかったよ。きみはそうめんを食べていただけだろう。帰りの新幹線でも、神戸牛《こうべぎゅう》弁当と551の豚《ぶた》まん六つ、それにタコ焼きも食べていたね。食欲旺盛《おうせい》でうらやましいよ」

「食欲だけは自慢できます。室長が半分残した明石《あかし》のタコ飯もいただきました。あれは美味《うま》かったです」

「鬼丸くん、きみには皮肉は通じないようだな。――小麦くんにはひとりで行動させてすまなかった。これからは三人で失踪事件の調査に当たろう。万博地下工事関係者で、居所がわからなくなったもののリストはその後どうなっているかね」

小麦早希が、

「追加情報を順次補足しています。ただ、警視庁内でこの事件に関するデータを秘匿しようという動きがあるので、情報収集は困難です。ネットに書かれていることも、どこまでが真実でどこからがそれに乗っかったデマなのかはわかりません」

「しかたない。ある程度わかったらそこから糸をたぐっていこう」

鬼丸が、

「ちょっと気になっていることがあるんですがね」

「言ってみろ」

「俺たちの追っているのが吸血鬼だとすると……吸血鬼に嚙《か》まれたやつは吸血鬼になる

んですよね。最初は工事関係者からはじまったのかもしれませんが、二次被害者、三次被害者とどんどん広がっていくとしたら、対象を工事関係者に限定するのはいかがなもんでしょう。現に、小麦の先輩も被害にあっているようですし……」

「私は、吸血鬼とは言っていない。失血死する事件が相次いでいる、と言っているだけだ」

鬼丸は、

「そして、死んだはずの人物がいつのまにか生き返って姿を消す。そいつに襲われたものも同じような状態になる。——吸血鬼そのものじゃないですか。小麦の先輩が『東京は滅びる』と言ったのもうなずけます」

「鬼丸くん、きみは吸血鬼などというモンスターが存在すると思っているのかね」

「艮《うしとら》の金神《こんじん》は存在していました。吸血鬼がいてもおかしくはないでしょう」

「艮の金神は、祟《たた》りをなす一種の神霊だ。大阪の文楽劇場にあった古代の人形にもまちがいなく邪霊が憑《つ》いていた。神霊や邪霊を否定してしまっては陰陽道《おんみょうどう》は成り立たない。しかし、それらは目に見えない、形のないものだ。霊というのは死霊、生霊を問わず、一種の『気』なのだ。ひとの心がいびつに固まってできるときもあるし、昔からある大地のエネルギーがそういう体《てい》を成すこともある。陰陽師はその成因を見極めて、祓《はら》うのが務めだ。なかでも『鬼』と呼ばれる『気』がもっとも厄介だ。ひとに害をなし、正しい流れを歪《ゆが》め、禍事を起こす」

「へえー、鬼は『気』ですかね。まあ、音《おん》も『キ』で共通ですが……」

「そのとおり。鬼は目に見えない。——きみはまさか、鬼というのは虎の皮のふんどしをして、頭に角が生え、金棒を握っている、と思っていたんじゃないだろうね」

「いやあ、そう思ってましたよ」

と言っても、ふんどしは着用したことはないし、金棒も持ったことはないのだが……。

「私が言いたいのは、この事件に関わっているのは黒いマントを着て長い牙《きば》を生やした怪物ではなく、たとえば人間に憑いて吸血行為に及ばせる『なにか』だから、そこを見誤るな、ということだ」

「その『なにか』というのはなんですかね」

「私にもわからんよ。だが、少なくともコウモリやネズミに変身し、日の光や聖水や十字架を恐れるアンチキリスト的なものを思い描くのはやめるべきだ。今回の事件、おそらく犯人は吸血鬼ではなく、人為的なものだと思う。ドラキュラだのノスフェラトゥだのカーミラだのゾンビだのといった先入観を捨てなければならない」

　鬼丸にも、ドラキュラのような西洋のモンスターのことはさっぱりわからなかった。しかし、日本にも磯女《いそおんな》や野衾《のぶすま》のように人間の血を吸う物《も》っ怪《け》がいることはなんとなく耳にしていた。

「でも、どうして警視庁はこの事件を表沙汰《おもてざた》にしないようやっきになっているのでしょうか」

小麦早希が言うと、ベニーはかぶりを振り、

「I don't know. 万博の開催に支障があると思っているのかもしれない……」

「明智小五郎《あけちこごろう》が設置した旧陰陽寮が東京オリンピック直前に解体されたのも、同じ理由でしょうか」

「だから、わからんと言っているだろう」

「徳川家康がそこにどう絡んでくるんでしょう」

「わからない。――徳川家康というのはたしか静岡県の久能山《くのうざん》に埋葬されたのではなかったかね」

「さあ……」

そう言われてみると、家康の墓がどこにあるのか鬼丸にはわからなかった。小麦早希がパソコンで検索して、

「はい、そのとおりです。室長、さすがによくご存じですね」

「いや……実を言うと、少しまえに、仕事で静岡に出張することがあってね、そのとき久能山東照宮《とうしょうぐう》にも行ってみたんだ。陰陽寮の開設が決まる少しまえだったな。東京で事件を起こした容疑者がそのあたりに潜伏しているというので赴いたんだが、結局はガセだった。骨折り損でね、私は久能山の千段もある石段を歩いて登ったせいで、頂上で気分が悪くなったよ」

早希はパソコン画面を見ながら、

「でも、現在は遺体がそこにあるかどうかわかりません。家康は、本人の遺言によって最初、駿河国《するがのくに》久能山に埋葬されましたが、そのあと南光坊天海《なんこうぼうてんかい》が日光《にっこう》に改葬した、という説が有力のようです」

「ほう……どうしてそんなことをしたのかね」

早希はなおも検索を続け、

「──わかりません。最初は、遺体を久能山に埋葬して、日光には家康を祀《まつ》った神社を作る予定だったみたいです。家康の神格化に関して、金地院崇伝《こんちいんすうでん》は吉田神道《よしだしんとう》という古来の様式で行うつもりだったようですが、天海が強引に、山王一実神道《さんのういちじつしんとう》という宗派での神格化を推し進めた……ということはわかりましたが、なぜ遺体を日光に移動させたかは書かれていませんでした」

「ふーむ……天海僧正《そうじょう》というのは、明智光秀《あけちみつひで》と同一人物だという説がある僧侶《そうりょ》だったな」

それまでベニーと早希の会話を黙って聞いてきた鬼丸は、「天海僧正」という言葉に引っ掛かりを覚えた。たしか……昔、長老がそんな名前を口にしていたような……。

「はい。根拠は薄弱ですが、天海が百七歳まで生きたことはたしかのようです」

「徳川家康は江戸《えど》に幕府を築こうとしたとき、風水の力……つまり陰陽道の力を借りようとした。江戸城から見て北東にある上野《うえの》に寛永寺《かんえいじ》を建て、南西には日枝《ひえ》神社を建てて、鬼門と裏鬼門を封じたんだ」

そのことは、彼らが艮の金神と戦ったときに身に染みてわかっていた。寛永寺が航空機の墜落によって炎上し、移転したため、風水の効果がなくなったのだ。

「つまりは、天海は陰陽道についてかなりの知識があるということになる。僧侶なのに、山王一実神道とやらにも、そして陰陽道にも詳しいのだな……」

眉根《まゆね》を寄せて考え込むベニーに鬼丸は、

「なにか気になることでも？」

「いや……そういうわけじゃないんだが、明智光秀と明智小五郎……妙な暗合だな」

そこまで言ったとき、ベニーの顔が妙に苦しげであることに鬼丸は気づいた。

「室長、どうかしましたか？」

「うん？　なんのことだ」

「いつもより息が荒いです。それに顔色も変だ。熱があるんじゃないですか？」

ベニーはひきつった笑みを浮かべると、

「バレたか。じつはずっと頭痛がひどくてね。それと、胃もきりきり痛むんだ」

「いつからです？　まさか、帰りの新幹線からですか」

「そのまさかだ。我慢していたんだが、けっこうきつくなってきた……」

鬼丸は、新幹線で隣同士に座っていながらまるで気づかなかった自分を恥じた。

「冗談じゃない！　とっとと医者に行ってください。しばらく休養を取るべきです」

「大丈夫だ。さっき頭痛薬と胃薬を飲んだから……」

そう言ったあと、ベニーは激しく咳《せ》き込んだ。咳《せき》はどんどんひどくなっていき、ついには身体を折り、右手で口を押さえるほどになった。指のあいだから涎《よだれ》が垂れている。ようやく咳が治まったとき、ベニーの顔は土気色になっていた。

「室長……お願いですからすぐ病院に……」

「わかった。たいしたことはないと思うが、診てもらってくるよ」

「休暇も申請してください」

「いや……それは……」

そのとき、電話が鳴った。小麦早希が受話器を取った。相手は刑事部長の露山一斉《つゆやまかずなり》からだった。早希から電話を渡されたベニーはしばらく話していたが、その顔が次第に曇っていくのが鬼丸にもわかった。

「わかりました。今からうかがいます」

そう言うと、ベニーは電話を叩《たた》きつけるように切った。そして、

「部長のところに行ってくる」

「なにがあったんです？」

「よくわからない。天狗《てんぐ》がどうとか言っていたな。少なくとも吸血事件の捜査は延期せざるをえないようだ」

「病院はどうするんです」

「それも延期だ」

「ダメです。病院だけは必ず……」

ベニーは応《こた》えず、ハンカチで口をぬぐうと部屋を出ていった。鬼丸は閉まったドアをしばらく見つめていたが、小麦早希の視線に気づき、

「あ……いや、室長のこと心配だよな」

「そうですね」

その言い方がやや冷たく感じられたので、鬼丸はあわてて、

「きみも、俺たちがいないときにたいへんだったな。もちろん心配していたぜ」

「ありがとうございます。でも……」

「でも？」

「また、私を置いておふたりだけで出張なんでしょうか」

「しかたないだろ。陰陽寮は三人しかいないんだから」

「しかたない……そうですよね、しかたないですよね」

小麦早希はなにか言いたそうだったが、下を向いて押し黙った。

☆

廊下を歩いているうちに頭痛は軽くなってきた。ベニーは部長室のまえで軽く深呼吸して心臓の鼓動を整え、ノックをした。

「よう、来たな」

サングラスに坊主頭というかつい風貌《ふうぼう》の露山刑事部長は、両手の指を組み合わせながら言った。

「今日はいつものあの着物じゃないのか。背広もよく似合ってるぞ」

「狩衣《かりぎぬ》のことですか？　大阪出張から今帰着したところなのです。報告書はまだ提出しておりませんが、事件は解決しました」

「そりゃあよかった。今回の件もその調子でパパッと片づけてくれ」

「お電話では天狗が事件を引き起こしたとかおっしゃっておられましたが、天狗というのはあの鼻の長い妖怪《ようかい》のことですか」

「天狗が事件を引き起こしたとは言っていない。K県に天狗が棲《す》むと言われている山があり、そこのロープウェイで殺人事件が起きた。昨日の夕方だ」

「K県の事件なら、K県警が動けばいいじゃないですか」

「もちろん県警は動いているよ。ところが事件の状況が奇奇怪怪なもんでな、地元のマスコミが『天狗現る』とか『天狗が殺人を？』とかさかんに書き立てていて、ちょっとした騒動になってるらしい。県警の刑事部も調べあぐねていて、警察が天狗に敗北……みたいな雰囲気だそうだ。一刻も早く解決したい、ということで妖怪退治の専門家に出動を要請してきた。協力してやってくれ」

「お言葉ですが、私は、いや、われわれ陰陽寮は妖怪退治の専門家などではありません。天狗などこの世にいるとはとうてい思えません」

「かもしれないが、ほかに適任のセクションはない。行ってくれ」

「我々は警視庁に所属しています。東京の事件を担当させていただきたいのです。たとえば地下工事での失踪《しっそう》事件などを……」

「そんな案件は知らん」

露山は不快げに言った。

「ひとがひとり死んでいるんだ。陰陽寮は現在、日本にひとつしかない。警視庁とか県警の枠を超えて協力するのが当然じゃないのかね」

「私は、地下工事の事件を調べたいと願っているのです」

「東京の地下工事に関して、陰陽寮が出張るような事態は起こっていない。自分たちの得意分野での事件解決に注力しろ。わかったな」

「我々の調べでは、工事関係者の失踪が相次いでいるようです。最初、失血死が確認されているのに、その死体が動きだし、姿をくらましてしまう。まるでゾンビです。しかも、現在ではその範囲は工事関係者にとどまらず、関係者の関係者にまで広がっているようです」

「人間が一旦《いったん》死んでからふたたび生き返ることはありえない。つまり、死亡診断が間違っていた、ということだ。それだけだろう」

「いや、しかし……」

「それに、私の得ている情報によると、失踪といってもべつの場所で生活している場合が多いようだ。つまり、被害者が存在しない以上、事件性はない。本人の意志による家出と考えられる。民事であり、警察が介入するような状況ではない」

「ほう……そういう事例が頻繁にある、という事実は認める、ということですね」

露山は、しまった……という顔をしたが、

「事件ではないのだから、いちいち取り上げる必要はない。陰陽寮が出しゃばることもない」

「K県の事件に首を突っ込むほうが、よほど出しゃばっているように思われませんか」

「殺されたのは、東京都在住の闇金融業の男だ。暴力団ともつながっている。だから、警視庁からひとが行くのはおかしくはない」

「だったらマル暴か捜査一課が行くべきでしょう」

「うるさいな。陰陽寮に、それもベニー室長に来てもらいたい、というのは向こうの希望なんだよ。それにな、人間望まれているうちが花だぞ。半年で十件、事件解決に協力しないと解体するという、諸見里《もろみざと》総監との約束を忘れたわけではあるまいな」

痛いところを突かれた、とベニーは思った。

「もちろんです。——でも、すでに二件の事件を解決に導きました」

「あと八件ということだな。せいぜいがんばりなよ」

「わかりました。K県に参ります。どういう事件ですか」

「K県警は、『天狗隠し』だとか言ってたな」

「天狗隠し……？」

露山はデスクにあった書類をベニーに突きつけ、

「だいたいこれに書いてある。移動中に読め。すぐに出かけろ。あとは向こうで、K県警M警察署の田村《たむら》という捜査一課の係長にきけ」

「わかりました……」

そう応えるしかなかった。ベニーは一礼して、刑事部長室をあとにした。

☆

「また出張ですか？　それも、今から……？」

鬼丸は叫んだ。

「室長は大阪から戻ったばかりですし、体調も悪い。せめて医者に診てもらってからにしてください。診断如何《いかん》では俺がひとりで行きます」

「そうはいかんのだ。K県警は、私に来てもらいたいらしい。まあ、陰陽寮といっても陰陽師《おんみようじ》は私ひとりだからな」

「こういうときのために、鬼丸さんが陰陽師の修行をしておくべきなんです」

小麦早希の言葉に、鬼丸は思わず、

「馬鹿言うな！　鬼が陰陽師……あ、いや……そうだな。まあ、考えておくよ」

鬼丸はベニーを盗み見たが、気づかれた様子はなかった。

「吸血事件の捜査はどうなるんです」

早希が言うと、

「警視庁としては、被害者がいないのだから、そんな案件自体存在しないというスタンスらしい」

「そんな……放置しておくとたいへんなことになるのに……」

「かなり意識はしているようだが、揉《も》み消しに必死みたいだな。表沙汰《おもてざた》になると東京万博が開催できなくなる、ということだろう。都知事と諸見里総監の意向が強く働いているようだ」

「くだらない……」

鬼丸は吐き捨てた。

「事件ではない、と言われると、今の私にはどうすることもできない。それに、半年で十件の事件解決に協力するという約束もある。陰陽寮開設は私の悲願だった。今、それを潰《つぶ》すことはできない。K県に行って、捜査に協力するよ」

鬼丸が、

「とにかく今から医者に行きましょう。万事はそれからだ」

警視庁の本庁舎には、警察共済組合警視庁診療所がある。そこには医者と看護師が常駐し、内科、呼吸器科、外科……などの診療を行っている。

「向こうはすぐに来てほしい、と言ってるらしい。それに体調はだいぶましになってきた。医者は、K県から帰ってから行くよ。よほどのことがあったら、あっちで病院に行くから大丈夫だ」

「ダメです。もし、今、医者に行かないなら、俺は出張をボイコットします」

ベニーはため息をつき、

「わかったわかった」

鬼丸はベニーとともに部屋を出ようとしたが、

「鬼丸さんがついていくのはおかしいです。私が付き添いますから、鬼丸さんはここに残ってください」

鬼丸は、うっとなったが、

「そ、それもそうだな……。じゃあ、俺が留守番するよ」

そうは言ったものの、心配である。

「やっぱり俺も……」

ベニーが怒鳴った。

「ふたりともいい加減にしろ！　大のおとなが医者に行くのに、どうして付き添いがいるんだ。それも同じビルのなかだぞ。ひとりで行く！」

鬼丸と小麦早希は顔を見合わせた。

☆

早希の淹《い》れたコーヒーを飲みながら、鬼丸はいらいらとボールペンの尻《しり》でデスクを叩《たた》いていた。

「鬼丸さん……」

「なんだ」

「心配なんですね、室長のことが」

「はあ？　どうしてあんなやつのことを俺が心配しなくちゃならないんだ」

「見てたらわかります。——なにごともなければいいですね」

「そうだな。あ、いや、俺には関係ない」

「そんなにむきにならなくてもいいです。私も室長のことは心配です。それと……」

「それと？」

「鬼丸さんのことも心配です」

「…………」

「失血死・失踪《しっそう》事件を調べていると、怖くなってきます。西田先輩のことも……私が巻き込んだみたいで後悔しています。どうしたらいいのかわからないんです。とにかくただの連続失踪事件とは思えません。東京は今、かなり危険な状況にあるんじゃないでしょうか。少人数でそこに飛び込んでいくのは無理です。警視庁、いや、日本警察全体で当たらなければならない案件なのに……」

「俺のことはどうでもいいんだよ」

「どうでもよくありません！　あと、ヒョウリという子のことが気になります」

それは鬼丸も同感だった。ヒョウリは、近頃、陰陽寮の周辺に出没している若い女だ。ベニーは、陰陽師だろうと言っていたが、たしかに警備の厳しい警視庁本庁社に自由に出入りし、鍵《かぎ》のかかった部屋などもおかまいなしに入り込む。その正体は鬼丸にもわからなかった。彼はどこかで「ヒョウリ」という言葉を聞いたことがあるような気がしていた。

「室長は、この建物のなかに『鬼』がいる、とおっしゃってました。ヒョウリがその『鬼』なんじゃないでしょうか。だって、一階の受付も通らず、セキュリティ万全のこの部屋や資料室に自由に出入りできるなんて、普通の人間ではないと思います」

まえにも一度した議論を早希は蒸し返した。

「室長は、ヒョウリは陰陽師だと言っていたぞ。鬼とは真逆だろう……」

そこまで言ったとき、鬼丸はあることを思い出した。急に黙り込んだ鬼丸に、

「なにか気に障ったならごめんなさい。でも、私、本当に怖くて……」

「いや、そうじゃない……。ヒョウリ……ヒョウリか……」

鬼丸はある記憶を探っていた。たしか……そういう存在が……。

「待たせてすまなかった」

扉が開き、ベニーが入ってきた。

「いかがでしたか」

息せき切って鬼丸がきくと、

「とくになんともないらしい。レントゲンやら心電図やら取られたが、どこも悪くないそうだ。結局、過労だろうということで、ブドウ糖の点滴をしてもらったよ」

「あ……そうですか。それは……よかったです」

「きみの言うとおり医者には行った。K県に行こうか」

「わかりました……」

そう言うしかないではないか。鬼丸は重い腰を上げた。

☆

K県へ向かうJRのなかで、ベニーは鬼丸に書類を渡し、

「目を通しておいてくれ。概略のみの簡単な報告書だが、事件の経緯と、どうして我々が呼ばれたかがわかる」

鬼丸は一読して驚いた。たしかに不可思議な事件である。

事件が起きたのは昨日である。K県中部にある雷炎山。その「登山口」駅と「外法

谷」駅を結ぶロープウェイのゴンドラに、六人の客が乗り込んだ。外法谷には湧き湯があり、地元の人間と少数の物好きがときおり入浴に行くのだ。あと少しで「外法谷」駅に着くというとき、鳥がゴンドラに激突し、その衝撃でロープウェイは緊急停止した。しかし、復旧に時間がかかり、ゴンドラは十分ほど宙ぶらりんの状態を余儀なくされた。同じころ、「登山口」駅の一階で男性が殺されているのが発見された。その男性は、ゴンドラに乗り込んだ乗客のひとりだった……。

「被害者は、磯部美智雄《いそべみちお》、四十八歳。東京都足立区《あだち》在住。ネット上で金を貸しつけるいわゆるインターネット金融業者だ。もちろん無許可で行っている闇金だ。直接盃《さかずき》はもらっていないが、鱈島組《たらしま》とも関係あるらしい。酒好きで、飲むとだれにでもからむ悪癖があり、暴力事件を何度か起こしていて逮捕歴もある」

「金の貸付がらみの怨恨《えんこん》の線が強そうですね」

「私もそう思うが、決めつけるのは早計だ」

資料には、被害者が乗ったはずのゴンドラに乗り合わせていた五人の名が記されていた。

・佐藤正太郎《しょうたろう》（三十一歳）……長野県在住。会社員。秘湯好き。
・松山加奈子《まつやまかなこ》（五十二歳）……静岡県在住。主婦。鉱物好き。
・篠塚幹夫（四十歳）……東京都在住。会社員。「ラドン篠塚」のペンネームで温泉ライターもしている。
・永島剛《つよし》（六十六歳）……千葉県在住。無職。旅行好き。
・中内雄介《ゆうすけ》（五十五歳）……K県在住。林業。

『外法谷』駅には湧き湯と小さな旅館しかない、と聞いています。このひとたちは旅館に泊まるつもりだったのでしょうか」

「だろうな」

「被害者の磯部は、外法谷になんの用事があったのでしょうか」

「今のところわかっていない。温泉好きや旅行好きではないらしい。この山を訪れたのもはじめてのようだ。可能性としては、借金の取り立てだな。借り主と落ち合ってそこで金をもらう手筈《てはず》になっていたのかもしれない。貸したほうも借りたほうも、あまり人目につきたくはないだろうから、人里離れた山のなかの旅館を指定したとも考えられる」

「で、天狗《てんぐ》はどこに登場するんです？」

「もともと天狗の言い伝えがある山だが、地元民のなかには本気で天狗の実在を信じているものもいるらしい。しかも、今でも山のなかに入ると、不気味な吠《ほ》え声のようなものが聞こえてきたり、杉の木が折られていたり、小石が降ってきたりするそうだ」

「天狗の仕業というわけですか。馬鹿馬鹿しいっすね。そんなことのためにわざわざ俺たちが東京から行かなきゃならないなんて……。どうせなにもありませんよ。なにかの聞き間違い、見間違いに決まってます。くだらない。時間の無駄っす」

鬼丸は、天狗などというものが実際にいるとは思っていなかった。そんな「物っ怪《もけ》」はいない。天狗の面をかぶってひとを脅かそうという不届きものがいるにちがいない。深々とした山奥の神秘的な空気感のなかなら、その程度の扮装《ふんそう》でもだまされてしまう登山客がいるのだろう。

「だろうな。でも、ゴンドラに乗ったはずの被害者が消失し、出発駅で殺されていた件についてはどうだ」

「それは……結局乗らなかったのでしょう」

「ゴンドラのなかにその男がいた、ということは複数の乗客によって確認されている。マスコミはこれが『天狗隠し』だと言って騒いでるんだ」

「『天狗隠し』？　なんです、それは」

「『天狗さらい』とも言うそうだ。私もよくは知らんが、こどもが急にいなくなる事件を江戸時代にそう呼んだらしい。いわゆる神隠しだな」

「天狗ならば、運行中のロープウェイのゴンドラから乗客をひとり連れ去ることも可能だというわけですか」

「しかし、そう思いたくなる気持ちもわかる。ほかに合理的説明がつかない」

「室長は、どうお考えですか」

「今はまだなんともいえない。現場を見てからだが……」

「陰陽寮がなにかの助けになれるでしょうか」

「わからん……」

ベニーはかぶりを振った。

「被害者がわざわざ旅館に行こうとしたとすると、加害者は旅館の従業員かもしれないっすね」

「とは限らない。ロープウェイ会社の社員かもしれないし、乗り合わせた客のひとりかもしれない」

「それならわざわざ『外法谷』駅まで行く必要はありませんよね。麓《ふもと》で会えばいい」

「ところが磯部はネット金融専門なので、相手の顔を知らなかったとも考えられるんだ。あまりひとが行かない『外法谷』で相手と待ち合わせをした可能性もある」

ようするにまだなにもわかっていないのだ。

（天狗か……）

鬼丸は、スナック「女郎蜘蛛《じょろうぐも》」に寄って、天狗に関する知識を得ておけばよかった、と後悔した。

☆

小麦早希は、「陰陽寮」のパソコンで徳川家康について調べていた。ネットには膨大な情報があふれているが、たいがいは同じもののコピーばかりで役に立つものは少ない。

(西田先輩が徳川家康に会った、と言ったから調べてるけど……家康が今、生きてるはずないし、先輩の頭がおかしくなっていてめちゃくちゃを言っただけかもしれない。だとしたら、これって時間の無駄よね……)

そう思いつつも、早希は「徳川家康」になんらかの意味があるように思えてならなかった。

徳川家康は、元和《げんな》二年(一六一六年)一月、鷹狩《たかが》りの途中で病を得、四月十七日、駿《すん》府《ぷ》城において逝去した。当初は遺言により駿河国久能山に葬られたが、一年後、南光坊天海僧正の指示により、金の輿《こし》に乗せられて二十日ほどかけて日光に運ばれ、東照宮奥《おく》の院《いん》に改葬された。遺体は久能山に残されており、神としての魂だけを日光に移したのだ、という説もあるが、それなら二十日もかかるはずがない。また、遺体の一部は久能山に残されたという説もあるが、土葬の遺体を分断するというのもおかしな話である。というわけで現在では、家康の遺体は日光にある、というのが通説のようだが、久能山派も分葬派もそれぞれに主張し続けている。

(でも、お墓を掘り返して調べるというわけにはいかないんだろうな)

文化財保護法という法律があるが、陵墓はその対象外である。埋葬施設は学術調査のために発掘することはできないのだ。

(それにしても天海僧正って謎の人物よね。前半生がほとんどわからないけど、上杉謙《うえすぎけん》信《しん》と武田《たけだ》信玄《しんげん》の川中島《かわなかじま》の戦いの場に居合わせた、とかいうけど、ほんとかなあ……）

早希がそんなことを考えながらコーヒーをひと口飲んだとき、

「えーっ、へっぽこ陰陽師《おんみょうじ》も鬼丸もいないのかあ」

「そうなの。ふたりともK県に出張になっちゃって……え？」

早希が振り向くと、そこには黒いキャップを逆さまにかぶった少女……ヒョウリが立っていた。

「あ、あ、あ、あなた、どこから入ってきたの！」

「あのさ、毎回そこから話をはじめるのってダサいよ。どこからどうやって入ったかなんてどうでもいいじゃん」

年下に一本取られた形になり、早希は無言でヒョウリをにらみつけた。

「K県なんかになにをしに行ったの？　今、それどころじゃないはずだけど」

「警察が、一般人に情報を洩《も》らすと思う？」

「どうせたいした事件じゃないだろうからべつにいいよ。お愛想にきいてみただけ。でも、早く片づけて戻ってこないと、たいへんなことになっても知らないよ」

「たいへんなこと？」

「例の事件のことさ」

「例の事件って？」

「吸血鬼の件に決まってるでしょ」

「あ、あなた、どうしてそれを……」

「だーかーらー、そういうことをきくのダサいって。おたがい、もう事件のことは知ってるんだから、そーゆー前提で会話したほうが手っ取り早くね？」

「あなた……どこまで知ってるの？」

「そうねえ……あんたに言ってもわかんないと思うけど、吸血鬼に噛《か》まれたものは吸血鬼になるでしょ。それは、身体に『三尸《さんし》の虫《むし》』を注入されるからなんだけど……」

「え？　三尸の虫っていうのはたしか、ひとの身体のなかにいる三体の虫のことよね」

「いちいち質問されたら話しにくいなあ。黙って聞いてなよ」

小麦早希はムッとして口を閉ざした。

「昔は、三尸は人間の身体のなかにもともといる虫で、庚申《こうしん》の夜に抜け出して、天帝にその人間の罪を報告に行く、と考えられていた。天帝は、人間の罪が重いと『死』を与える、とね。でも、そうじゃない。三尸の虫は、最初に天帝が植え付けるんだ。それによって人間は血を吸うようになり、天帝にその血を分け与える」

「天帝が吸血鬼の親玉なのね。で、その天帝ってなにもの？」

「いちいち質問されたら……」

「あ、ごめんなさい」

「天帝がなにものなのかは私にもわからないんだ」

「…………」

「昔のひとは『三尸の虫』に具体的な姿を与えたけど、ほんとにそういう虫がいるというわけじゃない。ある種のウイルスみたいなものかな。ほら、吸血鬼とかゾンビってじつはそういうウイルスだっていう説があるでしょ？　血を吸われたとき、牙《きば》からウイルスが注入されていて、脳が血を欲するように変化するとかさ」

「聞いたことないわ」

「ホラー映画とか観ないの？」

「観ない……」

「しょうがないなあ。──三尸の虫というのは、目に見えないものなんだ。つまり、『鬼《き》』さ。尸鬼《しき》っていうぐらいだからね」

「それは、まえに調べたから知ってるわ」

「へー、えらいじゃん。あんたにしては上出来だね」

「ほめられた気がしないんだけど」

「鬼って隠れ潜むものなんだ。だから、目のまえに鬼がいても人間は気が付かない」

質問をするな、と言われていたが、早希はどうしても耐えられなくなって、

「ねえ、ヒョウリさん。あなたは、その……『鬼』なの？」

「そう見える？」

ヒョウリはいたずらっぽく笑った。

「見えないけど……」

「ふふふ……だろうね。角も牙もないもんね」

「室長は、あなたのことを陰陽師だって言ってたわ。でも、そうも見えない」

「どうして？」

「狩衣《かりぎぬ》も烏帽子《えぼし》も着けていないから」

「あのさー、わかってないなー。陰陽道っていうのはひとつのテクニックなんだ。だから、だれが使ってもかまわない。坊さんでも神官でも戦国武将でも……もちろん探偵や刑事でも。ただし、扱いはむずかしいから、安易に使うと危険だけどね」

早希は、ヒョウリの全身をねめまわした。

「なんだよー。じろじろ見て、気持ち悪いって」

「あのね、あなたが陰陽師ならわかるかもしれない。うちの室長によると、この警視庁本庁舎ビルに『鬼』がいるそうよ。――あなたはどう思う？」

「今のところ、私にはそんな感じはないけどね。あんたとこの室長も、陰陽師としての腕はたいしたことないみたいだから、勘違いかもしれないよ。まあ、泰山府君《たいざんふくん》でもやれば、もっとちゃんとわかると思うけど……」

「ごめんなさい、話の腰を折ってしまったわね。吸血鬼の話を続けて。――万博の地下工事にたずさわっているひとたちのあいだで起きている失踪《しっそう》騒ぎが、あなたの言うように吸血鬼に関係あるとしたら……あっというまに東京は壊滅してしまうわ」

「でも、吸血鬼はネズミ算式にいくらでも数が増えていくわけじゃないんだ。最初に噛まれたひと、そのつぎに噛まれたひと……だんだん三戸の効果が薄らいでいく。だから、その効果を維持するために、噛まれたものは親玉のところに行って、しっかりと噛み直してもらうみたいなんだ」

「親玉？　親玉って……」

「わかんない？　徳川家康だよ」

ヒョウリはこともなげに言った。

「え？　え？　どうして徳川家康が吸血鬼の親玉なの？」

「それはね……」

ヒョウリは時計を見て、

「ヤバい！　もう出勤時間！　行かなきゃ……」

「出勤って……あなた、働いてるの？」

「都会で暮らすって、なにかとお金かかるんだよ。アパート代も払わないといけないし……」

部屋を出ていこうとするヒョウリに小麦早希は言った。

「待って。徳川家康っていうのは、私たちが知ってるあの徳川家康のこと？」

「それ以外になにがあるの？　もちろんあいつさ」

「家康はどこにいるの？」

「私もそれを知りたいの。でも、ひとりじゃどうにもなんないから、ここのへっぽこ陰陽師と鬼丸の力を借りたいのに、いつ来ても留守だしなあ……」

扉を開けかけたヒョウリに、

「私じゃダメなの？」

ヒョウリは足をとめ、

「いや……そんなことないよ。あんたも貴重な戦力だと思ってる。だからこそ資料室にあった旧陰陽寮の資料を見せてあげたのさ」

「あの資料はどういう意味があるの？」

「旧陰陽寮を作ったのは明智小五郎というひと。知らないのかなあ、明智小五郎って……陰陽師なんだよ」

そう言うと、ヒョウリは陰陽寮の部屋を出た。早希はすぐにあとを追い、廊下の左右を見渡したが、ヒョウリの後ろ姿さえ見出《みいだ》すことはできなかった。

☆

K県に着いたベニーと鬼丸は、在来線に乗り換えた。終点からバスに乗り、ようやく雷炎山に着いたときには夕方になっていた。国道沿いに小さな村があり、コンビニこそないが、雑貨屋も食堂も居酒屋もある。住人の多くは林業従事者で、雷炎連山のもっとも手前に位置する僧阿岳から杉を伐採して運び出すことで生計を立てているようだ。

夕陽が山稜《さんりょう》を血のように赤く染めている。

「あれだな」

ベニーが指差したのは、その麓《ふもと》にある二階建ての建物だった。「雷炎山ロープウェイ・登山口駅」という看板が上がっている。一階は黄色と黒の立ち入り禁止テープが張られており、その外にマスコミ各社が大勢陣取っていた。ふたりが彼らのまえを通ると、

「あなたがたはどなたですか」

「事件に進展がありましたか」

「天狗《てんぐ》は見つかりましたか」

などとマイクを突きつけてくる。いずれも、ニュース番組ではなくワイドショーなどの記者らしい。無視して前進し、警備に当たっていた制服警官に警察手帳を見せて、なかに入った。

一階にはなにもない。がらんとした大きな部屋がひとつと、倉庫らしいものがあるだけだ。大きな部屋のほうは扉が開いていたので鬼丸がのぞいてみると、床はゴミだらけだった。奥のほうに白い紐《ひも》で人間の形の輪郭が描かれている。どうやらここが現場らしい。

二階から、髪を七三に分けた中年の刑事が階段を降りてきた。

「警視庁陰陽寮室長のベニー芳垣と部下の鬼丸三郎太《さぶろうた》です」

ベニーが挨拶《あいさつ》すると、

「おお、よう来てくださいました。自分はK県警M警察署捜査一課の係長で田村というもんです。どうにもこうにもわけのわからん事件で、うちの手には負えません。近頃、警視庁に妖怪《ようかい》退治の専門部署ができたと聞いて、ぜひご協力を賜りたいとうちの刑事部長を通じて申し入れたら、こころよくOKしてくださったそうで、感謝しとります。さっそく捜査に加わっていただきたい」

ベニーは厳しい表情で、

「田村係長、我々陰陽寮は妖怪退治の専門家ではありません。そもそも妖怪などというものがこの世にいるとは考えておりません」

田村にとっては予想外の言葉だったようで、

「う……そうですか。自分の聞いとった話とはちごうとるようです……」

ベニーは、露山刑事部長がそう説明したのだろうと思った。

「一見、ひとにあらざるものが引き起こしたとしか思えない奇怪な事件でも、その裏には人為が働いている場合があります。我々陰陽寮は、従来の科学捜査に、陰陽道《おんみょうどう》の知識と技術によって得られた情報を加えることで、事件を解決したり、犯罪を未然に防いだり……といったことが可能になると考えているのです」

「おお、それならまさに今回の件にどんぴしゃりです。たんに殺人事件の犯人を逮捕するだけならともかく、被害者がロープウェイのゴンドラから消えたいきさつを説明できんことには、マスコミ連中が収まりません。といって、自分にはまるで見当もつきません。なんとかその謎を解明していただきたいのです」

「できるかぎりお手伝いさせていただくつもりです」

「殺人事件ということで一応、M警察に捜査本部ができとりますが、ここからかなり遠いので、直接こちらへ来ていただきました。県警の鑑識や刑事も、昨日からの調べをひととおり終えましたもんで、本部に引き上げたところです。あとのものは国道で検問をやっとります。この駅に残っとるのは私とあと地元の派出所勤務の警官たちですが、地元と言っても派出所はここからはだいぶあります」

「こちらが現場《げんじょう》ですか」

ベニーが大きな部屋を指差すと、田村はうなずいて、

「ここはもともと土産物を売っていた場所らしいが、利用者がいないので、ずいぶんまえから空き部屋になっていたそうです。被害者は、このなかでうつ伏せになって殺されていました。ナイフのようなもので心臓を背中から刺されたらしいが、凶器は見当たりませんでした。即死だったと考えられております」

ベニーは部屋のなかに入っていった。田村は鬼丸の耳に口を寄せて、

「あの室長さん、えらい男前ですな。見とれてしまいましたよ」

「ふーん、そうですか」

鬼丸はそっけなく応《こた》えた。戻ってきたベニーは田村に、

「当時、扉は閉まっていたのですか」

「はい。でも、鍵《かぎ》はかかっておらず、だれでも出入りできる状況だったようです」

「第一発見者はだれですか」

「駅長の平坂《ひらさか》というかたです。最終便が出たあと、駅を閉めるために各部屋を点検しているとき見つけたそうです」

「監視カメラなどはないのですか」

「一階の入り口付近と二階の乗降場には設置されとりますが、二階のはずいぶんまえに壊れたままになっとります」

「一階のカメラの解析は?」

「見てみましたが、なにも映っとりませんでした」

田村は、駅長室に案内する、と言って、先に立って歩き出した。鬼丸は小声で、

「どう思われましたか」

「What?」

「事件現場の印象です」

「なんとなく陰気だな。空気が重かった。おそらく殺されたものの『念』が漂っているのだろうが、それだけではない。さまざまなひとの思いが渦巻いているような気がする。ちゃんと卦《け》を立ててみないとわからないが……あとでやってみよう」

「天狗についてはどうですか」

「わからない。とくになにも感じないね」

鬼丸も同意見だった。物《も》っ怪《け》の存在を示すような波動は今のところない。もっと山奥に入り込めば、また違うかもしれないが……。

（ただ……なにか妙なものの気配があるな。これはいったい……）

三人は階段を上り、二階に着いた。一番手前の左側に駅長室兼職員の詰所があり、右側には待合室がある。待合室といっても木製のベンチが数台置いてあるだけだ。その隣にある机に木の囲いを載せたものが切符売り場らしい。自動化とは無縁の世界だ。すぐ横に、神棚のようなものがある。そこを過ぎたところにロープウェイのゴンドラが入り込む乗降場があるが、現在は運行を中止している。

「さあ、こちらです。応接にどうぞ」

田村はふたりを駅長室の古いソファに座らせ、自分も椅子に座るとすぐに話を切り出した。

「被害者の磯部美智雄がだれに会うためにこんな田舎まで来たのか……そいつがわかると捜査は一気に前進すると思うのですが」

ベニーが、

「借金の借り主と会うため、とお考えですか」

「それしかないでしょう」

「東京の磯部の自宅や事務所には、顧客リストのようなものはなかったのですか」

「はあ……警視庁さんに協力してもらって、うちのものが捜索しましたが、なにも見つかりませんでした。個人営業の闇金業者にとっては命のつぎに大事なもんでしょうから、肌身離さず持ち歩いとるのかとも思いましたが、遺体の衣服や靴などを検《あらた》めてもそれらしいものは見当たらず……」

田村が示した被害者の所持品リストには、

・黒帽子
・サングラス
・煙草
・腕時計
・ハンカチ
・スマートフォン
・財布（中身は、現金、銀行カード、クレジットカード、各種ポイントカード、IC鉄道カード等）
・旅行用ボストンバッグ（中身は、下着、洗面セット、電気シェーバー、市販の胃腸薬、雑誌二冊）

とあった。

「顧客リストに相当するようなものは所持していなかった、ということですね」

闇金業者間の客争奪戦も熾烈《しれつ》化しているらしく、顧客データを紙媒体やパソコンのハードディスクなどに保管していると、留守のとき同業者がそれごと盗んでいく場合もあるそうだ。うちなら今より安い利率でお貸ししますよ、と言われたら、顧客をまるごと取られてしまう。だから、データはSDカードやUSBメモリーに入れて外出時も持って出るものも多いらしい。

「磯部は相当用心深い男だったようで、ポケットとか財布のなかとか、すぐに目につくようなところに入れておくことはないと思われます。銀行の貸金庫に預けているのかもしれませんが、そういう契約も今のところ見つかっていないようで……」

「スマホの受発信や登録されている情報を見れば……」

「残念ながら、スマホにも有益な情報は保存されていませんでした。また、スマホの発信履歴・着信履歴は全部消去されておりました。おそらくかけたり、かかってきたりするたびにいちいち手動で消しているのだと思われます」

「なるほど……神経質なやつですね」

　鬼丸が、

「磯部がこちらに来た用件が金の取り立てとはかぎらないんじゃないですか」

「いや、そいつはほぼ間違いないです。というのも、磯部は金の取り立てに行くときは、相手をビビらせるために、きまって黒の背広の上下に黒いコート、黒のネクタイに黒い革靴、黒のサングラス……という黒ずくめのスタイルだったそうですから。それに、所持品に水着が入ってない。つまり、温泉に入るために来たのではない、ということですからな」

「ははあ……。ということは、犯人が持ち去ったとも考えられますね。磯部から金を借りていた人物が殺したとすると、顧客リストから自分の名前を消したいでしょう」

「可能性はあります。そのリストがほかの金融業者の手に渡ると、『磯部から借金を引き継いだ』とか言ってまたぞろ催促がはじまる、ということもありえますから」

そのとき、日に焼けた中年男がやってきて、深々と頭を下げ、

「駅長の平坂と申します。本日ははるばる東京からようお越しいただきました」

ベニーは、

「だいたいのところは報告書を読んで把握しているつもりですが、細かいことをお聞きしたいのです。事件当時、こちらには従業員のかたは何人おられましたか」

「わしと、切符売り場の沼田《ぬまた》、技術スタッフの丸太山《まるたやま》と久住《くすみ》……その四人じゃと思います」

「四人？　四人しかいらっしゃらないのですか？」

「向こうの『外法谷』駅にも切符売り場の担当者と技術スタッフふたりの、計三人がおりました。場内アナウンスや駅内の清掃、機械類の出発まえ点検、客への対応、修繕などすべてを分担して行っております。わしも駅長じゃというても、主な仕事はトイレ掃除と施設の壊れた箇所の修理でしてな……」

「昨日、客が何人利用したか、とかはわかっておられますか」

「全部で十名です」

「たった十名ですか？」

「はい。このロープウェイはだいたい一時間に一本、一日八回運行しとりますが、たいがいは空です。それでも決まった時間が来たら動かさにゃならん。向こうから戻ってくる客がおるかもしれんですからのう。運行日誌によると、当駅発では、九時から十二時までの便は全部空でした。食品や日用品を買い出しに来た旅館の主《あるじ》と従業員のふたりが十三時の便に乗っとります。あとは十四時の便に、地元住民がふたり。これは、向こうからの十四時五十分の便で戻ってきとりますな。で、最後の十七時の便に六人が乗った……とこういうわけです」

「ゴンドラは何台あるんです」

「一台だけです。一台が『登山口』と『外法谷』を行ったり来たりしとるのです。こちらが始発で、向こうに着いたらすぐに折り返します」

ベニーと鬼丸は顔を見合わせた。

「それでは儲《もう》からないでしょう」

「そりゃあもう……。動かせば動かすほど赤字ですわい。何度も廃線にしようという話が出とりますが、そのたびに廃止を免れてきた。というのは、たまに林業の関係で外法谷からその先の狗賓渓《ぐひんけい》に行かにゃならぬ、とか、火山の観測のために定期的に入山せにゃならぬ、ということがあって、本当ならば林道を整備する必要があるのじゃが、K県にはそんな予算がない。それなら赤字でもロープウェイを置いておいたほうがましじゃ、ということになりましてのう、ゴンドラの下にぶら下げて資材や切り出した木を運ぶこともでけるし……というわけで、K県から赤字補塡《ほてん》のための金が出とります。その分、駅はぼろぼろで、わしも先年までは村役場に勤めておったのじゃが、定年になって、この会社に嘱託で再雇用された、ちゅうわけで……。ほかの社員もたいがいそういう身分ですわい」

「なるほど……。では、繰り返しになるかもしれませんが、事件当時の状況を話してもらえますか」

「それなら、わしより切符売り場係の沼田というものが適任です。今、呼んで参ります」

駅長と入れ替わりに、腰の曲がった老人が現れた。老人は怯《おび》えた目でベニーと鬼丸を見、

「わしでわかることであればお答えいたしますが……」

田村に、昨日のできごとを細大漏らさず話してくれ、と言われた老人は、始発から終電までの客の人数をはじめ、覚えているかぎりのことをしゃべった。

「『外法谷』行きの終電を待っとる客が五人もいたので、わしはびっくりしとりました。つまり、皆さん、あちらの旅館に泊まるつもりなわけじゃ。珍しいこともあるもんじゃ、と思うとりました。そこへ、あの男が来よりましたのじゃ」

「磯部ですね」

「死んだもんに鞭打《むちう》つようなことは言いとうないが、ろくでもないやつじゃった。禁煙なのに煙草を吸うわ、その吸い殻を床に捨てるわ……危なく火事になるとこじゃ。ほかの客に暴言を吐きまくったあげくのはてに、天狗《てんぐ》さまのお札に酒をぶっかけよった。罰当たりめ。殺されて、それ見たことか、と思うた。せいせいしたわい」

「こら、沼田！　警察のかたのまえじゃぞ」

「わしは本当のことを言うたまでじゃ。なにが悪い」

「おまえが犯人だと思われるぞ」

「かまわん。天狗さまを冒瀆《ぼうとく》するようなああいう手合いはこの世から消えたほうが皆のためじゃ」

　ベニーは沼田の顔をじっと見つめ、

「沼田さん……あなたは磯部から金を借りていませんでしたか」

「借りとるものか。金貸しであることも知らんかったわい。そもそもわしは、インターネットやらいうものを使《つこ》うたことがないからのう」

「あなたは天狗が実在すると思いますか」

「もちろんじゃ。現に、ゴンドラからあの男を連れ去ったじゃろ？　天狗隠し以外のなにものでもないわい。あいつだけではないぞ。この村じゃあ天狗さまに隠されるものがしょっちゅうおるのじゃ」

　ベニーは田村に、

「本当ですか？」

「いや……私は聞いていません。——沼田さん、どれぐらいの人数がそんな目にあっているんです？」

「そ、そうじゃな……四人かな」

「何年ぐらいのあいだに？」

「ざっと六十年ぐらいでじゃ」

田村とベニーはくすくす笑い、

「わかりました。もうけっこうです」

「あのな、天狗さまをあなどるととんでもないことが起きるぞ。これはわしからの忠告じゃ」

「はいはい」

老人が行ってしまったあと、ベニーは田村に言った。

「今のところ、容疑が濃いのはだれです」

「少なくとも、ゴンドラに閉じ込められていた五人は外れるでしょうなあ。一階の監視カメラになにも映っていなかったので、容疑者は当時この駅にいたスタッフ四人ということになりますが……」

駅長が顔色を変えて、

「田村さん、わしらを疑うのはやめてください。皆、長年ここで働いてきた、気心の知れたもんばかりで、ひと殺しなんぞできるやつはおらんのじゃ」

「じゃあ犯人はいない、ということになる。そんなはずはないのだから、残念だが、あんたがたのうちのだれかがやったにちがいない。だれかが磯部から金を借りていたのだろう。それがだれかわかれば……」

「ちょい待ち。それはおかしいんじゃないかなあ」

鬼丸が口を挟んだ。田村が、

「私の言ってることにまちがいがありますかな」

「もし、この『登山口』駅のスタッフが磯部から金を借りていたなら、どうして磯部は『外法谷』に行こうとしたんです？　この駅で会えばいいのだから、ゴンドラに乗る必要はない」

「う……なるほど。ということは、『外法谷』駅のスタッフ、もしくは旅館の主や従業員が犯人……」

「ちがうでしょう。そのひとたちには磯部を殺せない」

「うーむ、わけがわからん。やはり、一旦《いったん》ゴンドラに乗ったはずの磯部がこの駅で死んでいたという謎を解いてもらわんと、先へは進めんようです」

鬼丸は肩をすくめ、

「俺にはさーっぱりわかりません」

「そりゃあ困る。そのために陰陽寮に来ていただいたわけですから」

駅長が腕組みをして、

「こりゃほんとに天狗さまの仕業ですかな……」

鬼丸が、

「このあたりのひとは皆さん、天狗を信じているんすかね。さっきの、えーと沼田さんというひともマジでしたねえ」

「この村はだいたい古くから住みついている家ばかりで、天狗さまへの信仰もずっと持ち続けとります。そのなかでも沼田は信心の篤《あつ》いほうじゃと思いますが、わしも含めて皆、大なり小なり天狗さまを信じております。皆さんがたも、弘法《こうぼう》さんやらキリストさんやら天神《てんじん》さんやら……なにやかやと信心はしとるでしょう。それと同じですわい」

「俺がききたいのは、鼻が高くて赤ら顔で羽根が生えてて一本歯の下駄《げた》をはいた……ああいう姿の天狗が実在する、と信じているのかということです」

「ははは……それはさすがに……。けど、沼田はそう思うとるかもしれませんのう」

「天狗原理主義ってやつですね」

そのとき、読んでいた資料から顔をあげたベニーが言った。

「田村さん、ゴンドラの乗客たちへの事情聴取は行ったのですか」

「いえ……なんといってもアリバイがありますので、名前や住所、連絡先などをきいただけです。彼らが怪しいとでも……？」

「そういうわけではありませんが、なかなか興味深いですね。――このひとたちはもう

「帰したのですか」

「いや、まだです。全員、外法谷の旅館に一泊したのですが、ロープウェイが点検中で止まっているので、現在もそのまま旅館におられます。点検終了次第運行を再開するので、今日の夕方には帰ってもらえるはずです。――興味深いとはどういうことですか」

「五人のうち四人は、長野、静岡、東京、千葉……と遠方から来ているわけですが、この中内というかただけがK県在住となっていますね」

「ああ、中内雄介は村人です。長年林業一筋だったのが、腰を悪くして、三年まえに村はずれで副業としてラーメンと餃子《ギョーザ》の店をはじめたそうです。そっちが軌道に乗れば、林業のほうはやめるつもりでしょうな」

「私が言いたいのは、なぜ『外法谷』行きの最終便に乗ったのか、ということです。一台しかないゴンドラは、向こうに着いたらすぐに引き返すのでしょう？　つまり最初から旅館に泊まるつもりだったわけです。村のひとがなぜ？」

鬼丸は、ベニーの目のつけどころに感心した。

（なかなか鋭いな、この陰陽師《おんみょうじ》……）

田村も、

「なるほど、言われてみればそうですな」

「なんらかの目的があった、とは考えられませんか」

「さあ……私も行ってみましたが、なーんにもない場所ですからなあ」

「乗客はたがいに面識はあったのですか」

「まったくなかったようです。――ただ、佐藤正太郎という会社員は温泉めぐりを趣味にしとりまして、ラドン篠塚という温泉ライターの名前は知っていたそうです」

「彼らの所持品検査などはされましたか」

「容疑者じゃありませんからな」

「ふーん……一度このかたたちに会って話をききたいですね」

田村は、なぜそんなことをしたいのか、という顔つきで駅長を呼んだ。

「点検整備完了しました。旅館の従業員にとっては唯一の足ですので、つぎの便から再開いたします」

田村は腕時計を見て、

「あと二十分ほどですな」

ベニーは立ち上がりながら言った。

「それは都合がいい。卜占《ぼくせん》をする時間がある。――田村さん、現場をお借りしますよ」

☆

「おはようございまーす！」

忌戸部《いみとべ》署近くから移転して新装なったスナック「女郎蜘蛛」の扉が勢いよく開かれ、

からからから……とドアのうえのカウベルが鳴った。熊のキャラクターを描いた黄色いTシャツにデニムの短パンをはいた若い女の子が入ってきた。

「今日は早いわね、ヒョウリちゃん」

髪をアップにした和装のママが言った。

「さっそくなんだけど、床に掃除機かけて、あと、テーブル全部拭《ふ》いてくれるかな」

「はい、わかりました！」

ヒョウリが腕まくりをするのを見て、サングラスをかけたバーテンが言った。

「張り切ってるのはありがたいんだけど、うちの店にはそういう元気の良さはどうも似合わないような気がしますね。お客さんはだいたい都会暮らしで疲れ果てた『物《も》っ怪《け》』だから、自然と店の空気も弛《ゆる》んでいきますし、会話もゆるゆるです」

ママがカウンターに肘《ひじ》を突き、煙草を吸いながら、

「あら、そんなことないわよ。私はいつもピシッと仕切ってるつもりだけどね」

「へー、そうですか。ヒョウリはどう思う？」

「え？　なんですか？　掃除機の音がうるさくて聞こえませんでした」

ヒョウリがスイッチを切ると、

「いや……なんでもないよ。掃除を続けて」

「はーい、私は人間ルンバです。ガンガン掃除します！」

ママはカウンターのうえに顎《あご》を載せて、

「いいわねえ。私もあんなころがあったわ。肌なんか、なんにも塗らなくてもぴちぴちしてたものよ」

「今じゃがさがさですもんね──」

「そう、まるでひび割れた鏡餅《かがみもち》みたいに……こらっ、なにを言わせるの」

　ヒョウリはそんな会話が聞こえているのかどうなのか、掃除を終えるとテーブルを手際よく拭いている。

「でも、私はヒョウリちゃんには感謝してるのよねー」

「ヒョウリ目当ての客もかなり増えましたしね。人間もけっこう来るようになって、売り上げ倍増です」

「それもあるけどさ、今どきこんな若い『物っ怪』が東京にいるなんてうれしいじゃない。うちはほら、お客さんは物っ怪でも人間でも選《え》り好みはしないけど、さすがに従業員は人間ってわけにはいかないもの。──ねえ、ヒョウリちゃん……」

「はい、なんですか」

「あんた、この近くのアパートにひとりで暮らしてるって言ってたわね」

「そうなんです。家賃を稼がないといけないんでたいへんです」

「東京になにをしに来たんだっけ」

「え？　あ、ああ、そのことですか。まえに言いませんでしたっけ」

「聞いたかもしんないけど忘れちゃった」

「私、その、美容師になりたくて、高校中退して出てきたんです。四月から専門学校通う予定でーす」

「がんばってね。物っ怪が都会で生きていくのはたいへんだけど、応援してるわ」

「ありがとうございます」

「それにしても、うちもいろんな物っ怪が来るけど、『鬼』は珍しいわよね」

バーテンがグラスを拭きながら、

「そうですね。鬼はだいたい、人間との距離感がつかめず、精神的に疲れ果てて山に戻るパターンが多いみたいです」

「ヒョウリちゃんもそうならないように気をつけてね。――ところで、あんた、鬼丸さんとは会ったの？」

「あ、いえ……名前は知ってるんですが、まだお会いしたことはないです」

「すぐそこの警察に勤めてるのよ。鬼のくせに刑事だなんてかわってるでしょ。最近、顔見ないけど、忙しいのかなあ。出張かもしれない」

「そ、そうなんですか」

「でも、若くてかわいい鬼がバイトしてるって聞いたら、すっ飛んで来るかも」

ママはそう言って笑った。

☆

持参した白い狩衣《かりぎぬ》に着替え、烏帽子《えぼし》をかぶったベニーは、殺人があった現場の中央に茣蓙《ござ》を敷いてそのうえに座し、携帯用の香炉に火を入れた。目のまえには、四角い板と半球が連なった銅製の器具、すなわち六壬式盤《りくじんしきばん》が置かれている。部屋の扉は閉められ、なかにはベニーしかいない。

「ああ、見通しせんたまいや、見通しせんたまいや」

ベニーは笏《しゃく》を前方に伸ばした姿勢で呪《じゅ》を低く唱える。

「東海の神、名は阿明《あめい》殿、西海の神、名は祝良《しゅくりょう》殿、南海の神、名は巨乗《きょじょう》殿、北海の神、名は禺強《ぐきょう》殿、四海の大神様方、我に吉凶をしらしめたまえ。ああ、見通しせんたまいや。見通しせんたまいいいや……」

手慣れた調子で占いを進めていたベニーだったが、少しずつその顔色が曇りはじめた。

「跳梁《ちょうりょう》の十鬼、跋扈《ばっこ》の百鬼、潜水の千鬼、飛来の万鬼、たとえ虚空深淵《しんえん》からいかなる悪魔が来ようとも、この陰陽師が聖なる網にて引っ捕らえ、西の海へと流し申すゆえ、万事はご安堵《あんど》なれば、ああ、なにとぞ見通しせんたまいや。見通しせんたまいや……」

ベニーはハッとした様子で言葉を切り、左右を見回した。そして、

「気のせいか……」

そうつぶやいた。そして、深い吐息をもらすと、もう一度笏を打ち振りはじめた。

☆

「どうでした？」

部屋から出てきたベニーに鬼丸はなにげない調子でそうきいたが、内心はびくびくものだった。

「うん……」

汗をびっしょりかいたベニーはほつれた髪の毛を掻《か》き上げると、潤んだような目で鬼丸を見つめ、

「鬼が身近にいるような卦《け》が出た」

「…………」

「でも、それは間違いだったようだ。今は鬼の気配はない」

「あ……そうですか……」

鬼丸は冷や汗を流した。

「まあ、なにかのバグみたいなものだな。占筮《せんぜい》は、場所や体調、時間帯、近隣の存在などによって影響を受ける。隠れようとしている鬼をほんの微《かす》かな『気』を手がかりに探り出そうというのだ。しくじることもあるさ」

そう言ってベニーは額の汗を拭《ぬぐ》い、にこりと笑った。鬼丸はゾクッとしたが、ベニーはそれには気づかず、

「鬼はいないようだが、なにか妙な気を感じるな。油断しないほうがいいぞ」

「はい……わかりました」

そう応《こた》えざるをえなかった。

鬼丸とベニーは、田村係長とともに再運転をはじめたロープウェイに乗った。同乗者がひとりいた。茶色いパーカーを着、中折れ帽をかぶった無口な男である。薄い色のサングラスをかけ、鼻の下に髭《ひげ》を生やしている。「小埜《おの》」と名乗った。ベニーたちが警察の人間であると聞いても驚いた様子はなかった。東京から昆虫採集のために来たそうで、今回の事件のことは「知らなかった」という。

「うちはテレビがないんでね、ニュースにはうといんですよ」

「ネットも見ないのですか」

田村がきくと、

「必要があるときだけ、たまに見ます。それにしても、天狗《てんぐ》にさらわれたとはねえ。田舎のひとは純朴というか非科学的というか……」

「でも、今のところそうとしか言いようがないんですわ。――あなたは昆虫学者なんですか」

「そうです。大学で研究しています」

「どちらの大学です」

「ははは……さすが警察のかたは根掘り葉掘りききますねえ。まあ、あまり有名ではない私立大学、とだけ言っておきましょう」

「なにを研究されておられるのです」

「蝶《ちょう》です」

「なに蝶ですか」

「蝶全般です」

「ほう……そうですか。そう言えば、テングチョウというのがいますな。鼻の長い蝶です」

「ああ……いますね。たいへん珍しい」

田村はにやりと笑い、

「はははは……冗談ですよ。そんな変な名前の蝶はいません」

「わかってますよ。あなたの冗談に合わせただけです」

そんな会話を聞きながら、鬼丸は窓から下界を見下ろした。杉の木が無数に連なり、前後にも左右にも果てしがない。次第に大小の感覚がなくなり、まるでタペストリーの模様のように思えてくる。

（これなら天狗が棲《す》んでいてもおかしくはないな……）

鬼丸はそう思った。人間に棲む場所を追われた物《も》っ怪《け》たちは人里離れた山のなかに身を潜めるしかない。鬼丸のように正体を隠し、人間に混じって都会にいるものはよほどの物好きだ。現在生き残っている鬼も、ほとんどは深山にひっそりと暮らしている。

（おや……？）

鬼丸は目を凝らした。崖《がけ》のうえに猿らしき動物が数匹いる。鬼丸はベニーをつついた。

「なんだね」

「あそこに猿がいます」

「どこだ」

「崖のうえです」

「わからんな……。動くものが見当たらない」

「動いてはいません。死んでいます」

「なに……？」

ベニーは窓に目をくっつけるようにした。

「ああ、あれか。四匹か五匹だな。死んでいるのか？」

「間違いありません。首がなかったり、胴体が真っ二つになったりしていますから」

「本当か……」

ベニーは田村に向き直り、

「彼によると、崖のうえに猿の死骸《しがい》がいくつかあるそうです。そういうことはよくあるのでしょうか」

「さあ……私は初耳です。向こうに着いたら旅館のものにでもきいてみましょう」

ベニーは鬼丸に、

「きみはかなり目がいいみたいだね。人並み外れているよ」

鬼丸はぎくりとして、

「そうでもありません」

ゴンドラが「外法谷」に着いた。小埜は真っ先に降り、早足で階段を下っていった。ベニーたち三人が駅の外に出たときには、すでにその姿はなかった。眼前には深い森が左右に広がっており、そのなかを細い道が通っている。手前に「湧き湯こちら」「外法荘こちら」という木製の矢印があるが、こちらもなにも一本道なのでそれを進むしかない。道といっても舗装されているわけではなく、下草を刈ってあるのでかろうじて道とわかるだけのしろものだ。ときおり頭を下げて、垂れ下がった木の枝をくぐらなければ先に行けない。鬼丸ですらそうだから、長身のベニーは苦労しているようだ。

「おっ……!」

先頭を歩いていた田村が、一本の木の幹に近づき、なにかをつまみ上げた。

「ムナコブハナカミキリのメスです。希少種です。さすがは原始の森ですな」

そう言うと彼は虫を木に戻した。

「あなたは昆虫に詳しいのですか」

ベニーがきくと、

「詳しいというほどじゃありませんが、虫好きであることはたしかです。さっきの男性は嘘つきですな」

「なぜわかるのです」

「昆虫学者で蝶全般を研究している、というようなひとは稀《まれ》です。たいがいは専門があって、特定の種類のみを対象にしています。それに、テングチョウという蝶は実在します。蝶の研究者なら知らないはずがありません」

鬼丸は、ただの朴訥《ぼくとつ》な刑事と思っていた田村のことを「あなどれないな」と思った。もしかしたらわざと朴訥そうに見せかけているだけではないのか。ベニーも感心したように、

「鎌をかけたわけですね。でも、なぜ嘘をついたのでしょう」

「我々を警察と知って素性をごまかそうとしたのが裏目に出たのでしょう。事件に関わりがあるのかもしれませんな。といって、身分を偽った、というだけで引っ張るわけにもいきません。どうせ帰るにはロープウェイに乗るしかないのだから、しばらく放っておきましょう」

三人が羊歯《しだ》や病葉《わくらば》に覆われた道をさらに進むと、つん……と硫黄《いおう》の匂いがしてきた。

「もうすぐです」

田村の言葉どおり、森のなかに沼のような湧き湯が出現した。だれも入っていなかったが、底からふつふつと浮かび上がってくる泡を見ていると、かなりの熱量だろうと想

像できた。湯には大量の木の葉が浮かんでいる。ここに浸《つ》かったらさぞかし自然と一体気分を味わえることだろう。

温泉のかたわらにはプレハブ小屋のようなものがふたつあり、それぞれ扉に「男」「女」とペンキで大書されていた。おそらく脱衣場なのだろう。小屋のまえに立て看板があり、

外法谷温泉（別名・天狗の湯）

として、泉質、特徴、効能、湯温、禁忌症などが記載されている。入浴法として、「かならず水着着用のこと」という表示もある。

温泉を脇目になおも森のなかを進むと、急に目のまえが開けた。広場の入り口に「外法荘」という立て看板があり、その先に二階建ての木造建築があった。古びてはいるが、手入れがいいのか、思っていたほど老朽化はしていない。

三人がなかに入ると、玄関で目のぎょろりとした痩《や》せた老人が出迎えた。白髭《しらひげ》を長く伸ばしており、まるで仙人のような風貌《ふうぼう》である。

「やあ、ご主人。東京から来られた警視庁の刑事さんたちだ」

田村がベニーたちを紹介すると、主《あるじ》はぺこりと頭を下げた。ベニーが、

「今、小埜という男がチェックインしましたか」

「なさいました。えろうあわてとる様子で、鍵《かぎ》を受け取ったら大急ぎで部屋に行かれました」

「小埜は予約はしていましたか？」

「昨日の晩、電話があったのですが、ロープウェイが止まっていて再開がいつになるかわからないらしい、とお答えしますと、動いたら泊りにいくからとりあえず予約だけ入れておく、とのお返事でした」

「昨夜の泊り客は全部で五人ですね。いつもこの程度の人数は泊まっているのですか」

「ははは……見てのとおり温泉があるだけのなにもない場所です。よほどの物好きか、うちの料理を好んでくださるかたぐらいしかお越しにならん。普段は、客はひとりおればいいほうで、だれもおらん日も珍しくありませんわい」

「今、この旅館にいる客はこの五人と、小埜という男だけですか」

「はい。でも、ロープウェイが再開したので、五人さんはつぎの便でお帰りになるそうですが」

「わかっています。手早く聴取をします。どこか空いている部屋はありませんか」

「いくらでもあります。昨日のお客さんは一階の部屋を使っておられますが、二階なら全部空いてますで、どこでも好きなところを使ってください」

　こうしてベニーたちは「外法荘」の二階の一室を借りて、任意の聴取を行うことになった。まずは、永島剛という初老の男性だ。

「もういい加減にしてもらえませんか。我々はまるで関係ないんです。被害者は、『登山口』で死んでいたんでしょう？　我々はそのころゴンドラのなかにいました。殺せるはずがないでしょう」

　永島は開口一番そうまくしたてた。

「わかっていますが、皆さんの話をうかがうことで犯人の手掛かりが得られるかもしれません」

「私の知ったことじゃない。早く帰りたいんです」

「あなたは被害者と面識はありませんでしたか」

「あるはずないでしょう」

「あなたがここに来た目的はなんです」

「容疑者でもないのに、そんなことまでいちいち言わなきゃならんのですか。私は定年退職したのであちこち旅行しているのです。それだけです」

「その旅行先にどうして外法谷を選んだのですか」

「大きなお世話です。私の勝手でしょう」

「それはそうですが、旅館の主人が言うとおり、なにもない場所です。ほかにもっと楽しそうなところがあるでしょうに」

「気まぐれです。それ以外に説明のしようがない」

「わかりました。——なにか身分を証明できるものを持っておられますか」

「なにもありません。会社は退職しましたし、車の運転もできない」

「健康保険証は？　旅先で病気になったら困るでしょう」

「それが……忘れてきたのです。一泊で帰るだけなので問題ありません」

「ゴンドラに乗っていたはずの被害者が消えてしまった……出発駅に戻っていたことについて、なにか意見はありますか」

「ありません。いまだに信じられない気持ちです。最初はたしかに乗っていたのです。そのあとは景色に目を奪われて、正直、ゴンドラ内は見ていませんでした。そこに衝撃があってゴンドラが止まってしまった。最初は鳥がぶつかったとは思わず、機械トラブルだと思いました。たいへんな高度ですから、急に恐怖がつのってきた。お客さんがひとり、気絶してしまっているし、とにかく一刻も早く運行を再開してほしい、という気持ちしかありませんでした」

「わかります」

「そこに、『登山口』駅の駅員から連絡があって、現状について何度かやりとりしているなかで、駅で黒いコートの男が殺されているのが見つかった、とわかり、そのときはじめて、彼が乗っていない、ということに気づいたのです。本当です」

「実際には、なにが起こったと思いますか」

「わかるわけがない。強いて言えば……天狗《てんぐ》の仕業かと。――もうこのぐらいでいいでしょう。しゃべり疲れました」

「最後にひとつだけ質問させてください。あなたは煙草を吸いますか？」

「いえ……吸いませんが、それがどうかしましたか」

ベニーは答えなかった。鬼丸も、どうしてベニーがそんな質問をしたのかわからなかった
つづいて、松山加奈子という中年女性だ。彼女も、ベニーたちへの不信感をあらわにしている。

「私たちは、ぜったいに被害者を殺せたはずがありません。どうしてこんな取り調べを受けなければならないのです」

「あなたが犯人だなんて言っていません。あなたの証言から犯人が特定できるかもしれないので協力してほしいのです。もちろん任意の聴取なので、拒絶することもできますよ」

松山はしぶしぶといった態度で、

「わかりました。できるだけ早くしてくださいね。つぎの便で帰りたいので」

ベニーの質問は、永島に対するものとほとんど同じだった。

「私は、鉱物採集が趣味で、暇ができるとこういう場所にまいります。全国に同好の士がおりまして、採集品を見せ合ったり、交換しあったりするんです。このあたりは古代の地層で、鉱物だけでなく、いろいろな化石も発見されていて、研究者にとっては宝の山だそうですが、足場が悪すぎてそういった貴重な資料のほとんどは埋もれたままです」

松山は、早くしてくれと言ったわりには、鉱物について蘊蓄《うんちく》を延々と語った。どうやらさっきの小埜という男のような偽研究者ではなさそうである。

「最後の質問です。あなたは煙草を吸いますか？」

「私は煙草は大嫌いです。自分ではもちろん吸いませんが、近くに喫煙者がいるだけで副流煙の被害を受けます。あんなものは法律で禁止すべきです！」

「わかりました。お疲れさまでした」

「じゃあ、もうここを引き取っていいですね」

松山はそう念を押して部屋を出ていった。入れ替わりに入ってきたのは、中内雄介という男性だ。彼だけは地元民である。おどおどとした、落ち着かない様子で視線をあちこちに走らせている。

「あなたは林業のかたわら、村で飲食店を経営しているそうですが、どうしてここに泊りにきたのです？」

「店はほとんど女房に任せてある。俺は膝《ひざ》が悪いんでこちらの温泉にときどき入りにくる。昨日は、女房と喧嘩《けんか》をしたもんで、たまにゃあひとりで美味《うま》い料理を食いたくなってね……そういう散財をしたくなるときがあってもよかろうが」

「それはもちろんです。ときどき泊りに来られるのですか」

「いや……温泉に浸《つ》かりにくることはあっても泊ったのははじめてだな。うん……いい旅館だ。今度は女房を連れてくるよ」

「このあたりは天狗信仰が盛んだと聞きましたが、あなたも天狗を信じているのですか」

「大昔からの伝統で、土地のもんは毎日天狗さんに手を合わせるのがもう身にしみついている。ガキのころからの信心だからな。もちろん、鼻の赤い大天狗《だいてんぐ》や羽根の生えた烏《からす》天狗が本当にいると思ってるわけじゃないよ。ただ、山で仕事をしているとときどき不思議な体験をすることがあるんだわ」

「たとえばどういう……？」

「深夜に突風が吹いてきて山小屋がぐらぐら揺れたり、でかい木が何本も倒れていたり、猪や鷲《わし》やカモシカみたいな大型動物が死んでたり……あとは妙な唸《うな》り声みたいなのが一晩中続いたこともあったけど、あのときは肝冷やしたね。仲間に言ったら、空耳なんだとさ。山小屋でひとりっていうのは一種独特の雰囲気でね、聞いてもないものが聞こえたり、見てもいないものが見えたりするもんなんだ。そういうのを天狗の仕業って言ってるだけなんだろうけど……」

「被害者をゴンドラから連れ出したのも天狗だと？」

「都会のひとなら、そんな馬鹿な、と言うだろうね。俺もそう言いたいところだが……今はわからん、としか言えん。天狗隠しというやつかもしれんからな」

　ベニーが、

「『登山口』駅で切符を売っている沼田というかたの話では、たまにそういうことが起こるそうですね」

「ああ、そうだね。大きな声じゃ言えないが、ここしばらくのあいだでも三十人ぐらいが天狗隠しになってるんじゃないかな」

ベニーと鬼丸は顔を見合わせた。

「それはかなり多いですが……どうして話題にならないのでしょう」

「ほとんどが自殺志望者で、家族にも告げずにやってきて山に入るんだ。行きのロープウェイに乗ったのは見たが、帰ってこなかった……そういうのをいちいちチェックしてないだろ？　ただの失踪《しっそう》だから、警察も動かない。遭難なら地元の有志や山岳救助隊が捜索することになるが、だれにも告げずにやってきて、本人の意志で入り込んだからな。——もっともそれに気づいているのは、ロープウェイの切符売り場にいるやつぐらいだろうな」

「ありがとうございました。——最後にもうひとつだけ。あなたは煙草を吸いますか」

「昔は吸ってたけど、山では吸えない。山火事が怖いからな。そんなわけで、やめちまったよ」

四人目は、佐藤正太郎という長野在住だというまだ若い会社員である。秘湯めぐりが趣味だという。

「あなたはここに来るのは二度目だそうですね」

「はい。何カ月かまえに一度来ました。ぼくは温泉好きで、それも海岸に干潮のときにしか現れない、とか、道のない山奥にある、とか……そういったところに行くのが趣味です」

「以前に来て、気に入ったというわけですね」

「まあ、そういうことになりますね」

「篠塚さんが書かれている文章を読んだことがあるそうですね」

「ネットでね。あのかたのブログはいつも参考にさせていただいてます。たまたま同じ日にこの温泉に来ているなんてついてました。お目にかかれて光栄ですね」

佐藤はほがらかに笑った。

最後はその篠塚という男だ。

「あなたは昨日の客のなかで唯一、名前が一般的に知られているかたですね」

ベニーが言うと、篠塚は苦笑いして、

「ただの素人です。ときどきルポを発表しているだけで……」

「でも、佐藤というひとはあなたの名前を知ってましたよ」

「ありがたいことですが、有名というほどではありません。知る人ぞ知るという程度です」

「日本中の秘湯を回っておられるのですね」

「はい。会社員が本業なので、土日しか動けないのがネックですが、楽しくやっています」

「ゴンドラ内で失神したとお聞きしましたが……」

「軽い脳震盪《のうしんとう》だったのだろうと思います。今はなんともありません。怪我もしていませんし……」

「念のために、お帰りになったら医者に行ったほうがいいですよ」

「はい、そうします」

「お気の毒でしたね」

「鳥がぶつかったわけですから、だれを恨むわけにもいきません。運が悪かったとあきらめるしかないです」

「ほかのかたたちはその鳥を見ていないそうですが、どのような状況でしたか」

「谷底のほうから黒いものが飛んできたんです。カラスか鷲かなにかだと思いますが、それがだんだん近づいてきて、ドーン！ と……。めちゃくちゃ揺れましたね。私はおでこを窓に取り付けられた金属棒に思いきりぶつけて、それで気絶したんです。気が付いたときには、あの黒いコートの男がいなくなっていました」

「男が乗っていたのはたしかですか」

「はい。ゴンドラが出発したときは間違いなく乗っていました。そのあとも、ちょいちょい視界に入っていましたよ。酔っていたし、かなり乱暴なひとだったので、ゴンドラのなかでなにかあったら嫌だなと思っていましたが、案外静かにしていました。――でも、私もすごい景色に目を奪われていたし、ブログ用の写真も撮らなければならないし、佐藤さんがいろいろ話しかけてくるのに相手もしないといけないしで、注視していたというわけではありません」

「ブログ用の写真ですか。もしよかったら、見せてもらえませんか」

「ああ、これです」

篠塚はデジカメをベニーに手渡した。ベニーは画像をチェックしていたが、ある画像のところで手が止まった。

「これは……驚いた」

鬼丸は、それに続く言葉を待ったが、ベニーは篠塚に向き直り、

「ほかになにかお気づきになったことはありませんか」

「そうですね……。うーん……たぶん関係ないと思うので、まあやめておきましょう」

ベニーは身を乗り出し、

「いえ、ぜひ教えてください」

「女性がひとり乗っていたのですが、ゴンドラの三角窓からなにかを落としたように見えたのです。でも、普通、ものをうっかり落としてしまったら、驚いたり、なにか言ったりするはずですから、私の勘違いでしょう」

「どんなものか見えましたか？」

「きらっ、と光ったのを覚えています。鉱物採集が趣味だと言っておられたので、もしかするとそういう石のひとつだったのかも……」

こうして五人の聴取が終わった。わかったことは、

・だれひとり磯部と面識がない。
・おたがい知り合いではない。
・だれも煙草を吸わない。

　そんな程度だった。田村が、

「あまり成果はありませんでしたな」

　ベニーはにやりとして、

「いえ……いろいろわかってきましたよ。――ちょっと主人のところに行きましょう」

　ベニーたちは、一階に降りて主人の部屋に入り、

「昨日の泊り客たちは、事前に予約していたのでしょうか」

　主人はノートを取り出し、それをベニーたちに見せた。昨日の欄には六人の名前と年齢、住所、電話番号と、予約の電話があった日時がそれぞれ記されていた。もっとも予約が早かったのは篠塚幹夫で、二カ月まえに予約している。つぎが佐藤正太郎で、その翌々日が予約日である。その一週間後に永島剛が予約。磯部美智雄と松山加奈子は今から二週間まえの同じ日に予約しており、逆にもっとも遅いのは中内雄介で、予約したのは三日まえである。

「このうち、磯部というかたはいらっしゃいませんでした」

殺されたのだから当然である。ベニーの肩越しにその予約ノートをぼんやりとのぞきこんでいた鬼丸に、ベニーが言った。

「この予約、どう思う？」

「――え？」

鬼丸は、

（試されてる……）

と思った。ここでなにも言えなければベニーの部下として失格、ということだ。

「えーと……」

じっと見つめているベニーの視線を感じながら、鬼丸は予約ノートからなにかを引き出そうとした。しかし、なにもわからない。

（くそっ……俺がこんなへぼ陰陽師《おんみょうじ》に負けるなんてありえない。こいつはわかってるんだろうな。だったら俺も……）

ベニーをちらと見ると、にやにや笑いを浮かべている。鬼丸はますます焦った。

「私が言っているのは昨日の予約じゃない。もっとまえの……」

ベニーがそう言いかけたとき、

「きゃあああああっ！」

という悲鳴が聞こえてきた。鬼丸は反射的に立ち上がり、部屋から飛び出した。悲鳴は旅館の外からだったと判断した鬼丸は玄関を出ると、旅館の裏に回った。ピンク色の

Tシャツの女性が草むらに倒れていて、そのうえに小埜という男が馬乗りになって首を絞めていた。

「やめろっ!」

鬼丸が叫びながら突進すると、小埜は立ち上がって逃げ出した。旅館の裏手は山が迫っている。小埜は灌木《かんぼく》を掻《か》き分けながら斜面を上っていき、森のなかに姿を消してしまった。鬼丸は追いかけようとしたが、女性が気になったので断念した。

「おい、大丈夫か!」

声をかけながら身体を揺さぶると、女——松山加奈子は顔をしかめ、激しくえずいた。その喉《のど》には指の痕《あと》がくっきりとついている。

「なにがあったんだ」

「わ、わかりません……部屋にひとりでいたら、急に入ってきたんです。襲いかかってきたんで表に逃げ出したら追いかけてきて、首を絞められて……」

「顔見知りなのか?」

「い、いえ……まるで知らないひとでした」

鬼丸は、松山が右手を握りしめていることに気づいた。

「なにをお持ちですか?」

松山は血相を変えて、手を背中に回し、

「なんでもありません……」

鬼丸にはそれ以上追及できなかった。そこにやっとベニーと田村がやってきた。

「どうした？」

ベニーの問いに、

「あの小埜という男が、このひとの首をいきなり絞めて、逃走しました」

「そうか。――磯部という男がどうやってゴンドラからいなくなったのか、事件の全貌《ぜんぼう》がなんとなくわかってきた。旅館に戻ろう」

「本当ですか？」

鬼丸は驚いた。自分にはまだ真相の片鱗《へんりん》も見えていないのだ。

（負けた……）

鬼丸は少しへこんだ。だが、不思議に腹は立たない。そのとき松山がベニーに言った。

「私は帰宅してもよろしいですよね」

「まさか。あなたは殺人未遂事件の被害者です。詳しくお話をうかがいたい」

「話ならさっき聴取を受けたじゃないですか。どうしても今日、帰りたいんです」

「お手間は取らせません。我々ともう一度旅館に参りましょう。どうせ荷物を取りに一《いっ》旦《たん》部屋に戻らなければならないでしょう？」

松山はいきなり駆け出した。鬼丸はすばやく彼女の腕を摑《つか》んだ。軽く摑んだつもりだったのだが、

「痛いっ！」

松山はそう叫んで鬼丸の手を振りほどこうとした。そのとき、なにかが松山の手から落ちた。ベニーが目ざとくそれを拾い上げた。

「あっ、返してください！」

「これは、あなたには必要のないものですよ。私が預かっておきましょう」

ベニーはその物体を鬼丸に見せてから、ポケットに入れた。それは、ダンヒルのライターだった。

「煙草を嫌っているあなたが、どうしてこんなものを持っているのです」

松山は答えなかった。ベニーは田村に、

『登山口』の駅長さんに連絡して、つぎの便の時間になってもゴンドラを動かさないよう指示してください」

「どうしてです？」

「犯人が逃亡しないように、です」

「さっきの男のことですか。ゴンドラを止めてしまうと、捜査本部から山狩りのための人数を動員できません」

「さっきの男ではなく、磯部美智雄殺しの犯人です」

鬼丸は驚いてベニーを見た。田村が、

「そいつはだれなんです？」

「今は言えない。これから最終的な詰めをしたいと思います」

☆

「外法荘」に戻ったベニーは、帰り仕度をしている客たちに、

「お手数ですが、今から食堂に集まってもらえませんか」

「まだですか？　警察には十分協力したつもりです。もう帰りたいのですが……」

佐藤が言った。

「あと少しで事件は解決します。なにとぞご協力をお願いします」

ベニーは頭を下げた。警察に盾突いてもはじまらない、と思ったのか、五人はおとなしく食堂に集まった。畳敷きの和室で、木製の長いテーブルがふたつあり、その左右に座布団が置かれている。客たちはその座布団のうえに座ったが、ベニーは立ったまま、

「では、闇金業者磯部美智雄殺害事件について説明したいと思います。推測も混じっていますので、間違っているところはご指摘ください」

客たちは皆、真剣なまなざしをベニーに向けている。

「私が着目したのはこの予約ノートでした」

ベニーは、主人から借りたノートを開いてみせた。

「予約の順番としては、いちばん早いのは篠塚幹夫さんで、日付は二カ月まえです。つぎが佐藤正太郎さん、永島剛さん、磯部美智雄さんと松山加奈子さん、中内雄介さんの

順番です。中内さんが予約したのは事件の三日まえでした」

　ベニーは中内のほうを向いて、

「中内さん、私がこの予約ノートに疑問を抱いたのは、あなたの予約ですよ」

「なんだと？　いつ予約しようと俺の勝手だろうが！」

「あなたは我々に、奥さんと喧嘩《けんか》をしたので急に旅館で散財したくなって、と言っておられましたね。三日もまえに、喧嘩をすることがわかっていたのですか」

「あ……いや……」

「あなたは嘘をついたわけです。それに気づいたので、私はほかのかたの話も疑う気持ちになったのです」

　篠塚が、

「私は思いついた日にこちらに電話をしただけなのですが、予約の順番になにか意味があるのですか？」

「あります。あなたのブログを見ると、予約をした翌日、『〇月〇日に外法温泉に行くことにした。楽しみだ！』と書かれています。ほかのかたがたは、そのブログを読んでそれぞれ予約を入れたものと考えられます」

　篠塚はきょとんとした顔で、

「どうしてそんなことを……」

　松山加奈子が、

「私は鉱物採集がしたくて予約しただけよ。このひとのブログなんか読んでいないわ」

永島も、

「私もそうだ。来たいと思ったから来ただけだ」

佐藤が、

「ぼくも篠塚さんのブログはたまに読みますが、同じ日にここに来るとは知らなかったです。お会いしたのは偶然です」

ベニーは佐藤の目を凝視した。

「な、なんですか……」

佐藤はどぎまぎしたようだった。

「あなたは、このなかで唯一、まえにも一度泊りに来ているかたです。私はそのときの予約を調べてみました。これです」

ベニーは半年まえの日付のあるページを開けた。そこには「佐藤正太郎他二名」という名前が記されていた。佐藤はうなずいて、

「ほらね、ちゃんと書いてある。二度目だというのは嘘じゃなかったでしょう?」

「あなたの名前はいいのです。問題はこの『他二名』です。下に小さく、『松井佳那・中島毅』と書いてありますね。これは、松山加奈子さんと永島剛さんのことではありませんか。素人が偽名を使うときは本名がどこかに顔を出すものですから、小細工はかえって危険ですね。その点、佐藤さんは正直だった。——いかがです、松山さん、永島さ

ん」

「ち、ちがう。私じゃない」

「私もちがうわ」

ふたりは同時に否定した。

「そうでしょうか。——田村さん、ご主人を呼んできていただけますか」

すぐに主人がやってきた。

「ご主人、こちらの佐藤さんはまえにも一度宿泊した、とおっしゃっておられますが、ほかにも以前に来られたかたがこのなかにいらっしゃいますか」

主人は、なんだそんなことか、という顔で、

「ああ、そちらの女性とそちらの男性ですな。この佐藤さんというかたと一緒に来られたのでよう覚えとりますわい。なにしろひとりも客がおらんのが普通ですからのう」

松山と永島は蒼白《そうはく》になった。

「これで、佐藤さん、松山さん、永島さんの三人はつながりがあることがわかりました。ということは……中内さん、あなたも知り合いじゃないんですか？」

「……まえにこの旅館に泊まったことはない」

中内は、知り合いであることは否定せず、下を向いた。篠塚が、

「私は知らない！　ここに来たのも、このひとたちに会ったのもはじめてです。嘘じゃない！」

「わかっていますよ。あなたは利用されたのです」

「だれに？」

「このひとたち全員に」

そう言われて篠塚が佐藤、松山、永島、中内の四人を見ると、皆目を伏せた。

「ここからは想像です。皆さんはおそらく殺された磯部から金を借りていた。ネットを通じての貸し借りなので、おたがい顔は知らないし、偽名を使っているかたもいらっしゃるでしょう。警視庁の捜査二課によると、磯部のやり方は、担保なし・身分証明なしで金を貸しますというメールを無差別に送り、サラ金や闇金の取り立てで首の回らなくなっている一般人が藁《わら》にもすがる思いで連絡してきたら住所と名前を聞き、現金を郵便で送るのです。おそらく一戸建ての住人を狙っていたと思われます」

住所がでたらめだったら郵便は戻ってくるはずだ。戻ってこなかったら、相手がたしかにその住所に住んでいるということだ。電話やメールは変更してしまえばおしまいだが、持ち家の一戸建てから引っ越しをするのはなかなかむずかしい。あとはしつこく催促を続ける。もちろん法定利息などは守らない。返済が滞ると、暴力団の名をちらつかせて脅す。よその金融業者を紹介して、そこから金を借りるよううながす。相手が従わないと、その住所に押しかけていく、と言う。借りたほうも、家に来られると家族や近所の手前困るから、今回のように人里離れた場所を指定して、そこで返済する、という話になる……。

「磯部は、金を貸していた相手からの、K県の外法荘という旅館で会おう、そこで全額を返す、という申し出に乗って、やってきた。じつはその借り主は、なんらかの方法で、自分と同様、磯部から金を借りて返済できずに困っていた『仲間』の存在を知り、連絡を取り合っていた。おそらくネットの裏掲示板のようなもので呼びかけたのではないかと思うのですが、とにかく借りた側にいつのまにか横のつながりができていたのです。そして、話し合ったすえの結論として、磯部を殺してしまおう、ということになった。

――ちがいますか」

だれも答えない。

「社会のダニみたいなやつだ、この世からいなくなるほうが多くのひとのためになる……そんな理屈をつけたのかもしれません。皆さんはたがいに情報交換をし、磯部が金を受け取りにいくときの服装などについても事前に知識を得た。計画を主導したのは……佐藤さん、たぶんあなたでしょう」

「決めつけないでください」

佐藤は弱々しく言った。

「おや、ちがってましたか。秘湯好きのあなたがこの旅館の存在を知り、ほかのひとたちをかたらって連れてきたのでしょう、半年まえにね」

「……………」

「そのときゴンドラのトリックを思いついたのでしょうが、実行するには人数が足りない。そこで、最終的に地元の中内さんを加えた……そんなところじゃないですか」

　佐藤は、

「外法谷がいいんじゃないか、と言い出したのはもともと中内さんだった。ぼくじゃない」

「お、おい、俺の責任にするつもりかよ。俺は、あまりに地元すぎるから参加するつもりはなかった。ただアイデアを出しただけだ。それを土壇場になって、人手が足りないからってむりやり……」

「あんたが、この場所のことを言い出さなかったら、ぼくだって本気にはならなかった」

　松山が、

「待って！　まだ認めちゃだめ。証拠はないはずよ」

　佐藤と中内は押し黙った。ベニーはなおも続けた。

「半年まえに下見をしたあと、あなたたちは磯部の催促に耐えつつ機会が来るのをじっと待っていた。そして、ようやくそれがやってきた。つまり……ラドン篠塚が外法温泉に行く、ということがわかったのです」

「私が、その『機会』なのですか？」

　篠塚の問いにベニーは、

「そうです。あなたはこのひとたちのアリバイ作りに使われたのです。それなりに知名度があるひとならだれでもよかったのでしょうが、秘湯ライターでもあるあなたはまさに適任だった。あなたがここを訪れる日を知った佐藤さんはさっそく自分もその日に予約を入れ、ほかのメンバーにも知らせた。私は今回、磯部が取り立てをしようとしていたのは松山加奈子さんだと思っていましたが……そうですよね」

「知らないわ」

「なぜそう考えたかというと、あなたと磯部が同じ日に予約をしているからです。佐藤さんから連絡を受けたあなたは、篠塚さんが来る日に外法谷の旅館に来てくれればお金を返す、と言ったのでしょう。こうしてお膳《ぜん》立ては整いました」

「勝手なことを言ってるけど、あいつが殺されたとき、私たちはゴンドラのなかにいたのよ。それを忘れないでちょうだい」

「だから、想像だと言ったじゃないですか。——あなたたちはたぶん早くに『登山口』駅に来ていて、磯部がやってくるのを駅周辺で待ち、彼が駅に入る前後に、いかにもたまたま来合わせた風に待合室に入ったのでしょう。磯部は、あなたたちの顔を知らない。酔った磯部が待合室を出て、ひとりになるのを見計らって、松山さんが背後からナイフで一刺ししたのだと思います。そのあと、あなたたちは篠塚さんとともにゴンドラに乗りました」

鬼丸は我慢しきれなくなって、

「待ってください。それじゃあ磯部はゴンドラには乗らなかったんですか」

「そういうことになる。おそらく当初の計画では、永島さんと中内さんのどちらかがサングラスと黒い帽子、それに黒いコートで変装し、磯部が乗っているかのように篠塚さんに思わせる。永島さんの灰色のコートですが、リバーシブルになっていて、裏地は黒いんじゃないですか？」

永島は抵抗したが、田村がコートのすそをまくりあげた。裏地は黒だった。

「あとで、皆さんの私物を拝見します。どなたかのバッグから黒い帽子とサングラスが出てくるんじゃないですか？」

ベニーはそう言ったが、鬼丸にはまだ信じられなかった。そんな単純なことで人間がひとり足りないことをごまかせるだろうか。

「無理でしょう。だったら、永島さんか中内さんがいないことになってしまう」

「篠塚さんが外を向いているときに、ふたりがチェンジすればいい。帽子とサングラスを渡して、黒コートを服のうえから羽織れば完成だ。これで磯部、永島、中内の三人がゴンドラにいた、と篠塚さんに思わせることができる。長時間ならもちろんバレるだろうが、たった五分だけ持てばいい。大胆すぎるからかえって気づかれにくい」

篠塚も、

「そういえば、佐藤さんが私にしきりに話しかけて、景色を見ろ、とうながしていました。たしかに絶景だったので、基本的には窓のそとを見ていましたから、ゴンドラのなかに注意を向けることはほとんどなかったです」

ベニーにうなずいて、

「篠塚さんがちらりと見て一度でも存在を確認すれば十分なのです。まさかそんな小細工が行われているとは思わないでしょうから、あとで篠塚さんが警察に、磯部はゴンドラに乗っていたので『外法谷』に行ったはずです、と証言してくれれば、犯行時間が実際よりずれる。磯部は『外法谷』に着いたあと、一旦《いったん》ゴンドラを降りたが、どういう理由かはわからないがそのまま同じゴンドラに乗って『登山口』駅に引き返した、としか考えられない状況になる。『登山口』に戻ってきた磯部はだれかに殺される。同じ時刻に、松山、佐藤、永島、中内の四人は『外法谷』にいるからアリバイが成立する……」

鬼丸にもようやくわかってきた。

「そうか。ところが予期せぬことが起きた。鳥が衝突してゴンドラが止まってしまったんですね」

「そういうことだ。——どうにもできないまま運行再開をじっと待っているあいだに、『登山口』駅で死体が発見されてしまった。最悪の状態になってしまった。肝心の篠塚は気絶している。言い繕うことは不可能になった。どうしようもなくなった四人は大急ぎで協議して、篠塚が目を覚ましたとき、もし磯部がいないことに気づいたら、磯部？　そんなやつは乗っていませんでしたよ、と白を切るのは難しいと考え、結局、ありのまま伝えて、なにが起こったかわからない……という体《てい》で押し切ろうと考えました。それ以外にやりようがなかったのです。天狗《てんぐ》隠しの言い伝えのことも頭をよぎったかもしれません。こうして、結果的には、ゴンドラに乗ったはずの被害者が、出発駅で殺されている……という不思議な状況になったのです」

「なるほどなあ……」

田村の言葉にベニーは覆いかぶせるように、

「ゴンドラを利用したもうひとつの理由は、証拠の隠滅でした。松山さんは、磯部を刺したナイフを引き抜き、なにかにくるんでおいた。それを、ゴンドラの三角窓から捨てたのでしょう。下は、林道すらない千尋の谷だ。見つかる可能性はほとんどない……」

篠塚が、

「あ、あのときぎらりとなにかが光ったのは……」

「陽光がナイフに反射したのでしょう。——そうですよね、松山さん」

「そんなことしてないわ。私を逮捕したいなら、ナイフを探し出して、見せてもらおうじゃないの」

「それは無理です。——でも、証拠ならあります」

松山は顔色を変えたが、ベニーは落ち着いた声で続けた。

「磯部はヘビースモーカーだったそうですね。ところが、所持品のなかに、煙草はありましたが、ライターがない。もちろんマッチもない。これはどういうことでしょう」

「…………」

「私は、ライターを加害者が持ち去ったものと考えました。つまり、被害者の目的は、磯部を殺すこととも㆒ひとつ、ライターを奪うことだった……」

田村が膝《ひざ》を叩《たた》き、

「顧客のリストか……！」

「皆さんは、磯部が外出時には愛用のライターに顧客リストを隠して持ち歩くことを知っていた。それを警察に見られたら、自分たちに嫌疑が及ぶかもしれない。というわけで、松山さんは死体からライターだけを持ち去り、旅館の部屋で分解して確かめようとした。そこに、あの小埜という男がやってきて、ライターを奪おうとした……」

田村がベニーに、

「あの男はなにものです？」

「おそらく磯部の同業者か後輩、あるいは鱈島組の関係者だろう。彼も、顧客リストがライターに隠してあると知っていた。磯部が殺されたのを聞いて、仕事をまるごと引き継ごうとライターを取りにきた……そんなところじゃないかな」

ベニーはポケットからライターを取り出し、しばらくひっくり返したり引っ張ったりしていたが、やがて、ある箇所がすっぽりと抜けた。狭い隙間に薄いケースが差し込まれており、それを開けるとなかには小型のICメモリーがあった。

「ここに松山さんや皆さんの名前や住所などが入っていたら、証拠になるでしょう。だれかパソコンを持っているかな。さっそく中身を……」

そう言いかけたベニーに松山が言った。

「もういいです。わかりました。全部話します！　磯部を殺したのは私です。あいつは……鬼でした！」

鬼丸はぴくりとした。松山は泣きながら、息せき切って話しはじめた。

「だれにも相談できない。警察に言っても民事だからといって取り合ってくれない。借りた私が悪いんですが……何年も生き地獄でした。このままでは破滅してしまう。一生が台無しになってしまう。同じように磯部を恨んでいるひとはたくさんいました。そんなかたと力を合わせて、今回の計画を立てたんです」

中内も床を叩きながら、

「俺も、借金して食いもん商売はじめたものの、客が来なくて、まるで返せない。田舎なもんで、家を売ってもたいした金にならん。腰が痛くて山仕事はできん。八方塞《はっぽうふさ》がりのときに、ふと魔がさしてあいつから金を借りたんだ。毎日、悪い夢を見ているようだった。後悔はしてないよ」

永島と佐藤もそれぞれ関与を告白した。ベニーが田村をちらと見た。田村は合点して、

「松山加奈子さん、M警察までご同行願えますか。ほかのお三方もお願いします」

☆

「これで一件落着です。お送りしたいところですが、まだ山狩りをして小埜の行方を追う仕事が残っていますので、ここで失礼いたします。今回は本当に助かりました。ご協

力感謝いたします」

別れ際に田村が言った。

「そう言っていただけると、K県まで来た甲斐《かい》があったというものです」

「室長さんがいらっしゃらなかったら、事件は解決していないでしょう」

バスから乗り換えた在来線のなかで鬼丸は言った。

「結局、天狗はいなかったわけですか」

「そういうことだ。一見不可思議に見える事件も、たいがいは人為によるものなのだ」

鬼丸は考え込んだ。ベニーはからかうような口調で、

「今度の事件は私ひとりでも十分だったね。鬼刑事さんの出番が少なくて申し訳ない。小麦くんと残って、吸血事件の捜査を進めてくれたほうがよかったかもしれない。まあ、また次回、きみの腕を振るう機会を用意するよ」

その言葉は鬼丸の胸に突き刺さった。

(あのなあ、俺はあんたのことが心配で来てるんだよ！　あんたが、体調が悪そうだから……それで付いてきてるんだ。ふざけんじゃないよ！)

そう叫びたかったが、もちろんそんなことを口にはできない。黙って下を向く。たしかに今回鬼丸は、「付いてきただけ」でなにもできなかった。鬼丸は、ベニーに「無能」と言われているようでつらかった。

電車を乗り継ぎ、ようやく東京に戻ってきたときはもう夜だった。

「私は今から報告書を書くために本庁舎に行くが、きみはもう帰っていいよ」

ベニーがそう言ったので、

「室長、お疲れでしょう。そんなの明日《あした》でもいいんじゃないですか？」

「いや、明日は休みだから、今日のうちにやっておきたいんだ。きみこそ疲れただろう。ゆっくり休みたまえ」

「はあ……」

鬼丸はそう応《こた》えるしかなかった。

カンエイジと俗称されている警視庁本庁のビルに向かうベニーを見送ったあと、悶々《もんもん》とした気持ちを抱えた鬼丸は久しぶりにスナック「女郎蜘蛛」に足を向けた。上野のアメ横に移ってからは数えるほどしか訪れていない。

「あらーん……お久しぶり」

ドアを開けると、蜘蛛《くも》の巣柄の着物を着たママが出迎えた。

「お暇……じゃないですよね」

サングラスをかけたバーテンが言った。

「今、K県から戻ってきたところだ。――若いバイトが入ったと聞いたんだが……」

「なーんだ、鬼丸さんもあの子目当てなの？」

「目当てもなにも、一度も会ってない」

「まだ高校生なんで、十時には上がるのよ。うちは風営法を守る店だからね。鬼丸さん、あの子と知り合いじゃないの？」

「そんなわけないだろ」

「あの子も、鬼丸さんと会ったことはないって言ってたけど……」

「どうでもいい。俺は今、落ち込んでるんだ。――ジンストをくれ」

バーテンは、バックバーからギルビーズのボトルを取り、大きなグラスになみなみと注いだ。鬼丸はそれを一息で飲み干すと、自分でもう一杯注ぎ、

「あの陰陽師《おんみょうじ》にすっかりやられちまった」

ママは笑いながら、

「鬼丸さん、近頃は口を開くと『あの陰陽師』の話ばかり。よっぽど気にいってるのねえ」

「反対だ。あいつのせいでさんざんなんだよ。――おい、天狗《てんぐ》っていうのは実在する物《も》っ怪《け》なのか」

バーテンが、

「なんですか、藪《やぶ》から棒に」

「天狗隠しとしか思えない人間消失事件をあの陰陽師が解決したんだ」

鬼丸は、事件の概要を簡単に説明した。

「へええ、太古の森ですか。――でも、あたしの知ってるかぎりでは、天狗っていう物っ怪はいませんね。天狗というのはもともと流れ星のことなんだそうです。それがいつ

のまにか山の神さまとして信仰を集めるようになった。鼻が高くて赤い顔で憤怒《ふんぬ》の形相をしている怖ろしい姿も、荒ぶる神として崇められていたところから来ているんだと思います。頭に兜巾《ときん》をかぶり、鈴懸《すずかけ》に結袈裟《ゆいげさ》というスタイルは山で修行をしていた修験道《しゅげんどう》の山伏からイメージを借りたものでしょう」

「ふーん、そうなのか」

「それがいつのころからか凋落《ちょうらく》がはじまりましてね、山の神だったのが妖怪《ようかい》のように思われだしたんです。仏教に仇《あだ》をなす悪い存在として、修行を怠ったり酒色におぼれたりした僧が天狗になるとか天狗に魅入られる……とかいわれるようになりました。そういうやつは、烏《からす》天狗とか木の葉天狗といって、くちばしがあって羽根が生えていて、正体を見破られるとクソ鳶《とび》になって逃げていく……というぐらいにまで落ちぶれました」

鬼丸は胸を突かれた。鬼も同じだ。古《いにしえ》は人間たちから崇められ、怖れられていた存在だったが、いつのまにか神の地位から滑り落ちて、おとぎ話で退治されたり、節分で豆をぶつけられて逃げ出すような情けない状態にまで零落したのだ。

「あたしら河童《かっぱ》もねえ、昔は水神だったのがこどもの尻子玉《しりこだま》を抜く妖怪に成り下がりました。でも、天狗はそもそももとから存在しないんでね……」

「じゃあ、天狗笑いとか天狗倒しとかいうのは、あれはなんなんだ」

「さあ……夜中に山のなかで鳥や獣が鳴いたりすると、こだまが何重にも跳ね返って不気味に聞こえることがあるんじゃないですかね」

「それが天狗笑いか」

「天狗倒しも、それこそ流れ星が落下して木々を薙《な》ぎ倒したのかもしれません」

「その正体は隕石《いんせき》か……。夜中に山小屋がぐらぐら揺れるというのは？」

「ああ、『天狗の揺さぶり』っていうやつですね。どうせ地震か谷風じゃないですか？」

「天狗隠しはどうだ」

「昔からよく言われているのは、大型の鳥類がこどもをさらう、というやつですね。鷲《わし》なんかなら小さい子を連れ去ることもできるでしょう。烏天狗っていうのも、いかにも猛禽類《もうきんるい》っぽいですよね。でも、江戸時代、七歳のときに神隠しにあった寅吉《とらきち》という少年が数年後に戻ってきたんですが、じつは天狗の世界に行っていて、国学者の平田篤胤《ひらたあつたね》が寅吉から直接聞き取りをした『仙境異聞《せんきょういぶん》』という本が出ています」

「今回の事件はトリックだったが、その山ではときどきマジの天狗隠しがあるそうだ」

「ときどきって、どのぐらいの頻度ですか？」

「中内という地元民の容疑者の話だと、ここしばらくでも三十人ぐらいいなくなってるらしい」

「え？　それは多いですねえ」

「でも、切符売り場の爺《じい》さんは六十年で四人だ、と言ってたな」

「あははは……やっぱり話半分だ。都市伝説みたいなもんですよ。短期間で三十人も消えてたら大事件になってるはずですよ」

「ところが、ほとんどが自殺志願者だから表沙汰《おもてざた》にならないんだとさ」

そこまで言ったとき、鬼丸はあることを思い出した。

(猿……)

猿の死体は、鬼丸も目撃したが、猪や鷲やカモシカみたいな大型動物が死んでることがある、と中内も言っていたではないか……。

「とにかく天狗という物っ怪はいないんですから、どれもこれもただの自然現象だと思いますよ。なにしろ太古の森でしょう？　人跡未踏の山のなかですからいろんなことが起きるんじゃないですか？」

鬼丸はしばらくじっとなにごとか考えていたが、三杯目のジンを飲み干すと、

「また来る」

そう言って席を立った。

☆

「ようやくうるさい連中がいなくなってくれたわい……」

暗闇のなか、懐中電灯のか細い明かりが糸のように黒い土を照らしている。頭上に幾重にも覆いかぶさっているのは森の木々だ。老人は身体を半ば折るようにして低木のしたに入り込んでいる。目のまえで、音がする。ぐじゃっ……ぐじゃっ……ぐじゃっ……。

なにかをかみ砕き、啜《すす》り、飲み込むような音だ。獲物を捕らえた肉食獣が食事をしているようにも聞こえる。なにかが腐ったような臭いがあたりに満ちている。普通なら吐き気を催すようなその臭いも、老人にはかえって心地よいものに感じられているようで、恍惚《こうこつ》とした表情が顔に浮かんでいる。蠅がやたらと飛んでいる。ぶんぶんという羽音がうるさい。重いものが這《は》いずるようなずるずるという音も同時に聞こえてくる。

老人のまえに仰向《あおむ》けに倒れているのは、あの小埜という男だった。衣服はずたずたに引き裂かれており、ほとんど裸体である。右腕と右脚はなく、腹部から内臓が露出している。そして、その内臓に顔を突っ込み、ゆっくりと咀嚼《そしゃく》しているのは異形の存在だった。鋭く尖《とが》った長いくちばし、突起した後頭部、折り畳まれた羽根、そして、鉤爪《かぎづめ》の生えた足……。皮膚は弛《ゆる》み、あちこちに傷があり、コウモリの翼のような皮膜も一部が破れてボロ雑巾《ぞうきん》のようになってしまっている。丸く巨大な目は片方が潰《つぶ》れているが、もう片方も白く濁り、そのうえにまぶたが垂れ下がっている。くちばしには歯がない。そのくちばしで小埜の腸を引きずり出し、美味《うま》そうに食っている。

「天狗さま……大天狗さま……あんたさまはこの山の天狗さまの最後のひとりじゃ。たんと食うて長生きしてくだされ」

老人は両手を合わせ、伏し拝んでいる。

「やっとできた大事な大事な子天狗も、死んでしもうた。あの女《あま》が殺したんじゃ。わしゃ許せんかった。この手でぶっ殺してやろうと思うたが、警察にしょっぴかれてしもうたゆえ手が出せん。許してくだされ、大天狗さま……」

　背後でがさり、という音がした。

「だれじゃ！」

　老人が振り返ると、そこにはひとりの男が立っていた。東京から来た刑事のかたわれで、風采《ふうさい》の上がらないほうだ。

「あんたか。東京に帰ったと思うていたが、なんで戻ってきた」

「天狗の正体を暴くためです」

「あんただけか。あの陰陽師はおらんのか」

「はい。真相に気づいたのは俺だけです」

　老人は覚悟を決めた。

（こいつなら大丈夫じゃ。大天狗さまの餌にしてくれる……）

　刑事は続けた。

「ようやくこの山の秘密がわかりましたよ。太古からここには翼竜《よくりゅう》の一種が生き残っていた。それが天狗信仰の源流になっていたんですね。長いくちばしが天狗の長い鼻に、後頭部の突起が天狗の兜巾に、翼が天狗の羽団扇《はうちわ》に……と変化していったんでしょうか。天狗笑い……夜中に山中で響く声は翼竜の叫びだった。天狗倒し……大木が折れているのは翼竜が押し倒したからだった。天狗の揺さぶり……深夜に山小屋などが揺れるのは翼竜が翼で起こした突風のせいだ」

「そうかもしれんな」

「あなたは、この山にやってくる自殺志願者などを翼竜の餌にしていた。天狗さまへの生贄《いけにえ》というわけだ。だから、失踪《しっそう》者は六十年間で四人と嘘をついたんですね。登山口からロープウェイに乗って外法谷に行き、戻ってこなかった人間のことを知っているのは切符売り場担当のあなただけだ」

「知らんよ。わしはただ、毎日切符をもぎっていただけじゃ」

「雷炎山系に細々と生き延びていた天狗《てんぐ》……つまり翼竜も、とうとう数少なくなってしまった。あなたはその秘密を知り、代々天狗に仕えてきた家柄なんですね。人間の生贄が手に入らないときは猿や猪を犠牲にして、翼竜を養ってきた。しかし、ついに最後の一匹になった」

　老人は痰《たん》がからんだような声で、

「子天狗さまが生まれたんじゃ。けど……あの馬鹿女が落としたナイフが刺さって、死んでしもうた。もう跡継ぎは生まれぬ。この山の天狗さまもこれでおしまいじゃ。この大天狗さまの寿命もまもなくつきよう。だが、わしは最後までこの天狗さまにお仕えしようと思うとる」

　途端、刑事の左右から炎が噴き上がった。ぬめぬめと動く、スローモーションのような炎だった。同時に、強い硫黄《いおう》の臭いがあたりに立ち込めた。

「な、なんじゃ……」

「人間から身を隠し、この山系でひっそりと命脈を保っていた翼竜の気持ちはわかる。俺も同じようなものだからな」

そう言った瞬間、刑事の身体が膨れ上がった。腕や肩、胸、太股《ふともも》などの筋肉が盛り上がり、衣服がちぎれて飛んだ。髪の毛がホースのように太くなり、目が赤く輝いた。歯がサメのように尖り、頭から黒光りする角が二本突き出した。

「おまえは今から裁きを受ける」

「鬼」はそう言った。

☆刺青《いれずみ》の男

男は、抱えきれない大きな悩みを抱えて三軒茶屋《さんげんぢゃや》の目抜き通りをとぼとぼ歩いていた。悩みが重すぎて、ほかのことをまったく考えられない状態だった。一縷《いちる》の望みはあった。そして、それが細い細い糸だともわかっていた。だが、ついさっき、その糸は切れた。

夕方で、主婦が忙しそうに晩飯の買い物をしている。買ったものを前カゴに満載し、後ろの荷台にはこどもを乗せた自転車が、ベルをチリチリいわせながら何台も列になって通りぬけていく。「バイク・自転車の乗り入れは交通違反になります」「あぶない!! 自転車は押して歩きましょう」などと書いた看板や貼り紙があちこちにあるし、ひっきりなしに頭上から「自転車は降りて、押していただきますようお願いいたします」というアナウンスが流れてくるけれど、だれも守っていない。男の妻も今ごろ、同じように夕方の買いものをしているはずだった。彼は、今夜は夕食はいらない、と言ってあったから、妻と三歳のタモツ、七歳のユキナの三人の食卓だ。

(あいつは野菜でも肉でもなんでも、一円でも安い店を探して火の車の家計をなんとかしようとしてくれてる。私は一家の主《あるじ》として、あいつらを食べさせるという責任がある。でも……)

普段なら目にとまるはずの、ドラッグストアの店先の安売りの札も、安い居酒屋の看板も、下着専門店のマネキンの妙なポーズもすべてひとつの黒いかたまりとなって行き過ぎてしまう。

（ニュースで言われていることが本当なら、来週、チェックがある。そうなったら……私は終わりだ。クビになるのはまちがいない。チェックを拒否してもクビらしい。めちゃくちゃだ。でも……この歳でクビになったら、あいつらを食わしていけるような就職口はまずないだろう……）

男はポケットに手を突っ込み、びくびくしながら歩いた。行き交う連中の視線が痛かった。そんなはずはないのに、皆が彼の背中を見つめているような気がして、背中を亀のように丸め、できるだけ暗いところばかりを歩く。

（クビになったら、この際、昔の仕事に戻ってやろうか。私のせいじゃない。蒲郡《がまごおり》のやつが悪いんだ。こうなったらヤケクソになって……）

男は歩きながらかぶりを振った。

（いや……それはダメだ。あの仕事を辞めるのにどれだけつらい思いをしたか。また、あの暮らしに戻るのか）

男の頭のなかで、ふたりのこどもの笑顔が明滅した。同時に、妻の泣いている顔も浮かんだ。あのころは、毎日泣いていたっけ……。

（でも、どうすることもできない。あの医者にはっきりそう言われたじゃないか……）

さっき訪れたクリニックの医師は、業界随一の腕まえだと聞いていた。男と同じく、「あの世界」を辞めた知り合いから聞いたのだ。その知り合いは、背中全面から両の二の腕にかけて壮麗な竜を入れていた。あの大きな刺青《いれずみ》が消せるぐらいだ。自分のは背中の真ん中にひとつあるだけではないか。大丈夫、ぜったいに消せる……。そう思っていたのだが、かなり長時間の検査を受けたあと、診察をした医師の言葉を聞いて彼は愕然《がくぜん》とした。

「だいたいわかりました」

「お願いできますか」

「無理です。あきらめてください」

男は耳を疑った
「どうしてです。先生だけが頼りなんです。先生はご名医で、よそでは消せない刺青でもきれいに消せると聞いてきました。お金ならなんとかします。このままでは私はクビになってしまうんです。お願いします……お願いします！」

男は頭を下げたが、医者は眉根《まゆね》を寄せて、

「都知事の件ですね。あの発表以来、うちも患者がひっきりなしでね……本当に困ったものだ」

東京都に勤めていた男が、肩がぶつかったという理由で面識のない相手を殴って逮捕されたのだが、その喧嘩《けんか》の際に刺青を見せて相手を脅していたことがわかった。それを受けて蒲郡都知事は、

「もうすぐ東京万博で大勢の外国人観光客がやってくる。それを迎える我々は清廉であ

り、高潔であることを示さねばならない」

と会見で述べた。記者が、ほかの職員のなかに刺青を入れているものがいたらどうするのか、と質問すると、

「そういう職員がいるとしたらたいへん残念です。個人の自由？　一般の会社のことは知りませんが、公務員が入れ墨やタトゥーを入れているというのは私はいかがなものかと考えますね。あなたは、小学校の先生が刺青を入れていたら、じぶんのこどもをそのひとに預けますか」

と答え、暗に都職員の刺青を問題視する考えを示すと同時に、全職員の臨時健康診断を実施すると発表した。名目は、「万博をとどこおりなく運営するために、職員全員が万全の状態で臨むため」であったが、実際には刺青チェックのためであることは明らかだった。健康診断の拒否は許されず、もし、断ったら解雇する、という。なかには、人権侵害だと抗議する職員もいたし、職権乱用に当たるという見解を示す弁護士や学者もいた。マスコミも「パワハラではないか」と難じたが、知事は、

「あくまで健康診断をするだけです。なにが悪いのですか。受けたくないなら辞めてくださって結構。刺青があったらどうするかって？　私の考えはまえに述べたとおりです」

という主張を繰り返した。ファッションタトゥーについても、

「大きな違いがあるとは思わない」

と嫌悪感を示した

都知事による「実質的な刺青チェック」は国会でも問題になったが、首相は、

「万博がありますからね。そもそも刺青というのは反社会的なシンボルです。そういうものを入れるということは、反社会性のある人物だという証明ですから、人間性とも関係があると思います。チェックを拒否するというのはやましいことのある証拠です。なにもやましくないのなら、堂々とチェックを受ければいい。それに、刺青を入れているからといってただちに解雇する、というわけでもない。都知事が言ってること、なにも間違っていないと思いますよ」

そう言って擁護した。これでお墨付きを得た、とばかりに都知事はマスコミや都の職員組合の反対を押し切った。

「そういったひとが私のほかにもいるわけですね。だったら、私のも……」

「それがその……あなたの刺青は特殊なんです。まずは、使われている染料がきわめて珍しくてね、いろいろな金属を含んでいるので……MRIを受けてはいけない、と彫り師に言われませんでしたか」

言われた。今の刺青では使われていない染料が使用されており、それに含まれる金属がMRIの磁気に反応して加熱するのだという。昭和《しょうわ》のころは、彫り師の無知などのせいで金属の混入した染料が使用されていることがあって、そういう刺青を施されたものがMRIに入ると、大火傷《おおやけど》をしたり激痛が走ったり刺青自体が歪《ゆが》んだりMRIの読み取りができなかったり……といろいろ支障をきたす、ということで昨今はそういう染料は

使用されていないはずなのだが……。

「はい。どうしてもMRIが必要だ、というときはどうするのか、ときくと、そんな病気にならないことを祈るしかない、と言われました」

「う―ん……平成の時代にねえ……。じつは、昭和のころに使われていた染料だと、どうしてもMRIが必要な場合は、冷却材などで冷やしながら行えばなんとかなった。けどね、あなたのはそんなことじゃどうにもならない。かなり特殊な染料です。MRI検査を受けると、下手をしたら命を落とすかもしれません。ぜったいにやめてください」

「ですが、刺青を消すのにMRIは必要ないでしょう」

「もちろん関係ありません。特殊な染料である、ということを説明しているのです。普通、刺青を消すにはレーザーで染料を細かく砕いて薄くしていきます。激痛が走りますが、これを何度か行うと、単色のものや浅い物なら除去できる場合もあります。ところが、あなたの刺青に使われている染料はレーザーを照射するのが危険なんですよ。染料に入ってる金属にレーザーが当たると、命にかかわるような事態になります」

「それも彫り師に言われていました。でも、現代の科学ならそれをなんとかできるのでは、と思ったのです」

「科学は魔法ではないのです。――あと、この刺青は、最初に入れたもののうえからべつの刺青をかぶせていますね」

「あ、それはですね……最初の刺青がどうもその……いびつな感じで嫌だったので、べつの彫り師さんに頼んで修正してもらったんです」

「それもよくなかった。上のを薄くしても下のやつはどうにもならない」

「レーザー以外の方法はないのですか」

「切除や植皮などがありますが、これだけ大きいと切除は無理です。植皮をしても、あなたの刺青は相当深く入っていますので、完全に見えなくすることはできないでしょう。いずれにしても手術痕《こん》は残ってしまいますし、そもそもかなり長い期間が必要です。今度のチェックまでになんてとうてい不可能です。それに、保険がききませんから手術費用は莫大《ばくだい》なものになりますよ。諦《あきら》めてもらえますか」

「むずかしい、というのは承知しています。でも、先生ならなんとかしてくれると……」

「世界中のだれに頼んでも同じだと思いますね」

ナイフで心臓を刺されたような気分で、うちひしがれた男は、来たときの三倍ほどの時間をかけて、商店街をゆっくりゆっくり歩いた。

(あいつに、どない言おう……)

このまま首をくくってやろうか。当てつけに、都庁のまえで。もちろんその根性はない。鶏肉《とりにく》屋で焼き鳥を買っている中年女。花屋で仏花を買っている若い女。書店の店頭でマンガ雑誌を立ち読みしている学生。手持ちぶさたそうに突っ立っている呉服屋。誰もかれも、

「なんの悩みもないですよ」

という顔をしている。男は無性に腹が立ってきて、酒を浴びるように飲んでだれかれかまわず喧嘩をふっかけてやろうか、と思ったが、家族の顔が浮かんできて、それもできなかった。男は大きなため息をつき、駅に向かって歩き出した。

☆

その男たちが現れた途端、商店街に緊張が走った。下を向くもの、わからぬように舌打ちするもの、ため息をつくもの、「またか……」とつぶやく店主もいた。先頭を歩いているのは、白い中折れ帽をかぶり、もみあげを長く伸ばし、口髭《くちひげ》を生やした、目つきの悪い男だ。アルマーニのダブルのスーツに、鳳凰《ほうおう》の刺繍《ししゅう》が施された幅の広い派手なネクタイを締め、先の尖《とが》ったエナメルの靴をはいている。おそらく五十代半ばだろう。少しあとから四、五人の男たちが従っている。頭をつるつるに剃《そ》り上げていたり、青いアロハシャツにだぶだぶの黒ズボンだったり、パンチパーマにサングラスだったり、裸足《はだし》に雪駄《せった》履きだったりと、それぞれ「まっとうではない」感を強くアピールしている。

東京の下町の古い商店街である。普段は、ひと通りは少ないものの、のんびりとした風情の町だ。それが今は、凍《い》てつくような空気に変わっている。

男たちは一軒の中華料理屋のまえで立ち止まった。

「おい」

先頭の男が言うと、ひとりが戸を開けた。店主の顔が青ざめた。客はひと組だけだ。家族連れがいちばん奥のテーブルで食事をしている。まだ若い夫婦と幼いこどもふたりだ。アロハシャツの男が、自分の役目と言わんばかりに店主のまえに進み出ると、

「近頃、横道《よこみち》組の連中は来よるか？」

「い、いえ……見かけませんなあ」

「そうか。わしらが目ぇ光らせてるからじゃ。これからも安心して仕事に精出せよ」

「はい……」

「この商店街から横道組を追い出すのは骨やったわい。けど、なんとかできた。それもこれもうちの組長のおかげじゃ。そうやないか？」

「そ、そうですな」

「さてと……今月の分、もろうていこか」

「それがその……ここんとこ何カ月か売り上げが落ちとりまして、逆さに振っても鼻血も出ませんのや。今月は勘弁してく……」

「なんやと、こらあ！」

アロハシャツの男はいきなり側のテーブルのうえにあった箸立《はした》てを手で払った。割り箸が床にぶちまけられ、家族連れのなかの幼稚園ぐらいの男の子が大声で泣き出した。男は店主の胸倉をつかみ、

「おまえ……兄貴のまえでようそんなことが言えたな。横道組から店を守ってくれてあ

りがとうございます、とおまえのほうから事務所に持ってくるのがあたりまえや。それをわざわざ兄貴やわしらがこうして取りに来たっとるんじゃ。払えんやと。借金してでも払わんかい」

「だから、先月も先々月も借金して払ったんです。これ以上は無理です」

「なんで無理なんじゃ」

「客が来ないので、どうしようもないんです」

「そんなことわしらの知ったことやないわい。おのれで客が来るよう工夫せんかい」

「あんたらが来るから客が来ないんです」

「なに？」

男は店主の腹を殴った。店主は「ぐえっ……」と呻《うめ》き、壁に倒れかかった。男の子はさらに泣きわめき、両親は身じろぎもできないようだった。アロハシャツの男は父親らしき男に、

「おい、やかましい。泣きやませろ」

父親は下を向いて返事をしない。

「泣きやませろて言うとるんじゃ、ボケ！」

スーツの男がアロハシャツの男を制し、

「まあまあ、相手は素人さんやないか。こどもは泣くもんじゃ。——おい、おっさんよ」

男は店主に向き直り、

「今日はここが一軒目なんじゃ。最初《はな》からケチついたら縁起《げん》が悪い。どないしてでも取り立てるからな」

「………」

「おまえ、だれのおかげでここで商売できとると思うとる。わしらが横道組からおまえらを守ってやっとるからやないか。そのためにはわしらは身体も張っとるが、それなりに金も使《こ》うとる。そのことはわかってくれとるのやろうな」

「そう言われても、ここは東京の下町です。横道組さんとはうちの先代からの長いつきあいで、それこそ持ちつ持たれつでやってきました。金がなかったら、その月は免除してくれました。そこへあんたらが関西《かんさい》からやってきて、横道組さんを追い出したんです。うちにしてみたら迷惑……」

男は店主の顔面を殴った。店主は吹っ飛んだ。男はアロハシャツの男に、

「おい、レジから金もろうていけ」

「へい、兄貴」

そのとき、それまで泣いていた男の子が言った。

「パパ、こいつら悪いやつだよ。どうしてやっつけないの?」

父親は下を向いたままだ。

「ねえ、パパ……パパは強いんでしょ。こんなやつ、いつもみたいに投げ飛ばしちゃっ

てよ、ねえ……」

パンチパーマの男が薄笑いを浮かべながら、

「なあ、坊主。パパに無茶なこと言うたらあかんで。パパ見てみい。震えとるやろ。——なあ、パパさんよ、小便漏らさんうちに早う帰りや」

男たちはゲラゲラ笑った。すると、父親は意を決したように立ち上がり、

「そうだな、勇太《ゆうた》。パパはいつもおまえに、弱いものいじめをするなって言ってるもんな。——よし、よく見ていろよ」

そして、パンチパーマの男のシャツの襟をつかんだ。一瞬で男は床に叩《たた》きつけられていた。べつのひとりが、

「こ、こいつ、よう見たら、中条《なかじょう》やないか」

スーツの男が、

「だれじゃ、それ」

「オリンピックにも出た有名選手だすわ」

「ふふん、アスリートとヤクザとどっちが強いか思い知らせたれ」

「へいっ。——このガキ、いてもうたらあ！」

その男は拳《こぶし》をかためて殴りかかったが、父親はその腕をひょいとつまむようにして、ねじり上げた。

「痛ててて！　う、腕が折れる！」

その男を放り出すようにして、

「つぎはだれかな。手荒なことはしたくなかったが、こうなったらしかたがない。全員まとめて警察に突き出してやるから覚悟しろ」

警察という言葉を聞いて、男たちに動揺が走った。その様子を見てとったスーツの男は凶悪な目つきで柔道家らしきその父親をねめつけると、

「おい、ヤス……いつものやつ、やれ」

アロハシャツの男はうなずいて、父親のまえに出ると、いきなりシャツを脱ぎ、半回転して背中を見せた。男の背中のど真ん中には、頭に角が二本生えた怖ろしい形相の顔……般若《はんにゃ》の刺青《いれずみ》が施されていた。口のなかは血を吐くように赤く、目は金色に輝いている。さすがの柔道家もそれを見てたじろいだようだった。

「どや。わしらは本気で極道やっとるんじゃ。素人がちょっと柔道できるぐらいでわしらに手向かったらどんな目に遭うか、今から思い知らせたる。わしらの覚悟ちゅうもんを見せたるわ」

スーツの男は、

「おう、見せたれ見せたれ」

にやにや笑いながらそう言った。ヤスと呼ばれた男は、ズボンのポケットから拳銃《けんじゅう》を取り出した。

「へへへ……このチャカはなあ、偽もんや。モデルガンや。せやから持っててもかまへ

んのや。警察に言うてもええで」

　もちろん本物なのだろう。柔道家の父親は顔をこわばらせ、その家族も身をすくめて、縮こまった。

「素人になめられとるわけにはいかんのや。わかるやろ」

「パパ……！」

　男の子は半泣きになって父親を見つめている。形勢が逆転したヤスはこどもを見てニヤリと笑い、その拳銃を父親の胸に突きつけた。父親の顔に汗がにじんだ。

「さっきまでの威勢はどうなったんじゃ。なんぼ柔道が強うても、拳銃にはかなわ……」

　そこまで言ったとき、ヤスは突然、

「きゅぴっ！」

　と叫んだ。兄貴と呼ばれていた男は、

「ヤス……なにふざけとんじゃ」

　ヤスは苦悶《くもん》の表情になった。白目を剝《む》き、舌を突き出し、身体をぴくぴくと痙攣《けいれん》させながら、

「うひはあっ！」

「お、おい、ヤス、どないしたんじゃ」

　頭に卍《まんじ》の剃《そ》り込みを入れた男が、ヤスの肩に手をかけた。ヤスは振り向きざま、その卍剃り込みの男の額に向けて引き金を引いた。タンッという短い音がして、卍剃り込み

男は仰向《あおむ》けに倒れた。兄貴と呼ばれていた男は呆然《ぼうぜん》として死骸《しがい》を見つめ、

「びびらせるだけでよかったんじゃ。ほんまに殺してどないする。それも身内をやぞ。なに考えとるんじゃ。こんなことしたらわしが組長に……」

ヤスはスーツの男の胸目がけて二発撃った。男の口から大量の血がこぼれた。

「あああああ……ああああああ……あみだっ！」

ヤスはわけのわからない叫び声をあげ、天井に向けてまた一発撃った。家族連れはその隙に店を飛び出し、

「危ない、逃げろ！」

集まっていた野次馬たちが、その言葉に蜘蛛《くも》の子を散らすように四方に散った。

組員たちは中腰になって両手をまえに突き出し、

「や、ヤス……まあ落ち着け。気をたしかに持て。よう見てくれ。わしらや。仲間やないか……」

しかし、ヤスは聞く耳を持たず、

「ぱぱぱぱぱぱぱ……ああああああ……」

「こ、こいつ、なに言うとるんじゃ」

「わからん。シャブが脳天に回りよったんか……」

ヤスはそんな組員ふたりをつづけざまに撃ち殺すと、最後は自分の頭に銃口を押し当て、引き金を引いた。うつ伏せに倒れたヤスの背中では、般若の刺青がこの悲惨な光景

を嘲り笑っているように見えた。残ったのは、レジの下にへたり込んだ店主と、店の奥で震えていたパートの女性だけだった。遠くからサイレンの音が近づいてきた。

☆

炎雷山から戻ってきたベニーと鬼丸は、失踪《しっそう》事件の捜査に再び着手していた。小麦早希の作成した失踪者リストに基づき、こつこつと地道な聞き込みを行うのだ。もともとがネットでの噂やひとづてに聞いたことなど不確かな情報なので、まるで雲をつかむようなあいまいな手がかりしかないのだが、たった三人でそれを逐一検証していくというのは、気の遠くなるような作業だった。

彼らは、東京万博のための地下工事現場からいなくなった作業員の住所をひとつひとつ訪れていたが、結果はかんばしくなかった。失踪者の家族の多くは警察に失踪届すら出していなかった。その理由をたずねても答えてくれない。なかには露骨に迷惑がる家族もいた。鬼丸が警察手帳を示して事情をきいても、

「失踪じゃないんですよ。ちょっと旅行に行ってるだけです」

「旅行先はどちらです」

「プライベートなことなのでお答えできません」

「いつお戻りですか」

「それもちょっと……」

「地下工事の仕事を連絡もせずに急に辞めて、旅行ですか。おかしくないですか」

「それが罪になるんですか？」

なにをきいても木で鼻をくくったような返事しか返ってこない。

「では、お戻りになったら警視庁陰陽寮までご連絡ください」

そう締めくくって引き下がるしかなかった。

「どうやら口止め料が出ているようだな。それもかなりの金額だろう」

つぎの訪問先に向かう途中でベニーがそう言った。

「どこから出ているんですかね」

「わからんが……日本万博協会じゃないかな」

万博開催地が東京に決定するにあたって、万博誘致委員会が巨額の賄賂《わいろ》を使っていたことが明らかになったのは数カ月まえだった。某新聞のスクープだったが証拠が揃いすぎており、第三者委員会による調査もクロとなったため、関係者はその事実を認めて謝罪し、会長だった経団連会長以下数人が贈賄罪で逮捕された。万博の開催自体が危ぶまれる事態となり、そのせいで万博会場の建設工事はしばらくストップした。その後、万国博覧会国際事務局は開催地の変更は行わない、と決定したため、工事は再開されたが、遅れを取り戻すのはむずかしい。賄賂の件で世界中に大恥をさらしたうえ、開会予定日までもずらす……というわけにはいかない。どうあっても東京万博を成功させなければ、と考えた政府は強引な策に出た。金にものを言わせて大量の作業員を確保し、昼夜問わず働かせた。ほかの建設にたずさわる予定の人間も、会社に無理を言って万博工事に投入させた。そのためほかの工事の工期に大幅な遅れが出たが、万博のためなら許されるというのが万博協会と都知事の認識だった。

「日本の国力を世界に示すことがすべてに優先する」

万博協会のやり方を、同協会の名誉会長でもある首相はそう言って擁護した。もちろん夜間騒音条例などはすべて無視してさしつかえない、という方針で突貫工事は続いている。

そんななかでの作業員の失踪である。もし明るみに出てマスコミが書き立てたら工事はまたまたストップするだろう。だから、揉《も》み消すしかない……。万博協会も政府も警視庁もグルなのだ。

「つまらない利権だののために口止め料を渡しているだけなら、まだ救いがある。万博を優先するあまり、私にも全貌《ぜんぼう》がわからない吸血事件を揉み消しているとしたら、あとでそのツケが回ってきて、なにもかも手遅れになるかもしれない。そうならないために我々は捜査をしているのだ」

ベニーはそう言った。鬼丸は、人間同士のそういう醜いふるまいに自分が首を突っ込み、捜査をしている状況がたまらなく滑稽《こっけい》で、また、たまらなく不愉快でもあった。

（くだらなすぎる……！）

だが、この事件の奥にいったいなにが潜んでいるのかを知りたい、という気持ちも強かった。それに、ベニーをほったらかしにするわけにもいかない。ふたりはチームなのだ。

「つぎは……練馬《ねりま》だな」

そんな鬼丸の気持ちには気づいた様子もないベニーは、先に立って車に戻っていった。失踪者の家族は総じて口が堅い。彼らが今行っている聞き込みは一見無駄な作業のようだが、なかにはうっかり口を滑らせたり、万博協会の高圧的で強引なやり方に不満を抱いたりしているものもいるかもしれない……と思い、そこから事件の切り崩しができるのでは、と期待してのことだ。しかし、彼らは政治的な闇を暴こうとしているのではない。陰陽寮の目的はあくまで「吸血事件」の解決だ。

(それにしても、鬼の俺が陰陽師《おんみょうじ》と連れだって歩いてる、なんてことを俺の一族が聞いたら腰を抜かすだろうな……)

運転席に座った鬼丸は、ベニーの横顔をちらと見てそう思った。鬼と陰陽師は相反するものだ。キリストと反キリストのように、相容《あいい》れない存在だ。それが表面的とはいえタッグを組み、ひとつの目標に向かって力を合わせている……。

(ありえない……)

そのとき、ベニーが、

「なにがおかしいんだ」

「――え？」

「今、私の顔を見て笑っただろう」

「い、いえ……」

うっかり本当に笑みを浮かべてしまったらしい。そういうところだけ敏感に勘付くのだ、この陰陽師は！

「思い出し笑いです」

「なにを思い出していた？」

「なんでもいいでしょう。つまらんことです」

「そうか……」

それきりベニーは関心を失ったように車窓に目を向けた。鬼丸は内心安堵《あんど》の息を洩《も》らしていた。

(危ねーっ。俺としたことが……)

自分がよほど間抜けに思えてきた。鬼と陰陽師は敵同士なのだ。タッグだのチームだのと考えたことが間違いだった。見破られたらそのときは終わりだ。戦うしかない。祓《はら》うか、殺すか……昔からずっとそういう関係なのだ。

(鬼であり、陰陽師でもある……そんな存在はなりたたないのかな)

鬼丸は都合の良い夢想をした。だが、すぐに無理だと気づいた。鬼丸が今から陰陽師の修行をするわけにはいかないし、人間はそもそも物《も》っ怪《け》にはなれない。陰陽師の生霊がなにかの理由で「鬼」と化したとしても、それは本当の意味での鬼ではない。鬼は、古来脈々と続く鬼一族の血が流れている妖怪《ようかい》のことを言う。鬼丸はその末裔《まつえい》のひとりなのだ。

（待てよ……）

昔、一族のだれかから聞いたことがある……ような気がする。あれはどういう話だったっけ……。

「鬼童丸《きどうまる》よ、よう聞け。陰陽師はわれら鬼にとっては最大の敵。近づくことはおろか、顔を遠目から見るだけでも汚らわしく思う連中じゃ。なれど、陰陽師であって鬼……かつて、そういう存在を故意に作り出そうとしたたわけがおった。その名は……」

長老の声が頭のなかで蘇《よみがえ》る。

「その名は……天海僧正という。天下一の陰陽師であり、安倍晴明《あべのせいめい》以来の強烈な呪力《じゅりょく》の持ち主であった天海は、それを実現するため、山王一実神道の秘儀の研究に没頭した。しかし、それは禁断の領域に深く踏み込むことになるゆえ、多くの危険を伴うことであった。結局、さすがの天海をしても陰陽師と鬼が一体となった存在は生み出せなかったという」

遠い記憶が突然再生されたのだ。

（そうだ……俺がこどものころ、長老がそんなことを言ってたんだ……。たしかに、「天海僧正は陰陽師」……そう言っていた。すっかり忘れていたけど、そんなことがあるのか？）

　ハンドルを握りながら鬼丸はなおも記憶を探った。

（長老は、そういう存在のことをなんと呼んでいたっけかな。えーと……ここまで出かかってるんだが……）

　ベニーはぼんやりと外を見ている。

（えーと……陰陽師であって鬼でもある……陰陽師が表で鬼が裏である……）

　鬼丸は思わず急ブレーキをかけた。ベニーはあやうく頭を窓にぶつけそうになり、

「危ないなあ。どうした？」

「すいません……ちょっと考えごとをしていて……」

「疲れているんだろう。運転、替わろう」

「い、いえ……大丈夫、です」

　会話しながらも、鬼丸はべつのことを考えていた。

（そうだ……表裏……ヒョウリだ……）

　まさか、あの女の子が……いや、偶然の一致だろう……。

「おい、いつまで停まってるんだ。車を出せ」

「あ、はい」

　そのとき、鬼丸の携帯が震えた。小麦早希からだ。停車中なので電話に出た。

「鬼丸だ」

「鬼丸さん、たいへんです！」

早希の声は悲鳴に近かった。

「どうした」

「西田先輩を見かけました！」

「なに？」

ベニーが、

「What happen?」

「小麦が、西田という男を目撃したそうです。――今、どこだ」

「上野駅です！　ちょっと備品を購入に出て、発見しました。もうひとりの男と行動を共にしています。おそらく電車を利用するんだと思います。――尾行します」

鬼丸はベニーに、

「小麦が、ひとりで西田を尾行すると言っています。相手はふたり連れのようです」

「私が代わる。――小麦くん、ひとりじゃ危険だ。私たちが行くまで待機したまえ」

「そんな……私には無理だと言うんですか。バレないようにしますから大丈夫です」

「ダメだ。私の言うことを聞け」

「あ、もう行ってしまいます。私たちにとって千載一遇のチャンスじゃないですか。やらせてください。このままだと雑踏に入ってしまって見失います」

「いかん。これは命令だ」

「――はい……わかりました。あきらめます」

電話は切れた。

☆

本庁舎に戻ったベニーと鬼丸は愕然《がくぜん》とした。陰陽寮の部屋に小麦早希の姿がないのだ。警視庁は上野駅から目と鼻の先なので、本来ならとうに戻っているはずなのだ。鬼丸は小麦のスマホに電話をしたが、出ない。ラインも既読にならない。位置情報もオフになっているようだ。ふたりは三十分ほど待ったが、小麦早希からの連絡はなかった。

「尾行中のようだな……」

「そうですね……」

なにごともなければいいが……と鬼丸は念じた。彼女は彼女なりに身体を張っているのだ。

「俺、ちょっと見てきます」

「見てくるって……どこをだ」

「もちろん上野駅です」

「三十分まえに駅にいて、まだ戻らないということは、電車に乗った可能性が高い。捜しようがない。小麦くんからの連絡を待つほうがいい」

「目撃情報や監視カメラを調べればもしかしたら……」

「ひとりふたりでできることじゃない」

わかっていた。だが、いてもたってもいられない気分なのだ。鬼丸は舌打ちをして椅子にどすんと座った。しばらくの沈黙のあと、ふとベニーを見ると、机に両肘《りょうひじ》を突き、こめかみを押さえ、目を閉じている
「どうかしましたか」

「うん……どうもこの建物に戻ってくると気分が悪くなるような気がするんだ。まえに出た『鬼がいる』という卦《け》が当たっているのかもしれない」

鬼ならここにいる、と鬼丸は思った。外出時もずっと一緒にいたのに、このビルに入ると調子が悪くなるとしたら、その原因は俺じゃない……はずだ。

「医者に行ってください」

「このまえ診療所に行っただろう。なにもないと言われた。だからこれは……」

ベニーは言葉を切ると、

「霊的な現象だと思う。陰陽師の修行をしたものは、鬼や死霊、生霊などの発する『気』を感じることができるが、その分、それらからの悪影響も強く受けることになる。だが、今の私の力ではその発信源をつきとめ、正体を暴くことはできないようだ。――もっと修行しなくては……」

鬼丸は、ふと、

（ヒョウリならわかるのでは……）

と思った。そのとき、部屋の電話が鳴った。鬼丸が出た。一瞬、小麦早希からかと思ったが、署内の内線電話であることは音でわかった。

「はい、陰陽寮の鬼丸です」

相手は意外な人物だった。鬼丸はベニーに受話器を手渡しながら、

「室長に、組織犯罪対策部の山梨《やまなし》課長からです」

「組織犯罪対策部？」

ベニーは怪訝《けげん》そうに電話を受けた。組織犯罪対策部というのはいわゆるマル暴で、かつては捜査四課と呼ばれていた部署だ。警視庁では、暴力団対策に力を入れるため、名称を改めて刑事部から独立させたのだ。あまり陰陽寮とは縁がなさそうな部署である。

ベニーは少し話したあと、電話を切り、

「ちょっと行って、話を聞いてくる」

「マル暴がなんの用事ですか」

「わからん」

そう言って部屋を出ていった。

☆

「おう、来たか」

組織犯罪対策部は、暴力団に対する実際の捜査を担当する部署である。その課長である山梨重行《しげゆき》は、ヤクザまがいの外見の刑事が多いマル暴のなかでは珍しく、メタルフレームの眼鏡をかけ、髭《ひげ》をきちんと剃《そ》り、洒落《しゃれ》たスーツを着た細身の人物である。しかし、その眼光は鋭い。

「どういう風の吹き回しです」

「今回は俺もほとほと困り果てたよ」

百戦錬磨の山梨の弱音にベニーは驚いた。

「陰陽寮になにかを頼む日が来ようとは思っていなかったが、俺にはもうどう扱っていいのかわからない事件なんだ」

「と言いますと……」

「聞いてないのか。ニュースでがんがん流してるだろう」

「捜査に出ておりまして今戻ったところです。人数が三人しかいないもので……。もしかすると、暴力団員が商店街で拳銃《けんじゅう》を乱射したとかいう……」

「そいつだ。おまえさんたちも刑事なんだから犯罪のニュースにはちっとは興味を持てよ」

「こちらも、課長と同じで、まさかそんな事件にかかわるとは思ってもいませんでしたから」

「そうか……」

山梨はため息をつき、

「じゃあ一から説明しよう。つい昨日の朝のことだ、S商店街を知っているか」

「のんびりした下町ですね」

「そうなんだが……あそこはもともと横道組という古い極道の縄張りだった。俺が言うのもなんだが、戦後すぐからの、よくある持ちつ持たれつの関係だったらしい。そこに関西から進出してきた玉利《たまり》組が力ずくで横道組を追い出して、おのれのショバだと言い張っているそうだ」

「商店街の店主たちも困ったでしょうね」

「だろうな。俺も、横道組が牛耳ってたころは、まあ大目に見ていたんだが、最近はそうもいかねえや。そんな商店街の中華屋で玉利組の若い衆が拳銃を乱射して仲間を皆殺しにし、最後は自殺した。一般人に怪我はなかった。殺したのは坂東安吉《ばんどうやすきち》三十九歳、通称般若《はんにゃ》のヤスという男だ」

「そんな大きな事件があったとは……。でも、山梨さんは現場にいなくていいんですか？」

「もちろん昨日も今日も行ったさ。今回の件は捜査一課とうちが合同で手掛けることになっている。現場の人手は足りているから、皆に任せて戻ってきたところだ。おまえさんに協力を依頼するためにな」

「暴力団の内部抗争でしょう。どうして我々に……」

「まあ、聞け。一部始終を目撃していた店主の話では、客として来ていた柔道家が組員たちを叩《たた》きつけたらしい」

「危ないですね。生兵法は大怪我のもとです」

「そういうことだ。素人になめられちゃあ組の看板が泣くとばかりにヤスが、背中の般若の刺青《いれずみ》を見せつけたうえでピストルを抜き、その柔道家に突きつけた」

「形勢逆転ですね」

「そのとき、突然、ヤスがわけのわからないことを叫び出して、ピストルを乱射し、仲間をつぎつぎに殺していったそうなんだ」

「わけのわからないこと、というと具体的には？」

「意味のない、めちゃくちゃなことだ。だが、唯一聞き取れたのが『あみだ』という言葉だったそうだ」

「脳溢血《のういっけつ》じゃないでしょうか。興奮して頭の血管が急に破裂すると、そんな症状を起こすと聞きます」

「かもしれん。シャブかなにかで頭がいかれて幻覚を見た可能性もあるだろう。今、東大病院の法医学科で解剖してもらっている。――が、問題はほかにある。俺の個人的な記憶だ」

「ほう……」

「俺は、刑事になって以来ずっとマル暴一筋だ。今、組織犯罪対策部にいる同年代の連中よりもマル暴としてのキャリアは長い。だから、いろいろな事件を扱ってきた。十五年ほどまえのことだ。今度の件と同じような事件が起きた。あれはたしか、神田《かんだ》の多町《たちよう》だったな。夕方、居酒屋で飲んでいた三人の極道がいたんだが、くだらないことで五人連れの一般客と言い合いになった。一般客のほうもかなり飲んでたんだろうな。引くに引けなくなって大喧嘩《おおげんか》になった。店が警察を呼んでサイレンが聞こえてきたとき、組員のなかのひとり……大隅《おおすみ》という男だったが、そいつがいきなりピストルをぶっ放した。それも、仲間に向かってな。ふたりの仲間は即死だった。大隅はでたらめにピストルを撃ちまくり、しまいには自分を撃って自殺した。居合わせた客と店の人間も巻き添えを食って四、五人が軽傷を負ったが、さいわい死者はいなかった」

「似てますね……」

「似ている点はそれだけじゃない。大隅はわけのわからないめちゃくちゃなことを叫んでいたそうだが、そのなかに『あみだ』という言葉があった。今回と同じだ」

「あみだ、ですか」

「しかも、もうひとつ暗合がある」

「と言いますと？」

「――彼の背中には般若の刺青があったんだ。これは俺もこの目で見たが、今回の加害者坂東安吉の背中にあったものと瓜二つ《うりふた》……とは言わないがよく似た絵柄だった」

「般若の彫りものを入れるヤクザは多いのでは？」

「それがだな……おまえさんにも見てもらえればわかるんだが、ちょっと特徴のある、いびつな般若なんだよ。般若っていったら鬼だろう。でも、俺の知ってる鬼とはちょっとちがうような感じなんだ」

そう言いながら、山梨はスマホで撮った画像を見せた。古い写真をスマホで撮影したものでぼやけてはいたが、たしかに般若である。顎《あご》が細く尖《とが》っていて、角の向きも普通の般若とは違っているようだったが、ではなんだ、と問われたら、般若、もしくは鬼としか答えようがないものだった。ベニーはその写真からなにか強い悪意のようなものを感じた。

「安吉の背中の般若は、これとかなり似たものだった。顎が細くて、角が外に向いている。おかしいだろ？　背中に、同じ般若の彫りものがあるふたりの事件が十五年の歳月を隔てて重なるというのはどういうわけだ」

「…………」

ベニーには答えられなかった。「偶然だろう」と言うべきだとは思ったが、なぜかその言葉は口から出なかった。写真から受けた忌まわしさが気になったのだ。

「大隅という男が所属していたのは玉利組ですか？」

「ちがう。魚住《うおずみ》組といって、今はもう解散してしまった」

「『あみだ』……という言葉の意味に心当たりは？」

「ないなあ。十五年まえの事件のときは、ピストルを撃つまえに『南無阿弥陀仏《なむあみだぶつ》……』と念仏を唱えたのかと思ったが、どうやらちがうようだな」

「十五年まえの事件はどのように処理されたのでしょうか」

「大隅がなんらかの原因で錯乱状態になり、凶行に及んだ……そんなところかな」

「で、陰陽寮はなにをすればよいのでしょう」

「般若の刺青を背負ったヤクザがどうして急に暴れ出し、ひとを殺しまくるのかを教えてほしい。俺たちは、坂東安吉の交友関係や玉利組の内部事情なんかをいつもどおり調べていくことになるが、それでは十五年まえと同じで、このヤマは解決しないだろう。一般人が巻き込まれていないこともあって、暴力団の仲間割れ、で終わりだ」

「第三の事件を防ぐ意味でも、理由をつきとめるのは重要ですね。つぎは一般人にも被害が及ぶかもしれない」

「そういうことだ」

山梨は、ベニーに分厚い資料を渡すとため息をついた。

☆

「乱射事件の捜査？」

陰陽寮に戻ってきたベニーに言われた言葉を鬼丸は反復した。

「どうしてうちがそんなヤマに関わらなきゃならないんです？」

「私も向こうでほぼ同じ台詞《せりふ》を口にしたよ」

ベニーは資料を鬼丸のまえに置き、事件の経緯をざっと説明した。

「十五年まえにも同じような事件があったらしい。どちらも犯人の背中には般若の刺青が彫られていた」

「般若の刺青をしているヤクザはごまんといるでしょう」

「ところがだ……」

ベニーは資料のなかから一枚の写真を見つけ出してそれを鬼丸に示した。死体の背中の写真で、般若を大写しにしてある。見た瞬間、鬼丸の身体におぞけが走った。

（なんだこれは……！）

たしかに般若だ。しかし、鬼丸が知っているそれではない。普通の般若とはあちこちが微妙に違っていて、その違いが全体としてなんとも言えない気持ちの悪さを生み出している。そして、なにより一番驚いたのは、その彫りものから発せられている凄《すさ》まじいほどの邪気だ。おびただしい量で、鬼丸は吐き気がした。鬼である鬼丸にとっては、物《も》っ怪《け》が出す妖気《ようき》、瘴気《しょうき》などはほとんど気にならない。それよりも人間が発する邪念、妄念、執念などのほうがよほど不快に感じる。ところがこの般若から出ている「気」はあきらかにある種の妖気であるにもかかわらず、鬼丸の精神を痛めつけた。

「きみにもわかるようだね。この写真からはおびただしい忌まわしさが放射されている」

ベニーは言った。

「あ、ああ……なんとなく少しはわかります」

本当は少しどころではなかったのだが、そう言わざるをえない。

「うちがこの事件を引き受ける理由のひとつはそれだ。もうひとつはこの般若の顔が非常に特徴的なことだ。山梨さんによると、十五年まえの事件のときの般若もこれとほぼ同じだそうだ」

一般的な般若の面はたいてい短い角がまっすぐか、少しだけ内側にカーブしているが、この彫りものでは角が大きく、しかも外向きに湾曲している。目のうえの部分は上向きの弧を描いているのが普通で、その弧によって目が相手をにらみつけているような、いわゆる凶眼になるものだが、この刺青の般若にはその弧がなく、目も木の葉形で眼球部分はなぜか楕円形《だえんけい》である。口は大きく開けて、上下の歯を剝《む》き出している、よくあるデザインではあるが、なぜか妙な違和感がある。バランスや位置がなぜかちょっとだけずれており、その部分だけ彫り師が替わったのではないか……そんな印象を受けた。般若の顎はもともと細いものだが，それがすごく強調されており、槍頤《やりおとがい》というやつになっている。

「これを彫った彫り師は変わったセンスのやつっすねえ」

「そのようだな。おそらく同じ彫り師が手掛けたのだろう。手をつけるとしたらそのあたりからかな」

「――小麦を捜すのはどうするんです」

ベニーはしばらく黙っていたが、

「この事件の捜査を優先する」

「えっ？　マジすか」

「小麦が西田を尾行しているのは彼女自身の判断によるものだ。私は、中止しろと命令した」

鬼丸はカッとした。

「だからといって見捨てるのはおかしいでしょう」

「見捨てるなんて言ってない。この事件をさっと片づけて小麦くんの捜索にかかるつもりだ」

「手遅れになったらどうします」

「小麦くんの件は事件性があるのかどうかもまだわからない。そもそも吸血・失踪《しっそう》事件については、陰陽寮は関わるなと言われた案件だ。それを我々は勝手に捜査しているわけだ。正式に組織犯罪対策部から依頼された件と小麦くんが自己判断で行った行動と…
…警視庁という組織の一員として、どちらを優先するべきかは言うまでもないだろう」
「お言葉ですが、俺は小麦のほうを優先させるべきだと思います。発砲事件については
大勢の捜査官がたずさわっていて、俺たちがいてもいなくても捜査は進みます。でも…
…小麦は俺たちしか助けるものがいないんです」
「わかっている……わかっているが……」
「わかってないですよ。室長はなにもわかってない。失望しました。がっかりです」
「わかってないのはきみだ。私だって小麦くんを捜したい。だが、もし今、組織犯罪対
策部に我々が協力しなかったら、陰陽寮は確実に潰《つぶ》される」
「潰されるなら潰されたっていいじゃないですか。だから小麦をほったらかしにしてい
いなんて思いません。彼女は、西田という先輩を事件に巻き込んじまったことの責任を
感じているんです。はっきり言って、小麦にそうさせたのは陰陽寮です。俺とあんたが
責めを負うべきです。——まずは小麦を捜しましょう。それからその刺青《いれずみ》の件に取りか
かりましょう」
「きみは、陰陽寮が潰れてもいい、と言ったが、私はそう思わない。我々がなんとか踏
みとどまれば、陰陽寮は今後、日本の警察捜査にたいへんな寄与をもたらすと思う。だ
が……今潰れたらそれまでだ」
「小麦を犠牲にしてまで守らなければならない組織なんてありませんね。どうせ戦後に

一度潰れた陰陽寮だ。また潰れるっていうだけじゃないですか。俺はどうしても小麦を……」

「馬鹿！」

ベニーの拳《こぶし》が鬼丸の頬に叩《たた》きつけられた。もちろん痛くもかゆくもない。しかし、鬼丸には相当応《こた》えた。

（殴られた……）

鬼丸は深く傷ついた。しかし、それはベニーも同じらしい。殴りつけたあとベニーは自分の拳をじっと見つめていた。そして、

「Sorry……どうかしていた。部下を殴るなんて……許されないことだ」

ベニーの両眼に涙が浮かんでいるのを鬼丸は見た。

「痛くなかったので大丈夫です」

「そういう問題じゃない。申し訳なかった。二度と今のようなことはしないから許すと一言言ってくれ」

ベニーは深々と頭を下げた。

「やめてください。俺は気にしてません。だいたい許すの許さないのというようなことでもありませんし……」

しかし、ベニーがいつまでたっても頭を下げ続けたままなので、

「わかりました。許します」

「ありがとう」

ベニーは白いハンカチを出して額の汗をぬぐった。やや憔悴《しょうすい》しているようにも見える。やはり体調が思わしくないようだ。

「刺青事件のほうは私ひとりで対応するよ。きみは小麦くんを捜したまえ」

「いえ……俺も室長と行動します」

「え？」

「小麦は、自分で自分の始末ができるやつだと思います。そう信じて、彼女からの連絡を待ちます」

鬼丸はそう言った。言ったあと、俺はなんて甘いんだ、と思った。

☆

早希の胸中では、期待と不安が半ばしていた。あの電話以来西田は行方がわからなくなっていた。それが偶然とはいえやっと見つかったのだ。この機会を逃したら二度と会えないかもしれない。しかし、前回、西田とともに行ったあのアパートでの恐怖体験は一生忘れないだろう。

（怖い……）

それが正直な気持ちだった。鬼丸と一緒ならどれだけ心強かっただろう。しかし、今は警察官としてひとりでやらねばならないときだ。恐怖に打ち勝つのだ。そう強く念じながら早希は西田のあとを追った。西田と並んで歩いているのは、長髪のひょろっとした男性だ。後ろから服装などを見るかぎりでは若者のように思われた。スマホは、位置情報をオフにし、電源も切った。西田は彼女の電話番号も知っているからだ。上野駅構内を西田たちは足早に歩いていく。階段を上り、山手線《やまのて》のホームで電車を待つ。早希は柱の陰から様子をうかがっていたが、気づかれた感じはない。ただ、西田も連れの男性もものすごく顔色が悪い。白い蠟《ろう》を塗ったようだ。西田の後輩だった男もそうだった。

山手線外回りが到着し、西田たちはそれに乗り込んだ。早希は隣の車両に乗り、ずっと注視していた。西田たちは神田で降り、中央線《ちゆうおう》に乗り換えた。

(新宿《しんじゆく》に行くのかな……)

小麦早希はなんとなくそう思った。地下工事は主に新宿を中心に、四谷《よつや》、代々木《よよぎ》あたりで行われているからだ。だが、捜査に先入観は禁物である。早希は心を無にしてターゲットを見つめた。

結局西田たちは新宿で降りた。昼過ぎの新宿は混雑していた。ひとごみに紛れ込まれるとぜったいに見失ってしまう。早希は多少の危険は覚悟して、西田とその連れにかなり接近した状態で尾行したが、向こうは立ちどまったり、後ろや両サイドを気にしたりすることも一切なく、ふたりともただ背中を丸め、両腕を垂らして地面だけを見ながらふらふらと歩いていく。早希には、ふたりのまったく同じ姿勢がなんとなく気持ち悪かった。やがて西田たちは新宿御苑《ぎょえん》までやってきた。

新宿御苑は、東京万博の会場の一部になることが決まって以来閉鎖されており、現在、ほとんどの施設で工事が進んでいる。西田ともうひとりは工事用フェンスの隙間からなかに入った。早希は、現場の責任者に話を通して許可を受け、正面から入るべきか、と一瞬迷ったが、そのまま尾行を続けることにした。許されないことかもしれないが、それしかない、と思ったのだ。西田たちに気付かれないように、また、工事関係者に見つからないように注意しながらフェンスの隙間をくぐる。

目のまえが開けた。早希が知っていた新宿御苑の姿はそこにはなかった。日本庭園もイギリス庭園もフランス庭園もことごとく掘り返され、黒い土ばかりになっていた。美しかった花々や木々も根こそぎ引き抜かれて、ゴミ同様にあたりに積み上げられている。(今ある植物は最大限残したまま工事を行い、それが無理なものは一旦《いったん》よそに植え替えて、工事完了後にもとに戻す、というのが新宿御苑を万博に使用する条件だったはず……)

明らかに突貫工事のためにそんな取り決めは無視することになったのだろう。池の水も全部抜かれていた。早希は腹が立ったが、今はそれどころではない。西田たちを追うのだ。

西田は、自分の目的地がはっきりわかっているようだ。新宿門のほうから入り、壁に沿って大回りしながら、森に向かっていく。工事用車両が多数稼動しており、大勢の作業員が働いているが、西田たちと小麦早希を見咎《みとが》めるものはいない。忙しくてそんな暇はない、というところだろう。

西田ともうひとりは森のなかの遊歩道を進む。早希は、足音が鳴らないように気を付けたが、どうしても多少の音は響く。しかし、西田もその連れも両手をだらりと垂らし、少し先の地面を見ながら道をとるだけだ。そして、土がこんもりと盛られているような場所の裏側に入ったかと思うと、急に姿が消えた。早希はあわてて小走りにふたりがいなくなったところへ向かった。地面に穴が開いている。人間が入れるぐらいの大きなものだ。どう考えても、ふたりはここに潜ったにちがいない。早希も、あとに続いた。ためらいはまったくなかった。室長の命令に逆らってまでやってきたのに、ここで引き返すなんてありえないことだ。でも……怖い。

早希が足から穴に入ると、壁に打ち込まれた楔《くさび》のようなものに結び付けられたロープが地下に垂れ下がっていることがわかった。つまり、この穴を日常的に使用しているものがいる、ということだ。早希はそのロープを引っ張って強度をたしかめてから、思いきってジャンプした。手の皮が破けて血が出たが、そんなことを気にしている暇はなかった。穴はそれほど深くなく、すぐに足が着いた。

真っ暗だ。なにも見えない。早希は手探りで進んだ。横穴がある。中腰にならないと歩けない。早希はあまりの緊張で身体がこわばっているのを感じたが、

（もし私がなにかを見つけられたら、事件の真相に近づけるかもしれない……）

そういう思いが早希を突き動かした。蟹《かに》のように横歩きをしながら、じりじり進む。ここで、西田たちが引き返してきたら、もしくは後ろからだれかがやってきたら、逃げ場がない。しかし、いつまでたっても目的地に着かない。目的地？　そんなものがあるとすれば、ということだが……。

もう、かなりの距離を進んだはずだ。もしかすると、すでに新宿御苑の下ではないかもしれない……そんなことを思っていると、明かりが見えてきた。ホッとしてなおも進むと、掘削機やベルトコンベアーなどが放置されている。地下工事の現場とつながったようだ。立ち入り禁止のバリケードが何重にも置かれ、

工事関係者各位
第五橋台の工事は現在一時的に中断しております。
立ち入らないでください。
違反者は法律により罰せられます。

と記されたパネルが掲げられていた。

(法律……？　なんの法律だろう)

首をかしげたとき、早希は嫌な臭いを嗅《か》いだ。腐臭のようだが、生臭さもある。「第五橋台」とやらの奥から漂ってくるようだ。早希が二の足を踏んだ理由は、その臭いが、

西田とともに訪ねていったアパートで嗅いだあの臭いと似ていたからだ。この先に踏み込むには、今まで以上に勇気が必要だった。恐怖心も半端ではない。足が震える。

（そうだ……）

せめて陰陽寮にメールをしておこう。そう思ってスマホを取り出してみたのだが、地下だからかつながらない。

（行くしかないってことみたいね……）

早希はバリケードをまたぎ越して進んだ。悪臭はいっそうきつくなった。工事を中断しているはずなのに、なぜか天井の工事用照明は全部点灯しており、それらが早希を奥へ奥へと手招いているかのようだった。

☆

刺青《いれずみ》の写真を見た彫り師たちは異口同音に、

「だれが彫ったかわからない……」

と言った。特徴のある般若《はんにゃ》なので、彫り師がすぐに特定できるかと思っていたのだが、あてが外れた。いわゆるタトゥー・アーティストにもきいてみたが、そちらの線からもなにも出てこなかった。ただ、ひとりのタトゥー・アーティストが、

「これって忌まわしくってヤバくていい感じだよね。俺、なんとなーく親近感あるわ」

と言ったのが印象に残った。しかし、彫り師が皆、口をそろえて言ったのは、

「変わった般若だよねー。俺たちはこういう伝統的な意匠はお手本を見て、そのとおりに彫るけど、これはなに見て彫ったのかな。たぶんその彫り師のオリジナルなんだろうな」

十数人にたずねても収穫はなかった。ふたりは、今日はこれで最後にしようと、佐谷《さたに》という老彫り師を訪ねることにした。

新宿の裏通りにある雑居ビルの四階。暗い廊下の片側に小さなドアが監獄のように並び、そのまえにひとつずつ壊れかけた看板が置かれていた。ほとんどは夜からしか営業しないスナックで、今は看板に明かりは灯《とも》っていない。佐谷の仕事場はそんなスナックに挟まれた一室だった。佐谷は写真を見て、

「これって、あいつじゃないかなあ……」

と言い出した。

「えーと……えーと……もうずいぶんまえのことだから名前を忘れちまったよ」

「そこをなんとか思い出してください」

ごわごわした残り少ない白髪を後ろで束ねた佐谷は十五分ほど努力してくれたが、名前は出てこなかった。

「じゃあ名前はおいおい思い出してください。どんな人物ですか」

「彫り師としての腕はいまいちだったなあ。これ見たらわかると思うけど下手くそな般

若だろ？　やってたのも、ほんの短いあいだだった。病気でコロッと死んじゃったんだ。もう二十年ぐらいまえかなあ……」

「亡くなったんですか……」

「ああ、なんの病気だったかなあ……」

それでは聴取ができない。

「変わったやつでね、陰気で、口数が少なくて、でも、しゃべりだすとわけのわからないことを言う」

「たとえばどんなことですか」

「世のなかに復讐《ふくしゅう》してやる、とか、この世をめちゃくちゃにする、とか……」

「随分と危険思想の持ち主だったのですね」

「今から思えば、自分がもうじき死ぬことを知ってたのかもな。ちゃんとした師匠についたわけでもなく、独学だろう」

「弟子筋のひとはおられませんか」

老彫り師は頭頂にある疣《いぼ》を指先でバリバリ掻《か》きむしりながら、

「いないね。家族もいなかった。天涯孤独ってやつだ。つきあいも悪かったから親しいやつもいなかっただろう。俺も、家が近所だったから三度ほど飲んで話しただけだ。でも、前の仕事のときの知り合いならいるかもしれない」

「彫り師のまえはなにをしていたひとなんですか」

「最初は外科医だ」

「外科医……？」

「ああ。天才的な腕だったそうだ。ほれ、あの……なんとかジャックみたいなもんだよ。それが、なにかをやらかして医師免許を剝奪《はくだつ》された。天才っていうのは往々にして型にはまらないもんだ。それをルールで縛り付けようとするからそういうことになる。で、そいつはしかたがないから鍼灸師《しんきゅうし》になった。これもそいつの性に合ってたみたいで、すごくがんばって勉強したらしい。中国まで教わりに行ったそうだ。腕は日本一だ、と本人は言ってたよ。借金をして立派な診療所を建てた。はじめのうちは順調で儲《もう》かってたらしい。ところが、無許可診療だったことがバレて、診療所を閉鎖しなきゃならなくなった。あとは闇で細々とやってたらしいが、借金が残っててどうにもならないんで、そのころから刺青の仕事もはじめたそうだ。でも、どうにも首が回らず、毎日安酒を浴びるように飲んで憂さを晴らしてたよ」

　外科医として輝かしい将来が約束されていたのに、どこでボタンを掛け違ったのか、転がるように転落していった。おかしい、こんなはずじゃなかった……そんな思いが常にあったのだろう。世のなかを恨んでいても当然だ、と鬼丸は思った。

「取り立てが厳しくてどうにもならなかったみたいだな。ヤクザのことを蛇蝎《だかつ》のように嫌ってた。必死で稼いでも全部持ってかれる。ケツのケバまで抜いていきやがる、最低だ……なんて言ってた。晩年はよれよれで出歩くのもむずかしくなってたなあ。最後に会ったとき、『復讐だ。俺はぜったい復讐してやる』って言うから、『あんた、寝たきりなのにどうやってやるんだ』とからかったら、ニタッと笑って、『三人の悪魔が代わりにやってくれる』って言いやがった。あの笑いは気持ち悪かった。それからすぐに死んだよ。身よりがないから、俺が葬式を出してやったんだ。まあ、一番安い料金のやつだがな……」

そして、そのとおりのことが起きた。無差別殺人が二回……しかも、殺されたのは暴力団組員である。その彫り師の意図どおりのことが起きているではないか。

(呪い……)

そんなことを鬼丸が思ったとき、

「そうだ、思い出した!」

佐谷は膝《ひざ》を叩《たた》いた。

「なにを思い出したのです」

ベニーがきくと、

「名前だよ、そいつの。——阿弥陀《あみだ》だ」

ベニーと鬼丸は顔を見合わせた。

「阿弥陀、という名前なんですか」

「そう名乗ってたよ。本名かどうかは知らないけどね」

ベニーと鬼丸は礼を述べて老彫り師の部屋を辞した。車を停めた駐車場へ向かう道で鬼丸は言った。

「これで『あみだ』と叫んだ意味が少しわかりましたね」

「まちがいないな。その阿弥陀という死んだ彫り師が関与している」

「でも、死人を尋問するわけにはいきません」

「そうだ。我々で謎を解かねばならない」

「その彫り師の呪いなんでしょうか」

「むずかしいね。呪いというのは、ひとがひとに向けて強い怒りや恨みの念を持つことによって相手になんらかのダメージを与えることだが、実際に我々陰陽師《おんみようじ》がだれかの依頼を受けてひとを呪詛《じゆそ》してもうまくいくことは少ない。陰陽師自身には怒りも恨みもなく、代理人として行うだけだからだ。といって、本人が聞き覚えの知識で呪詛をするのも困難だ。陰陽師としての修行をしていないから、自分の『気』をコントロールする術《すべ》がないのだ。――まあ、陰陽道にかぎっての話だがね。密教にも神道にも西洋にも呪法《じゆほう》はたくさんあるだろう」

「背中に般若の顔を刺青する、というような呪詛のやり方がありますか？　その刺青によって相手を操って人殺しをさせる、とか……」

「聞いたことはないな。刺青を入れることによってその人物の潜在的な力を引き出す……ぐらいの効果はあるかもしれない。それに、その阿弥陀という男が陰陽道に詳しくなかったとは言い切れない」

『『三人の悪魔』……という言葉が引っかかりますね。もしかすると……」

「そうだ。私もそのことを考えていた。阿弥陀は、三人の人物にあの般若《はんにゃ》の刺青をほどこしたのかもしれない。となると……」

もうひとり残っていることになる。その男が同じように錯乱して暴れ出したら……。

「また惨劇が起こる。刺青と錯乱の関連性は今のところまだわからないが、その三人目がどこのだれなのかつきとめなければ……」

鬼丸は、スマホを使って、阿弥陀という彫り師について調べてみたが、とくになんの情報も出てこなかった。医師免許の取り消し処分を決定する「医道分科会」に問い合わせてみたが「阿弥陀」なる名前の医師免許剝奪者はいない、との返事だった。また、そういう名前の鍼灸師の情報もなかった。モグリ営業だったのだから、厚生労働省に問い合わせてもしかたがない。

「偽名というか、彫り師としての芸名なのだろうな」

有名な和彫り師は「彫り〇〇」という名前が多く、洋彫り師はミュージシャンのような芸名をつけたりしている。

「行き詰りましたね」

鬼丸がため息まじりにそう言ったとき、ベニーのスマホが鳴った。今ふたりが待ちかねているのは小麦早希からの「無事」の連絡だ。しかし、ベニーは画面を見てかぶりをふった。

「山梨課長からだ」

鬼丸は、駐車場に先に入り、車の運転席でベニーを待った。ベニーはしばらく車外で話をしたあと、助手席に乗り込んできた。

「新たに判明した事実を教えてくれた。私も『阿弥陀』の件について報告した」

「なにがわかったんです」

「まず、銃を乱射した坂東安吉の血液から薬物が検出された。薬物の特定はまだできていないが、医者の話ではLSDなどの合成麻薬じゃないか、とのことだ。ところが坂東は麻薬や覚醒剤《かくせいざい》の類《たぐい》を嫌っていて、日頃はけっして手を出さなかったそうだ。しかも、銃を乱射するまえの坂東の様子はとくにおかしいところはなかったようなんだ」

「十五年まえの事件の犯人の解剖所見はあるんですか」

「それが、司法解剖が行われなかったようなんだ」

「そんな大事件の犯人なのに、ですか？」

「自殺であることが明らかだから、というのが理由だそうだが、行政解剖のみで、毒物の検査は行われていない。死亡者は加害者も被害者も暴力団組員だし、よその組との抗争でもないし、というわけで、結局、動機不明のまま、一応事件としてはうやむやで終わった。山梨さんも、今回の事件がなかったら自分も忘れていた、と言っておられた。

——それともうひとつ、坂東安吉の経歴だが、もともとは中学・高校と水泳部に所属していて、高校卒業後は有名なスイミングスクールのインストラクターをしていたそうだ。

仕事で腰を痛めて退職し、なぜかそのあと極道になった。その当時のことを知っている玉利組の組員にきいたら、はじめて事務所をたずねてきたとき、すでに背中に般若の刺青《いれずみ》を入れていたらしい」

鬼丸は怪訝《けげん》そうに、

「組に入って、箔《はく》を付けるために刺青を、というのが普通だと思いますが……」

「うむ。順序が逆だな。だが、腰を痛めて好きな水泳ができなくなり、自棄《やけ》になってタトゥーを入れ、そのあとヤクザになるつもりになった、とか……」

「そんな若いやつがいきなり般若の刺青ですか？」

いくらここで話しあっても結論が出るわけではない。ふたりがつぎに向かったのはいわゆる美容整形外科であった。刺青は一度入れると消せない……というわけではない。今は、ピコレーザーや植皮、縫合などの方法によって刺青を除去することがある程度までは可能である。若気の至りで入れた刺青のせいで、こどもと一緒にプールや海に行けない、温泉やサウナに入れない、スポーツジムに入会できない、ひとと会わないような部署に転勤させられる……というようなことを苦にして、一旦《いったん》入れた刺青を消そうとするひとは多い。そういうときは美容整形外科に施術を頼むのだ。

しかし、刺青というのはそもそも「消えない」ことに意義があるのだから、そうたやすくは消せない。「きれいに消せます」と宣伝するクリニックはたくさんあるが、実際は痕《あと》が残ったり、少し薄くなるだけだったり……という結果になることも多い。しかも手術はたいへんな激痛を伴い、何度も重ねて行わねばならないので長期にわたるうえ、保険適用外なので費用も馬鹿高い。

それでも刺青を「消したい」と思うものもいるだろう。ベニーはそう考えて、美容整形外科に、変わった般若の刺青を消しに来た患者がいないか、とたずねてまわることにしたのだ。東京都内だけでもおそらく数百件はあるだろう。鬼丸ははじめるまえからうんざりしていたが、しかたがない。とにかく「美容」よりも「刺青の除去」に定評がある、と言われている医院から当たる、ぐらいしか絞り込む方法がない。

ふたりは「都内　刺青　除去」で検索し、口コミや噂からピックアップしたリストを片っ端から訪れた。だが、ほとんどの病院は「医者の守秘義務」を楯《たて》にして情報提供を拒否された。

「例の暴力団員の事件の捜査の一環でして、この刺青に心当たりがあるかどうかおたずねしているのです」

「患者のプライバシーに属することはお答えできませんね。あなたがたもご存じのはずです。それとも、捜査関係事項照会書はお持ちですか」

そういう返事が返ってくる。しかし、五軒目に行った江戸川《えどがわ》区の「小松崎《こまつざき》クリニック」の院長は写真を見るや、

「心当たりがあります。つい最近、これとよく似た刺青を入れたかたが除去を依頼に来られました」

小松崎クリニックは、美容整形よりも刺青の除去で知られている医院で、これまで訪れた美容整形外科の医者たちも口をそろえて、

「刺青のことなら小松崎さんにきいてみたらどうかな」

と言ったほどだ。ベニーは思わず、

「守秘義務違反にならない程度でお願いします」

「かまいません。医師の守秘義務というのは、正当な理由がない場合、というのが前提になっています。今お聞きした話では二件の殺人・自殺事件が起きており、私が守秘義務を頑固に守って情報を伝えないことで三件目が起こったら、私の責任にもなります」

初老で髪に白髪が混じりかけている小松崎医師は柔和な笑みを浮かべた。

「ありがとうございます」

「ただ、刺青を入れているかどうかは患者のプライバシーに深くかかわる問題ですから、取り扱いは慎重にお願いします」

そう前置きして小松崎医師は話し始めた。

刺青を消してほしい、という患者が来たのは一週間ほどまえだった。東京都の清掃局に勤めており、妻とこどもふたりの四人暮らしだ。かつては暴力団の構成員だったが、結婚を機会に組を抜け、真っ当な職に就いた。刺青のせいでこどもとプールや銭湯に行くこともできないが、ささやかながら幸せな生活を送っていた。

ところが、蒲郡都知事が万博開催をまえに全職員の刺青チェックを行うと発表した。

ほんの小さなものならともかく、彼の場合は背中のど真ん中に大きく般若の顔が入っている。ごまかしはきかない。今までは同僚や上司には隠し続けてきたが、バレたら解雇だろう。彼は刺青を消すために何軒もの美容整形外科に行ってみたが、どこの医者も「これは無理だ」との返事だったそうだ。そこで、最後の頼みの綱として小松崎クリニックを訪れた。

「でも、うちでも無理だったんですよ。かなり時間をかけて刺青を検査してみたのですが、彼のは変わってましてねえ……」

「どう変わってるんです」

「使われている染料が特殊なんです。昭和のころは、金属の混じった染料を使ってた時期があって、それだと磁気に強く反応するんで、たとえばＭＲＩが受けられないんです。発熱して大火傷《おおやけど》をしたり、機器にノイズが出て検査ができなかったりといろいろ支障がありましてね。でも、彼の染料はそればかりじゃなくて、レーザーにも反応するやつなので、ピコレーザーも使えない。お手上げです」

「では、どうしたって消せないうえにＭＲＩにも入れない刺青だと……」

「彫り師は、刺青を入れたあと、その事実を当人にちゃんと説明してるんですね。ぜったいにＭＲＩを受けるな。ＣＴにしろ。レーザー治療もダメだ。命にかかわるぞ、と……」

「刺青を入れるまえに説明するべきでしょう」

「不思議なのは、彼が施術を受けたのは平成になってからでして、ちゃんとした染料がいくらでもあったはずです。それなのにあえてそういう特殊な染料を使ったということは……」

「刺青を消させない、という彫り師の強い意志を感じますね」

「はい。でも、それだけじゃないような気がします」

「どういうことです」

小松崎医師はなにか言い掛けたが、

「まあ……やめておきましょう。ただの推測、というより勘ですから」

「それでもけっこうですから教えてください」

しかし、小松崎はそれ以上は言わなかった。

「あと、彼の刺青は最初に入れられたもののうえに重ね彫りをしてあります。重ね彫りの方は普通の染料が使われています。そのせいで、上層の刺青を消しても、深奥のものは消しにくくなってしまっています」

「どうしてそんなことを……？」

「たまにあります。最初に手掛けた彫り師の腕が未熟だったりして、刺青の出来あがりが悪かった場合、べつの彫り師に修正を依頼するのです。ですから、はじめに入れた刺青がどんなものか知りたかったら、ＣＴで調べてみたらいいでしょう」

「先生は、刺青の力で彫られた人間が錯乱する、あるいは刺青が人間を支配する、といったことを信じますか」

「まったく信じません。しかし、同じような刺青を入れた人間が三名いて、そのうちふたりが錯乱して発砲し、自殺した、となると、残るひとりも……という気持ちにはなります。理由は……わかりません」

「ある種の呪いとか……」

「それはないでしょう。私も何十年も刺青を扱っていますが、そんな話は耳にしたことがない」

ベニーと鬼丸は小松崎からその人物の名前と住所を聞き、礼を述べて立ち上がった。

「本人は、刺青のことを周囲にはぜったい秘密にしています。接触して聴取なさるなら、くれぐれもご配慮を……。私の名前は出していただいてかまいません」

「ご協力に感謝します」

そう言って部屋を出て行きかけたふたりだったが、鬼丸は立ち止まって振り返り、

「先生……さっき言い掛けてやめたのはいったいなんだったんです?」

「おい、鬼丸くん……」

失礼だろうとベニーが言おうとしたが、鬼丸はやめなかった。

「どうしても気になるんで、教えていただけませんか」

「いや、ほんの思いつきですから……」

「それでもいいんです」

小松崎医師はしばらく考え込んでいたが、

「その彫り師がMRIはぜったい受けるな、CTにしろ、と言ったのが妙だなと思ったんです」

「はあ……」

「MRIは受けるな……だけじゃなくて、わざわざCTを勧めているでしょう」

「………」

「MRIとCTの差ってなんだと思います？」

「なにって……俺にはわかんないす。同じようなもんじゃないんですか？」

「MRIは磁気を使いますが、CTは細かいレントゲンのようなもので、エックス線を使います。MRIのほうが、骨の影響を受けませんし、細かい変化や小さな病巣も見つけることができるため、一般にはCTより優れていると考えられがちですが、じつはそうではありません。たとえば脳卒中の場合、検査は一刻一秒を争いますが、MRIは準備に時間がかかるうえ、熟練した技師が不在だと扱えません。それに、何度も言っているとおり、MRIは強力な磁気を使いますから、金属は厳禁です。小さなピン止めでも大ごとになります。金属の入れ歯や、骨折した箇所に金属を入れているひとはMRIに入ることはできません。でも、そういうかたでもCTなら受診が可能なのです」

鬼丸は、小松崎医師の意図を見抜こうとじっとその顔を見つめたが、どうしてもわからず、助けを求めるようにベニーをちらと見た。ベニーは微笑んで、

「つまり、彫り師がCTを勧めたのは、CTならわからないだろうと高を括《くく》っているのでは、ということですね」

「そういうことです。今もお話ししたとおり、CTはどうしても骨の影響を受けます。ですから、薄い骨に覆われている小脳や脳幹部ははっきり見えないのです」

クリニックを出て、ベニーと並んで歩きながら鬼丸は悔しい気持ちでいっぱいになっていた。道化役として大恥をかいた……そう思ったのだ。だんだん腹が立ってきて、とうとう鬼丸は言った。

「室長殿は見事でしたね。それに引き換え俺は、あの医者の言ってることがなんのことだかわかりませんでした。馬鹿な部下ですいません」

「そんなことを気にしていたのか？」

ベニーはにこっと笑い、

「私は、そのまま帰ろうとしていた。最後にあの先生にむりやり質問したのはきみだ。きみがあの場で強引にたずねてくれなかったら、今の重要な手がかりは得られなかっただろう。きみのお手柄だよ」

「い、いや……そんなことは……」

鬼丸はつい笑ってしまっている自分に気付いた。そして、

(俺はいつからこの陰陽師《おんみょうじ》にこんなにへこへこするようになったんだろう……)

そう思った。

都会に棲《す》む物《も》っ怪《け》は、人間との関わりは最小限に控え、ひっそりと隠れて暮らすのが普通だ。それなのに鬼丸が刑事になったのは、「鬼」が本来持ち合わせている「ひとを狩る」という欲求を充足させることができるからだった。犯人を追い詰め、逮捕する瞬間、なんともいえぬ悦《よろこ》びを感じる。その一瞬のためだけに鬼丸は、東京の片隅にある小さな所轄で目立たないように務めていた。そこに、ベニーがやってきたのだ。

アメリカ帰りの陰陽師であるベニーと出会うことによって、鬼丸のなかでなにかが変わった。古来、陰陽師と鬼は敵同士である。人間が大嫌いだった鬼丸が、はじめて「一目置く」ようになった人間がベニーなのだ。ベニーも、次第に鬼丸を評価するようになり、ついには「警視庁陰陽寮」の創設メンバーに鬼丸を指名するまでに至ったのだ。だとしても、鬼丸は陰陽師に対して「相容《あいい》れない相手」という意識を捨ててはいない……はずだったのだが……。

「鬼丸くん、山梨課長に電話して、坂東安吉の遺体について、頭部と刺青《いれずみ》のCTスキャンを撮るように頼んでくれ」

「わかりました」

鬼丸は山梨に電話をしたが、その返事を聞いて愕然《がくぜん》とした。電話をつないだまま鬼丸はベニーに、

「拳銃《けんじゅう》による自殺であることは間違いないうえ、覚醒剤《かくせいざい》による幻覚のせいで犯行に至った経緯も明白なので、形式的に司法解剖を行ったあと、遺体はすでに関係者に引き渡し

たそうです」

「なんだって？　代わってくれ」

ベニーは山梨に直接言った。

「これだけの大事件なのに犯人の遺体をもう引き渡すなんて早すぎます」

「しかたないんだ。坂東安吉は家族もいないし、親戚《しんせき》付き合いもないんで、関係者といっても親代わりの玉利組の組長だけだ。その組長がやいのやいのと言ってきてな……」

「遺体を取り戻せませんか。大事な証拠なんです」

「無理だな。もうすでに火葬しちまったらしいです」

「せっかくの証拠だったのに……！」

ベニーは特殊な染料のことや阿弥陀の経歴について話をしたが、

「捜査本部も開設できそうにないんだ。犯人はわかっているし、シャブ中が錯乱して仲間を撃ち殺し、そのあと自殺した、という経緯も明白すぎるぐらい明白だ。これ以上捜査をする意味がない、とうちのえらいさんが言い出してな……」

山梨課長は悔しそうに言った。

「今回の事件にはまちがいなく背中の彫りものと死んだ彫り師が関係しています」

「だとしても、まわりを説得するのは俺には無理だ。公にはなんの謎もない」

「あるじゃないですか。十五年まえに起きた事件とそっくりだ、という謎が……」

「それを言い立てているのは俺だけだ。捜査員はみんな、目のまえの事件を調べることに集中する。十五年まえの事件はすでに解決済ということになっているからな。残念だが撤退するよ」

「ですが、同じ刺青を負った男がもうひとりおります。もし彼が今後なんらかの犯罪行為を引き起こすようなことがあったらたいへんです。組織犯罪対策部からも人数を出してほしいんです」

「俺たちには手出しできない。そいつは今のところ、まだなんの犯罪も起こしていないし、なにかをしでかしそうな気配もない。ヤクザですらない。ただ、自分の刺青を消したがっている……それだけだ」

「たしかにそうですが、でも……」

「あとは陰陽寮に任せるよ。おまえさんたちなら、自由に動けるだろう」

電話は切れた。

「私たちに任せる、とさ。最初はあっちから振っておきながら、我々だけに押し付けて退却とはひどいな」

そうは言ったものの、ベニーの口調は闘志を掻《か》きたてられているように鬼丸には聞こえた。

「灰になってしまったものはもとに戻りません。気持ちを切り替えて第三の『刺青の男』のところに行きましょう」

「そうしよう」

鬼丸とベニーは、小松崎医師から聞いた住所へと向かった。五階建てマンションの三階だった。患者の名前は、武居耕作《たけいこうさく》といった。年齢は三十七歳だそうだ。すでに夜になっていたが、ベニーはかまわずチャイムを鳴らした。

「なんでしょうか……」

インターホンから声がした。

「警視庁のものです。武居耕作さんはいらっしゃいますか」

「耕作は私ですが、なんのご用件でしょうか」

声がうわずっている。

「お手間は取らせません。ちょっと出てきていただけますか」

すぐに鍵《かぎ》を開ける音がしてドアが開き、ひょろっとした男が顔を出した。顔つきからは、なにかをしでかしそうな人物とは思えない。ベニーと鬼丸は身分証明書をかざし、

「少しばかりご協力をお願いします」

武居は怯《おび》えたような表情で、

「は、はい……」

奥から小さなこどもの声で、

「パパ、今頃だーれ？」

「あ、ああ……知り合いだよ」

武居は外に出てくると後ろ手にドアを閉めた。

「あなたは阿弥陀という彫り師を知っていますね」

ベニーがそう言うと、武居はみるみる蒼《あお》ざめ、

「すみません。ここじゃその話、まずいんで……」

「わかりました。じゃあ我々の車が下に停まっていますので、そのなかで話をうかがいましょう」

「車って、パトカーですか」

「いえ、一般車です」

武居は振り返るとドアを細めに開け、

「おーい、知り合いが久し振りに訪ねてきたんで、少し出てくるよ」

女性の声で、

「え？　晩ごはんは？」

「それまでには戻るさ」

そして、ふたたびドアを閉めた。

三人は、離れたところに停めてあった車両の後部座席に乗った。ベニーはすぐに、

「あなたの背中には般若《はんにゃ》の彫りものがありますね」

武居は震え出した。

「どうしてそれを……あ、そうか！　何軒も医者に行ったから、あいつらが漏らしたんだな。どの医者がしゃべったんです！」

「医者には患者に対する守秘義務がありますが、犯罪に関係していることが明らかな場合は無視して差し支えないのです」

「わ、わ、私は犯罪などしていない。刺青を入れただけで罪になるのですか？　たしかに私の背中には刺青があって、東京都はそれを理由に私をクビにできるかもしれないが、警察に捕まることはないはずだ！」

「もちろんです。あなたはなにもしていません。昨日S商店街で起きた暴力団玉利組による銃乱射事件を知っているでしょう」

「あ、ああ……ニュースで見た」

「犯人は最後に自分の頭を撃って自殺しました。些末《さまつ》なことなので報道はされていませんが、犯人の背中には般若の刺青がありました」

「…………」

「十五年まえ、神田多町で起きた暴力団による発砲事件の犯人も同じように自殺しましたが、その背中にもよく似た般若が彫られていました。それらは、阿弥陀という彫り師が手掛けたものです。そして、阿弥陀は計三人に般若を彫っていることがわかっています。つまり、それがあなたなのです。聞くところによると、あなたもかつてはどこかの組員だったそうですね」

「ま、まさか、私もそいつらみたいに事件を起こすと……」

「それはわかりませんが、阿弥陀に般若を彫られた人間が錯乱して銃を乱射する理由がわからない以上、警察としてはあなたと接触して事情をきこうとするのは当然でしょう。確約はできかねますが、もしかするとあなたを救えるかもしれない……そんな風に考えています」

武居はなにも応《こた》えず、視線を下に向けたままだった。

「阿弥陀が亡くなったのは二十年ほどまえだと聞いています。つまり、彼があなたに彫りものをしたのはあなたが十七歳のころ、ということになります。どうして刺青《いれずみ》を、それも般若の顔などを入れたのですか」

「ちがう！」

武居は急に顔を上げて叫んだ。

「入れたんじゃない。入れられたんだ！」

ベニーは首を傾げ、

「どういうことです。なにもかも話してください。悪いようにはしません」

「東京都も警視庁も信じられない。あんたたちは私みたいな元ヤクザのことは歯牙《しが》にもかけちゃいない。考えてるのは真面目に働いてる人間に難癖をつけて検挙して、点数を上げることだけだ。その結果、私の人生がめちゃくちゃになっても気にもしないだろう」

「ちがいます。我々はあなたが……」

そのとき鬼丸が顔を武居に寄せ、

「おい、あんた……」

「な、なんだ。これは任意の聴取のはずだ。それなのに凄《すご》んで脅すのか。それが警察のやり方か」

鬼丸はそれを無視して、

「あんたなあ、よく考えろよ。どうせこのままでも、あの馬鹿な都知事のせいで東京都の職員をクビになるんだ。今どきタトゥーなんか若いやつらはファッション感覚でばんばん入れてる。外国人もそうだ。たかが刺青ぐらいでどうして自分だけが、と腹が立つだろ？　そんなにびくびくして隠すことはないって。鬼ごっこじゃあるまいし、いつまで隠れてるつもりだ。家族もいるんなら、もっと前向きになれよ。なにもかもぶっちゃけて、そのうえで新しい道を探すんだ。それしかないんだよ」

武居は強張《こわば》った表情で鬼丸をにらみつけている。汗が顔から滴り落ちる。そして、

「そうだよな。このままでもどうせクビになるんだ。――わかった。全部話します」

それから武居の供述が始まった。

「私は高校一年生のとき、両親を交通事故で亡くし、遠い親戚《しんせき》に預けられました」

そのときにグレたのかと鬼丸は思ったが、そうではなかった。

「親戚はとてもいいひとで、私はその恩義に報いるため、必死で勉強して全校で一番の成績を上げました。このままなら国公立大学への進学も夢ではない、と教師に言われ、ますます勉強に熱を入れました。ところがあまりがむしゃらにがんばりすぎたせいか身体を壊してしまいました。病院にしばらく通ったのですがどうもすっきりしません。医

者は、きみはもう治っている、これ以上治療することはない、と言うのですが、やる気が出ないし、頭痛はするし、ときどき熱が出る。医者を何軒か替えてみても同じでした。そんなとき、クラスメイトから、そういう症状には鍼《はり》治療がいいんじゃないか、ものすごく腕のいい鍼師がいるから紹介してやる、と言われて訪れたのが……阿弥陀のところだったのです」

ベニーが、

「そのときは彫り師だとは知らなかったんですね」

「はい。当時、阿弥陀は無免許治療がバレたことで大きな鍼灸院《しんきゅういん》を畳み、借金を抱えて安アパートの一室で闇営業をしながら彫り師としての技術を習得している最中だったようですが、私は身体を治してほしい一心でなにも考えずに通っていました。たしかに鍼の腕は抜群で、私の体調はみるみる回復し、元気になったのです。ところが……」

武居はうつむいて、

「今にして思えば、あのクラスメイトは阿弥陀に頼まれていたのでしょう、親や兄弟のいない知り合いがいたら連れてこい、とね。彼は、私と同じく国公立への進学希望でしたから、ライバルがひとりいなくなればいい、ぐらいの気持ちだったのだと思います。私は、阿弥陀の下心にまったく気付かず、信頼していたのです……」

ある日、武居が治療まえに阿弥陀と世間話をしていると、

「近頃、きみみたいな若いひとたちのなかでタトゥーが流行《はや》っていると聞いてるけど、

きみも興味あるのかい」

　藪《やぶ》から棒だったので武居はすぐに、

「まさか……。二度と消すことができない刺青のようなものをうかつに肌に入れるなんて、とんでもないことです。あとで取り返しがつきませんから」

「まったくそのとおりだ。あんなものはまともな頭のやつのすることじゃないよねえ」

　そして、いつもの鍼治療がはじまったが、武居にはそこから先の記憶がないという。ハッと目を覚ましたので、いつのまにか眠ってしまったのか、と自分ではそう解釈したが、途端、背中に激しい痛みを感じた。それはあまりに唐突だったので、武居は背中に火がついていて、皮膚が焼け爛《ただ》れているのだと思った。

「熱い……熱い熱い……だれか助けて！」

　ほぼ同時に頭が割れそうに痛み出した。

「ああああ……痛い痛い痛い痛いよお！」

　だれかが武居の両肩を布団に押さえつけた。目をうっすら開けると、それは阿弥陀だった。

「うるさい。ここは壁が薄いんだ。静かにしろ」

「でも先生……背中と頭が痛いんです！」

　叫びながら武居は下半身を海老《えび》のように反らせた。

「あたりまえだ。きみの背中に刺青を入れた。しばらくは激痛が続くだろうが我慢しなさい」

その言葉の意味も解せぬほどの痛みだった。

「我慢できない！　なんとかしてえっ」

「ふん、こらえ性のないやつだ」

そう言うと阿弥陀は鍼を武居の顔や後頭部、首筋などに何本か打った。その効果で痛みは少し和らいだ。

「鍼で神経を殺しているだけだから、抜けばまた痛みが戻ってくるぞ。耐えろ！」

いつもと違った阿弥陀の顔つきとその語調に武居は恐怖を感じた。

「教えてください。私はどうなったんです。どうしてこんなに痛いんです」

「言っただろう、きみの背中に刺青を彫ったんだ」

刺青……彫った……？　その言葉が武居の頭に落ち着くまでしばらくかかった。

「う、う、嘘でしょう？」

「本当さ。これを見たまえ」

阿弥陀は大きな鏡を持ってきて武居に示した。武居の背中には二本の角が生えた、大きな鬼の顔があった。その顔はなんとも不気味で、色づけまで終わっていた。太く湾曲した角、なんの思考も読み取れない冷たい目、大きな鼻……そして、口がない。

「口がない？」

思わずベニーは言った。

「刺青には最初、口がなかったのですか」

　武居はうなずいた。

「はい、そうです。私が、これは『鬼』なのか、と問うと、阿弥陀は『般若《はんにゃ》だ。まあ、鬼みたいなものだな』と言いました。そして、私に説明をはじめました」

　阿弥陀は、武居の額にある急所やその他のツボに鍼を深く打ち込むことで彼の意識を奪った。彼はそれほどの技術を持っていたのだ。いわば全身麻酔状態になった武居に、阿弥陀は刺青を施した。本来、刺青というのは一度に入れるのではなく、何回も彫り師のもとに通って、徐々に仕上げていくものだが、それを彼はたった一度で終わらせたのだ。麻酔を解いたのと同時に襲ってきた激痛もむべなるかな、である。般若の顔がひとつ、ぽつんとあるだけの刺青で、桜吹雪などの背景もなく、腕や尻《しり》、脚などに及ぶものではなかったため、短期間での仕上げが可能だったとも言える。

「阿弥陀は私に、特殊な染料を使っているため、美容整形外科などでどんな処置をしても消せない刺青であること、ＭＲＩに入ったら死ぬかもしれないこと、などをこんこんと説明しました。私は大声で泣きました。すると、阿弥陀は怖ろしい形相で私を平手打ちして、『泣きやめ。あきらめて腹をくくれ』と怒鳴りつけました……」

　武居が、

「なぜこんなことをしたんですか。私は一生この刺青を背負わなければならない。普通の仕事には就けない……」

そう言うと、阿弥陀はにやりと笑い、

「だったら、般若の刺青があってもかまわないような仕事を選べばいいだろ？」

つまりはヤクザになれ、ということだ。武居はブチ切れ、一瞬痛みを忘れて阿弥陀に飛びかかり、首を絞めつけた。

「もとに戻せよ！　刺青を消せよ！　消してくれよおっ！」

「無理だと言っただろう。理解力のないやつだ」

「くそっ、消せないなら……おまえを殺してやる！」

阿弥陀は首を絞められながら薄笑いを浮かべ、

「かまわんよ。私はどうせもうすぐ死ぬんだ。病気でねえ……。もし私が健康なら、自分でやるんだが……」

「なにを……？」

「世のなかへの復讐《ふくしゅう》を、だ。私はこんな安アパートの一室で、無免許の鍼灸師、彫り師として一生を終えるはずじゃなかった。もっと……もっとすごいなにかになっているはずだった。それだけの価値のある人間だし、それだけの犠牲も払った。なのに……どこでどう間違えたのかこのざまだ。だから、私は世間に復讐する」

「もうすぐ死ぬなら、なにもできないだろう」

「大丈夫。きみたち、という悪魔が私に代わってやってくれる。きみが最後のひとりなのだ。これで準備は完了した。心置きなく死ねる」

「いい加減なことを言うな！　私はなにもしない」

「することになる。いつかはわからないが、きっときみたちは私の代わりをしてくれる。そう願ってるよ」

阿弥陀の哄笑《こうしょう》を背に、武居はそのアパートから飛び出した。ふらふらになって家にたどりつき、親戚《しんせき》夫婦にことの次第を話すと、ふたりは驚いて警察に通報した。しかし、警察が武居が教えた住所に行ってみたが、そこはもぬけのからだった。大家にきくと、その部屋の住人は家賃の滞納が続き、ヤクザっぽい連中が押しかけてくるなど問題が多かったので出ていってもらった、とのことだった。どこへ行ったかはわからない……という。ベニーたちが会った老彫り師が阿弥陀と知り合ったのは、そのあとのことだろうと考えられる。

「警察は、私の話を信じてくれず、出来心で刺青《いれずみ》を入れたが、怒られるのが怖くなって、無理矢理入れられた、などという話をでっちあげたんだろう、とまで言われました。最初は親戚夫婦も同情してくれたのですが、やはり背中に般若の刺青を入れた高校生を持て余してしまったようで、ついには遠回しに、当座の生活資金を渡すから出ていってくれないか、と言われてしまいました。私も、これ以上世話になるわけにはいかないと思い、そこを出ました。といって、どこへ行くあても、なにをするあてもありませんでした……」

とりあえず渋谷《しぶや》を歩いていて目についたタトゥースタジオで刺青を修正した。般若の目のうえの部分の筋や、開いた口などを追加して、なんとか鬼らしい顔にしてもらったのだ。

「モヒカン頭のタトゥー・アーティストは、腕はともかく、般若の図案を見ながら、ちゃんとそれらしい絵柄にしてくれました。阿弥陀の般若はいくらなんでも怖すぎました」

その話を聞きながら、鬼丸は頭のなかで、坂東安吉の背中にあった般若の写真から目のうえの筋や口などを削除してみた。

(まさか……これは……)

鬼丸は自分の思いつきに戦慄《せんりつ》した。

「人生に絶望しきっていた私は柄にもなく荒れてしまい、毎晩、新宿や渋谷で酒を飲んで喧嘩《けんか》ばかりしていました。どんな強い相手でも、私が背中の彫りものを見せるとビビってしまい、逃げ出します。それが快感だった。勉強ばかりしていたそれまでの人生にはなかったことです。そんなことを繰り返しているうちに、私はいつのまにか暴力団の準構成員になっていました」

ベニーが腕組みをして、

「そうですか……。あなたも坂東安吉と同じで、暴力団に入ったから刺青を入れたのではなく、刺青を入れたあとに組員になったのですね」

「はい。それ以外のどんな道がある、と思いました」

それこそまさに「刺青の呪い」ではないか、と鬼丸は思った。彫られた人間の人生を支配してしまったのだ。そして、阿弥陀はそこまで読んでいたのだろう、とも思った。

たぶん坂東安吉も武居のように、水泳のインストラクターの仕事で腰を痛め、その治療のために阿弥陀のところに行き、鍼《はり》で意識を失わされているあいだに彫りものを入れられたのだろう。水着を着なければならない坂東には刺青を隠すことは不可能だった。それで自棄《やけ》になって組事務所を訪れたのではないか。もちろんもとの刺青をだれかに修正してもらって……。

「ですが、結局私は、暴力団には向いていなかったのですね。結婚を機会に組を抜けました。死ぬほど殴られ、蹴《け》られましたが、そのかわり指も詰めずに済みました。経歴を隠して応募した東京都の清掃局員として採用され、ふたりのこどもにも恵まれました。家内には、私が組員だったころさんざん迷惑をかけましたが、今度また、都知事のチェックの件で心配させてしまっています。なんとかこのまま仕事を続けたいのですが……無理なんですかね」

消え入るような声で武居は言うと、膝《ひざ》に置いた拳《こぶし》を震わせた。

「これまでも身体検査や健康診断はあったでしょう」

とベニー言った。

「どうしても外せない用事ができた、とか、親戚が亡くなったとか、急に病気になった、とか……考えられる言い訳は全部使いました。そのうちに人事のほうでも、なにかあるのだろうと察してくれるようになりましたが……今回はその手は使えないみたいです」

「武居さん、あなたに申し上げたいことが二つあります。それは、もしかしたらあなたが仕事をクビになる、とかに比べても、もっと差し迫った重大な話です」

ベニーが言った。

「あなたは他人だから簡単に言いますが、私にとって安定した仕事を辞めさせられるのは重大なことです」

「あなたの仕事については私が責任を取ります」

「ははは……刑事が仕事の斡旋《あっせん》もしてくれるってわけですか」

「約束します」

ベニーは武居の目を見つめてそう言った。ベニーの気持ちが伝わったのか、武居は、

「わ、わかりましたよ。話を聞きましょう」

「ひとつは、できるだけ早く、専門医に小脳と脳幹部の詳しい検査をしてもらってください。ＭＲＩが使えないのですから、ほかの方法を使ってもらうようにお願いします」

「なぜそんなことをしなければいけないんですか」

「いずれ説明します。――もうひとつは、阿弥陀という彫り師のことで思い出すことがあればどんな些細《ささい》なことでもいいから教えてください」

「そうですね……」

武居はしばらく考えていたが、

「部屋の奥に神棚みたいなのが祀《まつ》ってありました」

「和彫り師だから神棚があっても不思議はありませんが……」

「そこに、こんな星の形が描かれたお札みたいなものが飾られてました」

そう言って武居は指で宙に星形を描いた。ベニーの目が輝き、

「それは陰陽道《おんみょうどう》で使う五芒星《ごぼうせい》だ。阿弥陀は陰陽師だったのかもしれない！」

しかし、鬼丸の考えは違っていた。

「武居さん、その五芒星は円のなかに入っていませんでしたか」

武居はうなずいて、

「よくわかりましたね。そうです、たしかに円のなかに描かれていました」

ここに至ってようやくベニーも気づいたらしい。

「鬼丸くん、まさか……」

「どうもそのようです」

「『三人の悪魔が……』という言葉は、深い意味があったというわけか」

ベニーと鬼丸がささやきあっているとき、武居が言った。

「あ、そうそう、つまんないこともひとつ思い出しました。どんな些細なことでもいいから、ということなので言うんですが……」

「ぜひお聞きしたいです」

「えーと、たいがい帽子をかぶっていたのでわからなかったのですが、一度、帽子を脱いで頭のてっぺんにある大きな疣《いぼ》をがしがし掻《か》きむしっていたことがあります」

ベニーと鬼丸は顔を見合わせた。

☆

くしゃくしゃになった新聞を読みながら、老人は笑っていた。もう何度読み返しただろう。見出しには「暴力団組員、白昼の商店街で拳銃《けんじゅう》乱射。五人死亡」とあった。

「ふふふふ……あれから二十年も経つかな。またしてもこんな胸のすく思いを味わえるとは……」

恍惚《こうこつ》とした表情で記事を眺める老人の唇からは涎《よだれ》が垂れていた。

「俺がもう少し若ければ、ああいう手合いをもっと作り出して、世間に送り込むんだがなあ……。でも、まだひとり『お楽しみ』が残っている。いつ発動するかしれんが、それを楽しみに余生を送るとしようか。なにも考えずのほほんと過ごしている連中の平穏な日常を覆すことほど面白いことはない。ふふふふふ……ふふふ……みんな死んでしまえばいい。とくにヤクザはこの世の害毒だ。消えてなくなれ……消えてなくなれ！」

そのとき、コツコツというノックの音がした。今夜は予約は入っていないはずだ。

「だれだ」

老人……彫り師の佐谷はしゃがれた声で応じた。

「先刻お邪魔した警視庁のものです」

「なんだ、またか。たいがいのことはさっき話したぞ」

「あと一点だけうかがいたいことがありまして、ご協力をお願いします」

老人は舌打ちをしてのっそり立ち上がった。仕方ない。警察には媚《こ》びを売っておく必要がある。ドアを細く開けると、立っていたのはたしかにあのふたりの刑事だった。

「きき残しがあるとはうかつな連中……」

と言い掛けたとき、ドアが荒々しく押し開かれ、ふたりの男はむりやり入ってきた。

「なんだね、乱暴なひとたちだ！」

ふたりは警察手帳を示すと、背の高い、外国人のような風貌《ふうぼう》の刑事が、

「すっかりだまされたよ。まだ生きていたとはな、阿弥陀……」

「お、俺が阿弥陀だと？　馬鹿を言え。阿弥陀は死んだと言っただろう」

「証拠はない。あなたの証言だけだ。阿弥陀は死んだ……そうしておけばあなたの身は安泰だからな」

「俺が阿弥陀だとしたらどうだというのだ。二十年まえに、ヤクザの背中に刺青《いれずみ》を彫った罪で捕まえるのか？」

「ヤクザの背中じゃない。あなたが、消せない刺青を彫ったからやむなくヤクザという生き方を選ばざるをえなかったんだ」

佐谷は鼻で笑い、

「たいした違いはないいね」

「大違いだ。あなたが無理に刺青を入れなければ、彼らにはべつの人生があった」

「無理矢理刺青を入れるなんてことはできない。激痛が伴うからな。合意のうえで入れたってわけさ」

「いや……あなたは鍼を使って患者を眠らせ、そのあいだに施術をしたんだ」

「そんなことをして俺になんの得がある？　刺青の押し売りをして、代金をふんだくる商売ってことか？　ははは……それもよさそうだけどな」

「とぼけるな。刺青を入れた相手がいつか錯乱してなにかをしでかすと期待してのことだろう。相手が暴力団になっていたとしたら、なおさらとんでもない事態を引き起こすだろう。そこまで計算していたんだな。後腐れのないように、親も兄弟も家族もない人間を選んだというわけだ」

「なんのことだかさっぱりわからんねえ。言っただろ？　阿弥陀ってやつは死んだのさ。俺の知ったこっちゃないね」

「いい加減にしろよ、唐牛得三《からうしとくぞう》」

佐谷の顔がこわばった。

「だれだい、そいつは？」

「もう判明しているんだ。あなたは元外科医の唐牛得三だ。阿弥陀というのは変名なのでいくら調べてもわからなかったが、医師免許を剥奪《はくだつ》された事例を丹念に調べていくと、あなたの案件に行きついた。身寄りのない患者が死んだとき、その死体を非合法な団体に横流しし、いかがわしい儀式に使用していた、という理由が記されていた」

「…………」

「あなたは……悪魔崇拝者だな」

ベニーはとうとうその言葉を口にした。

「あなたの仕事場の神棚には、円のなかに描かれた五芒星が貼ってあったそうだな。私は最初、あなたが陰陽師かと思ったが、それは誤解だった。逆さに描かれた五芒星……逆五芒星はサタニズムの象徴だ。あなたはおそらく医学生だったころにオカルティズム、なかんずく悪魔崇拝にのめり込み、実際に行うことで利益を得ようとした。医師免許を失ってから阿弥陀と名乗ったのは、仏教に帰依《きえ》したわけでもなんでもない。悪魔を扱った映画『オーメン』の主人公である悪魔ダミアンの名前を逆さから読んだのだろう。今、佐谷と名乗っているのも、サタニズムから取ったのだな」

「ふふふふへへ……どうも駄洒落《だじゃれ》が好きでねえ」

佐谷、いや、唐牛得三は別人のような凶悪な面相になっていた。ベニーはなおも続けた。

「悪魔の力を借りて医学界に君臨しよう、とでも思っていたのかもしれないが、死体の不正利用がバレて医者の資格を失い、死体損壊罪で逮捕された。出所しても悪魔崇拝は捨てなかったが、次第に落ちぶれていき、しかも、暴力団金融の取り立てから逃げ回る身となった。そして、没落の果てに重い病を得て、あとは死を待つのみとなった。こんなことになったのは自分のせいではない。俺を認めない世間のやつらのせいだ……あなたはこの世のすべてを逆恨みし、世の中に復讐《ふくしゅう》しようと決意した。そして、鍼《はり》治療に訪れた患者のなかから身寄りのない三人を選び、その背中に刺青を入れた……」

「あんたも想像力豊かだねえ。俺が悪魔崇拝者だって？　へー、悪魔崇拝者ってのは般《はん》若《にゃ》の刺青を入れるのかね。すってんてれつく天狗《てんぐ》の面、おかめひょっとこ般若の面ってね」

鬼丸が、

「あれは般若じゃない。——バフォメットだ」

バフォメットというのは、キリスト教における悪魔のひとつで、山羊《やぎ》の頭に人間の身体を持つ。魔女たちを統べ、サバト（黒ミサ）を司《つかさど》る。

「へへへへへ、よくわかったたな。山羊頭の悪魔も般若もよく似ているだろう？　俺はバフォメットを『般若だ』と言って彫ってやったんだが、気味が悪いってどいつもこいつも嫌がってな、べつの彫り師に修正させやがった。へへへへへ……」

「すぐに死ぬはずだったおまえが、どうして生き延びてるんだ」

「それが人生の不思議ってやつだなあ。一時は寝たきりで医者にも見放されていたんだが、最初の十五年まえの事件があったあと検査を受けたら、驚くなかれ、影が消えてるっていうじゃないか。たぶんあれが生贄《いけにえ》代わりになって、悪魔が俺の忠誠を愛《め》でて助けてくれたんだろうな。だから、こうして生き続けて、自分が仕込んだ『復讐』の結果をこの目で見ることができているわけさ」

聞いていたベニーは歯噛《はが》みをして、

「他人の人生をもてあそぶなんて、許されることではない！」

「あのなあ、青い目の刑事さんよ、ひとの背中に刺青を入れただけでその人間を操ったりできるはずがないだろう？　オカルト記事の読み過ぎじゃないのか？　俺がなにかしたという証拠があるのか？」

「これは私の想像だが、あなたは三人に対して、特殊な染料を使った刺青なので、MRIに入ったら死ぬ、CTならかまわない、と強調していたそうだな。CTでは脳幹や小脳など脳の底の部分はよく見えない。あなたはそこになにかを仕込んだ……」

「…………」

「おそらくLSDを入れたカプセルかなにかだろう。背中の彫りものに注意を向けさせておいて、じつは脳の底に仕掛けがある。外科医なら、鍼で麻酔状態になっている患者のちょっとした手術はお手のものだろう。あなたはバフォメットの刺青を入れたあと、カプセルを埋め込む。カプセルはなにかの拍子に溶けて、中身が脳内に染み出すが、それがいつのことかはだれにもわからない。でたらめな日時に設定された時限爆弾を持たされているようなものだな。そして、ある日、暴力団組員になっている可能性が高いその人物は突然、脳内に直接覚醒剤《かくせいざい》をぶちまけられて錯乱状態になる。拳銃を持っていたらぶっ放すし、ナイフを持っていたら切りつけるだろう。しまいに自分で自分を殺すかもしれない。とにかく不特定多数に囲まれているときになんらかの事件を引き起こすように企《たくら》んだのだろう。そしてその計画は図に当たった。あなたが般若の彫りものを入れた三人は三人ともヤクザになり、そのうちふたりまでが事件を起こした。あなたの企みは大成功でしたね」

「おかげさまでね。でも、あとひとりいる。あいつがこれからどんなえげつないことをしでかしてくれるかが楽しみでしかたないのさ。歩行者天国の雑踏のなかで無差別に拳《けん》銃《じゅう》を乱射するとか、飛行機のなかで刃物を振り回して暴れるとか、そうなったら最高だが、だらけきった世のなかに活を入れるような騒ぎを引き起こしてくれればよしとしようか」

「残念ながらそうはいかないようだ」

「——なに？」

「最後のひとり、武居耕作は組を辞めて堅気になった。今、私の提案で脳幹と小脳の検査を受けているはずだ」

「クソが！」

老人は吐き捨てると、

「ああ、わかったわかった。あんたらの勝ちだ。俺はもう手向かいしない。最後のやつがたとえひとりでも殺してくれたら、悪魔へのいい貢物になったんだが、諦《あきら》めたよ。あんたらの手柄にしな」

そう言って両手の拳《こぶし》をまえに突き出した。お縄をちょうだいします、という恰好《かっこう》だ。

「唐牛、どうして悪魔崇拝者になったんだ」

ベニーがきくと、老人は遠くを見つめるような目をして、

「俺は、ひとの命を救いたくて外科医になったんだが、ある重病の患者が俺に言った。先生、私はまだまだ生きたいんです、助けてください、と。俺ももちろんそうしたかったが、手術が成功するか失敗するかは五分五分だった。そのとき敬虔《けいけん》なキリスト教徒だった俺はその患者に言った。『神さまに祈りなさい。私もそうします』……とね。俺は最善を尽くしたが手術の結果、患者は苦しんで死んだ。患者の家族は、手術の失敗で患者が死んだ、と俺を告訴した。病院も俺を守ってくれず、記者会見で晒《さら》し者《もの》にしたあげく、給料を半年間ゼロにされた。患者の遺族は刑事告訴もしたので、俺は警察に呼ばれて刑事たちに殴られたり蹴《け》られたりした。そのとき俺は、神はいない、と確信した。いるのは悪魔だけだ。それなら悪魔崇拝者になったほうがいい。俺は悪魔について徹底的に調べ、ついには教団に入信した。——というわけさ。医道分科会は俺の医師免許を剝奪したが、俺はひと殺しをしたわけじゃない。死んだ患者の死体を儀式の生贄として提供しただけだ。それのどこが悪いのかね」

そう言いながら、唐牛は拳に隠し持っていた鍼をベニーの眉間《みけん》に突き立てた。

「う……！」

ベニーは低く呻《うめ》いて、そのまま硬直した。マネキンのように動かなくなったベニーを

見て、鬼丸は動転した。

「なにをした！」

老彫り師は薄笑いを浮かべ、

「ちょいと麻酔をかけただけだ。おまえもこうしてやる」

そう言うと、もう片方の手に持っていた鍼を鬼丸の額に刺した。鬼丸は憤りのあまり、それを避《よ》けることもしなかった。

「許さん……」

そうつぶやくと、唐牛の胸倉を右手でつかんだ。鬼丸の右腕の筋肉がぶちぶちと音を立てて膨れ上がり、丸太のように太くなった。普段のままの左手で眉間の鍼を引き抜いて捨てる。

「な、なぜだ。なぜ麻酔が効かん」

うろたえる唐牛の身体を右腕で持ち上げる。

「お、お、おまえはなにものだ！」

鬼丸は腕をぐいと後ろに引いた。

「なにをする。やめろ、やめろ、死んじまう、やめてくれえええっ」

「悪魔に助けてもらえよ」

鬼丸は老人を壁に叩《たた》きつけた。老人の身体はサッカーボールのように宙を飛び、壁に激突した。頭蓋骨《ずがいこつ》が割れるぐちゃっという音がした。

「さっきからうるさいよ、くそジジイ！」

隣から甲高い中年女の怒鳴り声が聞こえてきたが、老人の耳にはすでに届かなかった。

鬼丸はベニーに駆け寄ったが、その眉間に刺さった鍼を見て躊躇《ちゅうちょ》した。これを引き抜いたほうがいいのか、それともなにもしないほうがいいのか……。鬼丸は思い切って鍼を抜いた。途端、ベニーの両眼が動き、顔に精気が戻った。一瞬、なにが自分の身に起きたのかわかっていないようだったが、壁のすぐ下で頭から血を流して倒れている唐牛を見て、

「なにがあった……？」

「さあ……こいつが室長の額に鍼をさしたあと、突然、錯乱して暴れ出しまして、闘牛みたいな勢いで自分から壁にぶつかっていきました。ほかの人間を巻き込まずに死んだのがせめてもの救いですね」

ベニーは納得のいかない様子で唐牛を見つめたあと、大きく息を吐いた。鬼丸は唐牛の死体に近づき、その上着を脱がした。背中にはなにもなかったが、胸から腹、そして下半身にかけて無数のバフォメットの刺青《いれずみ》が彫りつけてあった。おそらく唐牛自身が彫ったものと思われた。

「よくわからないが、私を助けてくれたようだな、鬼刑事さん」

ベニーはそう言ったが、

「俺はなにもしてません。見てただけです」

ベニーは不審そうに鬼丸を凝視すると、

「鬼丸くん……きみはもしかしたら……」

鬼丸は身構えたが、ベニーは視線を逸《そ》らし、

「いや……なんでもない。陰陽寮に戻ろうか」

ふたりは、無線で呼び寄せた所轄の刑事に唐牛の死体と現場の保存を引き継ぎ、警視庁本庁社に帰還した。

陰陽寮の部屋に入った途端ベニーのスマホが震えた。ベニーはしばらくしゃべったあと電話を切り、

「よかった……。病院で検査をしたら、武居さんの後頭部にカプセルとおぼしきものが埋め込まれているのが発見されたそうだ。今から緊急手術を行うらしい」

「ぎりぎり間に合った、ということですね。ですが、都知事の刺青チェックの件は解決してませんから、手術が成功したとしても手放しで喜ぶわけにはいかないでしょう」

「そのことなら、私に考えがある。じつはロス警察にいたころ知り合った男が世田谷《せたがや》区で清掃関係の会社を立ち上げたらしいんだが、スタッフを募集していて……」

ベニーがそう言い掛けたとき、今度は鬼丸のスマホに着信があった。発信者名を見ると、「小麦」となっていた。鬼丸はすぐにスマホを耳に当て、

「小麦、今どこだ。無事か！」

しかし、耳に飛び込んできたのは小麦早希のものとは異なる声だった。

「今、新宿御苑の近く。すぐに来て。ヤバいっす」

若い女性の声だった。

「きみは……だれだ」

一瞬、間があったが、そのあと、

「ヒョウリです。はじめまして……じゃないか」

という言葉が続いた。

☆鬼刑事VS吸血鬼

「ヒョウリだと？　おまえ、そこでなにをしてる」

「だから、小麦さんを助けようと思ってんだけどさ、ひとりじゃ無理。ＳＯＳ。よろしく！」

「状況を説明しろ」

「そんなことしてる場合じゃないんだって。急がないと手遅れになるよ。ただし、こっそり来ること。サイレンなんか鳴らしたらぶちこわし。場所は地下の第五橋台。退魔《たいま》封《ふう》呪祭《じゅさい》をしないといけないかもしれないから、ベニーさんには仕度してきてほしい」

「相手はだれなんだ」

「大御所公……徳川家康」

「家康？」

「の首」

電話は切れた。ベニーが、

「なんと言ってきた」

「ヒョウリからでした。小麦が新宿御苑の地下にいるそうです。助けを求めています。それ以外のことはわかりません」

「わかった、行こう」

「室長には、退魔封呪とかいう祭儀の準備をしてきてほしいそうです」

「退魔封呪だと？」

ベニーは一瞬考え込んだ。

「退魔封呪祭は、泰山府君祭などと同様、中国の道教《どうきょう》から来たものだ。よほどの強力な鬼を相手にするときに執り行われるが、陰陽師《おんみょうじ》の側にも相当の力量と精神力が要求される。正直、私もやりこなす自信はないが……敵がそれほど手ごわいということだろう」

「ふたりならできる、ということかもしれません」

「そうだな。彼女も陰陽師だ。なにか考えがあるのだろう」

そう言うと手早く装束に着替えはじめたベニーに、

「あと、地下には家康の首があるそうです」

「なに……家康？　徳川家康か」

途端、ベニーは手で口を押さえた。

「う……！」

「どうしました、室長」

ベニーは身体を半分に折った。端整な顔はみるみる土気色になっていく。唇に当てた指のあいだからは胃液のような液体がこぼれおちている。鬼丸はうろたえた。ベニーに駆け寄り、後ろから抱えるようにして、

「大丈夫ですか」

なんと間抜けな台詞《せりふ》だろう、と鬼丸は自分でも思った。大丈夫なわけはない。しかし、それしか言葉が出てこなかった。ベニーはしゃがみ込み、鬼丸の腕のなかからすっぽりと抜けた。そして、床に大量の胃液を吐いた。そこには血が混じっていた。いや、途中から血の方が多くなり、床は次第に真っ赤に染まっていった。

「室長……室長！」

鬼丸はベニーの背中をさすったが、そんなことをしてもどうなるものでもない。

（いかん。落ち着かねば……）

ベニーが苦しげにえずきながら、

「鬼丸くん……まえに、この警視庁本庁舎のなかに鬼がいる、と言ったね」

鬼丸はぎくりとしながら、

「はい……そういう占いが出たとか……」

「私は陰陽寮を開設するにあたって、このビルの最上階に強力な呪物を置き、本庁舎全体を結界で包んだ。だから、鬼は入ってこられないはずなのだ」

その結界は俺が無効にしたのだ、と鬼丸は思った。でないと、俺がこのビルに出入りできないではないか。

「それなのに鬼が入ってきている。つまり、その鬼はあの強力な呪物に勝るほどの力を持っているということになる」

俺のせいだ、と鬼丸は思ったが、いまさらどうしようもない。

「その鬼の力が私に影響を与え、こんな症状がときおり起きるのではないか、と思うのだ。我々陰陽師は悪しき力にひと一倍敏感だからね……」

そこまで言うと、ベニーは激しく咳《せ》き込んだ。そして、ふたたび大量に吐血した。鬼丸はパニックになり、ティッシュの箱を握り潰《つぶ》してしまった。

「そして、私にはその鬼がどこにいるのか、だいたいの見当がついている」

鬼丸の胃がきりきりと痛んだ。ついにこのときが来たのか、と思った。だが……俺はこいつになにもしていない……はずだが……。

「それはね……諸見里総監だ」

思ってもいない名前が出たので鬼丸は驚いた。

「私にこういう症状が出始めたのは、前任の芝浦《しばうら》総監が更迭され、あのかたが着任したころと重なっている。そうは思わないかね」

「そう言われれば……」

「近いうちに諸見里総監とは直接対決する必要があると私は思っているよ」

その言葉が終わらぬうちに、ベニーの顔が歪《ゆが》んだ。比喩《ひゆ》ではなく、文字通り、ぐにゃりと歪んだ……鬼丸にはそう見えたのだ。その歪みは一瞬でもとに戻ったが、ベニーの顔はまるで別人のように思えた。どこが違うわけでもないが、それはベニーではなく、よく似た他人のようだった。

ベニーは大きく口を開けた。人間が通常開く角度の倍ほどに開かれたその口から、寒天のようにぶよぶよした透明な物体が流れ出た。異臭を放つそれは途中でぼたぼたとちぎれ、床に落ちた。どうしてよいかわからずただ呆然《ぼうぜん》としている鬼丸を尻目《しりめ》にベニーは立ち上がると、懐紙で口のまわりの血を拭《ぬぐ》い、それをゴミ箱に捨てた。そして、医務室に電話をしようとした鬼丸の手を押さえ、

「電話は……するな……」

「どうしてです」

「もう……治った……。小麦の……ことが……心配だ……。行くぞ……」

「無理に決まってます。この血を見てください。装束も真っ赤になってます。入院して検査が必要です！」

「いらない……新宿……御苑に……行くぞ」

声が普段のベニーとは違っているように聞こえた。ふたりの人間が同時にしゃべっているような、耳障りな、ひび割れた声だ。

「ダメです。私がひとりで行きます。室長は医務室か病院に……」

「私も……行く……。小麦を……助けるのだ……。見ろ、もう歩ける……」

鬼丸はベニーの目を見た。焦点が合っていない。鬼丸に向かって話しているのに、目はどこか虚空を見ているのだ。

「室長……」

鬼丸はことの重大さをようやく覚った。これは病気ではない……。なにかはわからな

いが「憑《つ》きもの」だ。

「行くぞ……陰陽寮……出動だ……！」

ベニーはしっかりした足取りでドアの方に向かおうとした。鬼丸はベニーの右腕を摑《つか》み、

「おまえ……室長じゃないな。だれだ」

「ははは……冗談だろう。私は……陰陽寮……室長……ベニー石垣……」

「芳垣だ」

「言い間違っただけだ……新宿に……新宿に行かねば……ジョウシと……ひとつにならねばならぬ……」

「ジョウシ？　ジョウシってなんだ」

「ふふ……ジョウシはジョウシ。腕を放せ」

「放すものか。おまえはここにいろ」

ベニーは鬼丸の手を振りほどこうとした。もちろん「鬼」である鬼丸の力にかなうわけはない……と思った。いつもならば、だ。ベニーは微笑みながら鬼丸の手に自分の左手を重ねた。その手が大きく膨れて、鬼丸の手を包み込んでしまった。ベニーは鬼丸の指を一本ずつめりめりと剝《は》がしていった。信じられないことだった。鬼丸は必死で抗《あらが》ったが、とうとう握っていた手を放してしまった。

「あははは……はは……はは……」

笑いながらベニーはドアの方に行こうとする。鬼丸はベニーのまえに回り込み、両手を左右に広げた。

「そこを……どけ」

「どくかよ」

「小麦……が……死んでしまっても……いいのか……」

鬼丸はその言葉に気を取られた。そうだ……小麦が……。その瞬間、ベニーの突き出した右フックが鬼丸の顎《あご》に炸裂《さくれつ》した。凄《すさ》まじいパワーだった。鬼丸は吹っ飛び、壁に激突した。そうなっても鬼丸にはまだ信じられない思いだった。

（俺を殴り飛ばすやつがいるとは……）

鬼丸は腹をくくった。たとえ肉体に怪我を負わせても、ベニーをとどめなければならない。この状態で出歩かせることは死ねと言うのと同じだ。

「よし……」

鬼丸は壁際から跳躍すると、ベニーの鳩尾《みぞおち》目がけて容赦のない正拳《せいけん》突きを叩《たた》き込んだ。まともに当たったら腹筋が裂けかねないほどの一撃だった。しかし、ベニーはその拳《こぶし》を右手のひらで受け止め、鬼丸の手首をぐいと握った。

「うげっ！」

骨が折れそうなほどの激痛が走った。鬼丸は左手でベニーの肩を殴りつけ、なんとかその手を振りほどいた。

（こいつ……化け物だ）

数歩退いた鬼丸は小麦早希やヒョウリのことを一旦《いったん》忘れることにした。目のまえの敵……そう「敵」だ……に集中しないと、こっちがやられちまう。しかし……殺すわけにはいかない。

ベニーは口からふたたび寒天状の物体を垂れ流しながら、鬼丸に飛びかかってきた。鬼丸も同時に飛んだ。空中でふたりは交錯した。鬼丸の爪はベニーの狩衣《かりぎぬ》を引き裂いただけだったが、ベニーの手拳は鬼丸の腰を痛打した。鬼丸は仰向《あおむ》けに倒れた。のしかかってきたベニーは、鬼丸の喉《のど》を絞め上げた。喉の骨がみしみし音を立てた。頭のなかが白くなっていく。

（室長に……殺されるのか……）

甘美な思いが心をよぎった。

「死ねっ！」

叫びとともに喉にかかる力が増した。

（ちがう……こいつは室長じゃない）

鬼丸は、ベニーの腹を下から膝《ひざ》で蹴《け》り上げた。ベニーはうめいて、身体を放した。鬼丸は部屋の隅に移動して隙をうかがった。

「もう少しだったのに……つぎは殺してやる」

ベニーは吠《ほ》えるように言った。鬼丸はデスクや椅子を盾にしながら左右にすばやく移動し、ベニーを攪乱《かくらん》しながら近づいていった。ベニーは椅子に飛び乗ったが、椅子が半回転したためバランスを崩しそうになった。あわてて椅子から降りようとしたとき、装束が脚にからまり、前のめりになった。鬼丸はがら空きになったベニーの後頭部に握った両拳を振り下ろした。ベニーは気絶した。鬼丸はベニーの呼吸と脈拍を確認した。手加減しなかったので、万が一……と思ったのだ。しかし、大丈夫そうだった。鬼丸は長い息を吐くと、ガムテープでベニーの両手両足を縛り、念のため、椅子に座らせて背もたれに身体をガムテープで何重にもくくりつけた。そして、目を閉じたベニーの顔をしばらく見つめたあと、電気を消して部屋を出るとドアを閉め、

「すぐに戻りますから……」

そうつぶやくと、覆面パトカーで警視庁をあとにした。

☆

(だいぶ時間を食った……)

新宿御苑に着いた鬼丸はそう思った。急いだつもりだが、サイレンを鳴らすわけにもいかず、二時を回ってしまった。手遅れでなければいいが……。

工事用のパネルのまえにひとだかりがしている。

「なにかあったんですか」

鬼丸は身分証明書を示しながらそう言うと、野次馬らしき男女が、

「さっきから悲鳴みたいなもんがいっぱい聞こえてね、でも、ほら……今は静かになった。警察に通報しようかどうしようか迷ってたんだけど、なにもなかったらひと騒がせになるだけだしさあ……」

「警備員はいないんですか？」

「いつもはいるけど、今日は見かけないなあ」

「わかりました。危険かもしれないので、あとは警察にお任せください」

鬼丸はパネルの隙間からなかへ入った。外の雑踏に比べ、なかは静まり返っている。しかし、すぐに彼はおびただしい量の邪気を感じた。とてつもない巨大な、邪悪ななにかが蠢《うごめ》いているようだ。そして、それは足の下……地下からにじみ出てくるらしい。鬼丸は地面に目を凝らしたが、なにもわからない。

多くの工事用車両があたりに停止しているが、どれも無人である。たくさんの作業員たちの姿もない。

（第五橋台とか言ってたな。どこかに地下に降りる口があるはずだが……）

しかし、探すまでもなかった。なぜなら強烈な邪気がまるで道しるべのステッカーのように彼を導いてくれたからだ。それが濃くなっていく方向へ方向へと進んでいくだけで、地下への降り口はすぐに見つかった。地上への開口部で、しっかりした足場が組まれ、工事用のエレベーターもある。そこから、目には見えないが、邪悪な念が石油のよ

うな猛烈な勢いで噴き上がっているのが鬼丸にはわかった。

エレベーターを使うと相手に勘付かれてしまうから、鬼丸は金属製の足場を使って降りることにした。まるで、「邪気の沼」に入っていくような気分である。最下部に着く。照明が多数点《つ》いているので明るさは問題ない。何重ものバリケードが置かれ、その手前に、

工事関係者各位
第五橋台の工事は現在一時的に中断しております。
立ち入らないでください。
違反者は法律により罰せられます。

というパネルが立っている。どうやらこの先が第五橋台らしい。工事関係者用の作業服とヘルメットがいくつも放り出してある。鬼丸は、ふとした思いつきでその作業服に着替えることにした。胸に会社名と個人の名札が貼ってあるので、もしだれかに見つかってもごまかしやすいと思ったのだ。ヘルメットをかぶり、安全靴を履き、拳銃《けんじゅう》だけをポケットに移し、第五橋台の奥へと向かう。

そのあたりから、邪気だけではなく、リアルな異臭が漂いはじめた。生臭い腐臭と血の匂いが入り混じっている。そして、ひとの声も聞こえてきた。鬼丸は、音を立てない

ように注意しながら、猫のようにそっと、そちらに向かって進んでいった。皆、骨と皮ばかりに痩《や》せこけ、目は落ちくぼんでいる。皮膚が腐り、剝《は》げ落ちたり、穴が開いたりしているものもいる。

「……である。まさに火の星……災いや戦を呼ぶ熒惑《けいこく》の星はもっとも地球に近づいている」

声がする。銀行のATM端末の人工音声のように、機械的で感情のない声音だ。

「ついに報《しら》せるときが来た。この星を天帝に差し出すのだ。大御所公積年の悲願が果たせるのだ。なんとめでたいことではないか」

声を張り上げているのは、鬼丸は知らなかったが、この新宿御苑工事現場を請け負っている丸橋《まるはし》建設の有光《ありみつ》という部長であった。最初に家康の首と接触した人物でもある。皆、顔はぶよぶよと白く、背広を着ている。彼のまえに百人ほどの男女が集っていた。皆、正座して、ひとつの方向に頭を下げている。その奥に……それはあった。さまざまな物《も》っ怪《け》を見慣れている鬼丸にとっても、おのれの目を疑うような「真怪《しんかい》」だった。

徳川家康の首……そう、たしかにそれは徳川家康の頭部なのだろう。しかし、鬼丸が思っていたようなものとはまるで違っていた。

直径が縦横二メートルほどもある。イースター島のモアイを思わせるような巨大な「頭」だ。しかも、骸骨《がいこつ》ではなく、肉がついており、頭髪も失われていなかった。頰の肉はブルドッグのように垂れ下がり、眉毛《まゆげ》は白く、筆のようにふさふさと長い。皮膚はすみずみまで細かい皺《しわ》で覆われ、鼻はもはや原形をとどめず、ふたつの穴があるだけだ。唇の肉も欠落し、歯茎と歯が剝《む》きだしになっている。そして、顔面のあちこちから、太い触手が何百となく突き出している。それは、象の鼻のように先端にいくほど細くなり、長さは十メートルほどもあり、ミミズのように蠢いている。皮膚からだけでなく、目や耳からも生えていて、アナコンダのようにのたうっている。

家康は、唇のない口をのたりのたりと動かしている。ときおり唾液《だえき》がそこからこぼれ落ちる。

「ホー……ホーホー……ホー……」

洞穴のような口腔《こうこう》から長く尾を引く低い唸《うな》りが発せられる。背広を着た男はその唸り声に耳を傾け、

「大御所公はこうおっしゃっておいでだ。わしはこのときが来たるのを四百年待った。わしは望みを達したぞ、とな。めでたいことだ。めでたいことだ。皆のもの、大御所公におめでたを申し上げよ！」

一同が口々に、

「おめでとうございます！」

「おめでとう」

「めでたいめでたい……」

首のまえに額《ぬか》ずいているものたちは、腕を高々と上げ、手を振って家康を祝っている。おそらく大半は、ここでの地下工事にたずさわっていた作業員たちだろうと思われた。異常な光景である。

鬼丸は彼らに気付かれないように後ろから接近していった。

(小麦たちはどこだ……)

「鬼の目」を使って探す。家康の顔面があるやや斜め後ろにふたりはいた。工事機材の陰にうずくまって身を潜めている。どうやら鬼丸が来たルートとはべつのところからそこへ入り込んでしまったようだ。

(あの場所からは逃げられない……)

吸血鬼たちは皆、ふたりの方を向いて座っている。まだ気づいていないだけなのだ。つまり、彼らの目に触れずに脱出することは不可能だ。もちろん鬼丸も、気づかれずに救出に向かうことはできない。しかも、ヒョウリは身体を起こして周囲に目を配っているようだが、小麦早希はその隣に横たわっているように見えた。生きているのか死んでいるのかすらわからない。

(ヤバいな。たしかにヤバい……)

鬼丸は、小麦のスマホに「到着。最後尾にいる。陰陽師《おんみょうじ》はアウト」というメールを送った。もちろん無音に設定していると思ってのことだ。すぐに返事が来た。「了解」とただそれだけ。

「今日新たに仲間になったもの以外は、大御所公に『お嚙《か》み直し』をしていただき、聖体を拝受するようにな」

背広の男が一同に告げ、四十人ほどが家康の首のまえに並んだ。

(なにがはじまるんだ……。聖体拝受って……キリスト教のミサじゃあるまいし……)

鬼丸がいぶかしげに見つめていると、先頭の男が身体を折って、頭を家康の口に近づけた。家康は口を小さく開けて、その男の頭部をくわえた。

(く、食われるのか……?)

しかし、そうではなかった。家康は男の頭部を甘嚙みするとすぐに吐き出した。男の身体に左右から触手が巻きついた。男は目を閉じ、恍惚《こうこつ》の笑みを浮かべた。触手が膨れては萎《しぼ》むたびに男の身体がびくっ、びくっと反応する。

(血を……吸ってる……)

明らかに家康の触手はその男から血を絞り取っていた。しばらくすると触手は男から離れ、男はふらふらした足取りで脇へ下がった。代わって二番目の男が首を突き出す。こうしていつ終わるともわからぬ「吸血の儀式」がはじまった。

(行くか……)

鬼丸は何気ない足取りでひょこひょこと進み出ると、列のいちばん後ろに並んだのだ。だれにも怪しまれなかった。次第に列が進み、鬼丸の順番が近づいてきた。あと五人ぐらいになったとき、ヒョウリが鬼丸に気付いた。鬼丸はヒョウリに向かってウインクし、また正面を向いた。ヒョウリは覚悟を決めたようで、小麦早希の身体を背負った。

ようやく鬼丸の番が来た。背広の男が、

「おまえで最後だな。よく噛んでいただき、血をお渡しするように」

なにも考えていなかった鬼丸は下を向いたままズボンのポケットに手を入れた。拳銃を取り出そうとしたのだ。しかし、べつのものが指に触れた。煙草の箱と……ライターだ。

(よし……)

ポケットのなかで手探りで火を点ける。手のひらが焼けていくが気にしない。家康が口を開け、鬼丸の頭部を飲み込もうとした。凄《すさ》まじい臭気が頭上から押し寄せてきた。鬼丸は吐き気と戦いながらライターの火力を最大にしてポケットから取り出し、家康の口のなかに放り込んだ。

「うが……ホーオオウ！」

家康の顔が苦悶《くもん》に歪《ゆが》んだ。口のなかに炎が左右に広がるのが見えた。鬼丸のズボンもめらめらと燃えている。背広の男が、

「大御所公になにをした！」

「ちょっと火を貸してやっただけさ」

男が襲い掛かってきたので、鬼丸は右手で彼の襟を摑《つか》んで高く持ち上げ、家康の顔面に思い切り叩《たた》きつけた。家康は口を閉じた。ちらとヒョウリたちを見ると、さっきの場

所にはいなかった。なんとか脱出はできたらしい。無事に逃げきれるかどうかはわからないが、あとは運を天に任せるしかない。

家康はふたたび口を開けた。真っ黒な煙が噴き出した。粘膜が焼け爛《ただ》れているのが見えた。十数本の触手が鬼丸に向かって一斉に、イソギンチャクのように伸びてきた。鬼丸はそのうちの数本を掴《つか》まえ、力任せに引きちぎってやった。血を噴き出しながら触手はウツボかなにかのようにのたうった。できるだけ派手に暴れたほうが、ヒョウリが逃げやすいだろう、と思った鬼丸は家康に向かって大声を上げた。

「おい、おまえ、本当に徳川家康か？　徳川三百年の礎を作った野郎か？　ちがうだろう、この大頭。陰陽師なんて必要ない。俺がおまえをぶっ殺してやる」

家康は目を剝き、

「ウラー……ウラー……ウラー……ウラー……！」

と叫んだ。そこにいたすべての吸血鬼が鬼丸を取り囲んだ。

（こりゃ多すぎるな……）

拳銃《けんじゅう》は役に立たないだろう。さて、どうするか……。吸血鬼たちは輪を縮めてくる。まるで三流のゾンビ映画だな、と鬼丸が思ったとき、

「こちらを見よ！」

凜《りん》とした声が後ろから聞こえた。吸血鬼たちはそちらを向いた。鬼丸には声の主がだれであるかわかっていた。ヒョウリだ。

ヒョウリは男性用の狩衣《かりぎぬ》を着て、手には黒い笏《しゃく》を持ち、頭には烏帽子《えぼし》をかぶっている。

吸血鬼たちをじっと見つめ、音吐朗々言い放った。

「厭《えん》百怪霊祟《すい》、厭百怪霊祟、厭百怪霊祟、厭百怪霊祟……邪鬼、怨鬼《えんき》、吸鬼、外鬼、病鬼、闇鬼、禍鬼、禍々鬼、禍々々鬼、禍々々々鬼……禍々鬼禍々鬼々禍鬼、森羅万象に宿る邪《よこしま》な鬼どもよ、わが呪《じゅ》に触れて砕け散り、腐り、捻《ね》じれ、臥《ふ》し、歪み、壊れ、死に、滅びるがよい。これすなわち追儺《ついな》なり。オン・ボアミ・ルダイ・ゲミ・ギドウ・ガンジャマジソワカ、オン・アボダギ・イヅネ・キリカン・バチル・ルイエンソワカ、オン・ブリマン・ゴケン・シュジュハリ・キキミツネソワカ……」

ヒョウリの笏の色が黒から次第に黄色く変化していく。そして、その先端から四方へ黄色い光線が発射された。光線は吸血鬼たちの足を薙《な》ぎ払い、胴体を焼き、頭を貫く。吸血鬼たちは吹っ飛んだ。

（ヤバい……これはマジでヤバい……）

追儺の光線は鬼丸にとっても危険なのだ。

「オン・シダラビ・イシン・ウスン・ゲミョウ・エンバシンソワカ、オン・ミヅラ・シタバンギ・フルワビ・ゾウラゾウラソワカ……」

光線は間断なく発射され、吸血鬼たちに浴びせかけられているが、やはり百対一では多勢に無勢である。じわじわとヒョウリに向かって進攻し、その距離を縮めていく。鬼丸はヒョウリに向かって走った。光線の投網《とあみ》をかいくぐってヒョウリのそばまで行くと、

「小麦はどうした」

「エレベーターで地上に運んだ」

「俺はどうすりゃいい」

「私、今からこいつらを封じる。鬼丸さんにも影響するかもしんないから逃げて」

「いや……こいつらを防ぐ」

鬼丸はヒョウリのまえに立ち、吸血鬼たちの方を向いた。ヒョウリはその場にあぐらをかき、笏を持って自分の周囲に弧を描いた。目に見えぬ結界が球状にヒョウリを包んだ。ヒョウリは目を閉じ、なにやら呪を唱えはじめた。吸血鬼たちはヒョウリに向かって突進してきた。鬼丸は飛びかかってくるものたちを突き飛ばし、蹴《け》り上げ、殴りつけながらも、ヒョウリの落ち着いた態度に感心した。

（クソ度胸のあるやつだな……）

ヒョウリは笏を左右に振り、

「ああら……ああら……ここなる土地の土地神、守護の神、地下を統《す》べる土竜《もぐら》神、鯰《なまず》神、螻蛄《けら》神、蚯蚓《みみず》神、蟻の神、土の神、砂の神、岩の神、石油の神、化石神よ。われに力を与えたまえ。日の本に仇《あだ》なす異界の妖魅《ようみ》、怪類をこの場所に封ずることを許したまえ。祓《はら》いたまえ清めたまえとかしこみかしこみ、かしこまって申す……」

ヒョウリのまだ幼さの残る顔に汗の粒が噴き出していた。

「邪鬼発止と手に摑み、この陰陽師がひふみよいむなと数えたるときは、その身動かず、その身走らず、その身つくばって長き眠りに入るべし。熊が蟬が亀が蛇が冬を越すがごとく、こんこんとして邯鄲《かんたん》の夢を見るうちに、頭腐り、胴腐り、手足腐りて土に染み、ついにはこの世から消滅す。ああら……ああら……眠るべし、眠るべし……眠れ眠れ、眠るべし……」

鬼丸の身体に異変が生じはじめた。手足の動きが鈍り、頭がぼーっとかすんできた。心臓の鼓動が次第に緩やかになり、まぶたが重くなってきた。

（いかん……）

鬼丸は手近にいたひとりを床に叩きつけたあと、よろ、とよろめいた。ヒョウリは全身から滝のような汗を流し、苦しげに顔をしかめてはいるものの、淡々とした口調は変わらない。

「ああら……眠るべし、鬼眠るべし、終《つい》の眠りに落ちるべし……」

鬼丸はふらふらになり、数歩後退して、

「すまん、限界だ！」

そう叫ぶとその場から脱出した。途端、吸血鬼たちがどっとヒョウリを包む球に押し寄せた。彼らの汚らしい手のひらが見えない球にべたべたと押し付けられた。球が歪んだ。蒼白《そうはく》になった鬼丸が引き返そうとしたとき、

「ミッション・コンプリート！」

ヒョウリが叫んだ。吸血鬼たちは全員その場に崩れ落ちて眠っていた。徳川家康の巨

大な首も、目をつむり、いびきをかいていた。触手もうなだれ、動きをとめていた。ヒョウリは鬼丸のそばまで来ると、

「ヒョウリ選手、やりました！」

「よし、逃げるぞ」

「オッケー！」

鬼丸とヒョウリは並んでダッシュした。第五橋台をあとにしたふたりは、足場をよじのぼって地上に出た。そこに気を失った小麦早希が横たわっていた。鬼丸は彼女を担ぐと、ヒョウリとともに新宿御苑を脱出した。ときどき背後を振り返ったが、地上に出たあとは追ってくるものはいなかった。工事用の囲いの外に出ると、そこには普段の日常が広がっていた。ソフトクリームを食べながら歩道を歩くカップル、スマホを手にポケモンを探す会社員、就活中と思われるスーツの大学生、ラーメン屋の店頭で行列する若者、カメラを持った外国人観光客、ショッピングカートを押す老婆、コンビニのバイトらしい制服姿のアジア人などが行き交っている。午後三時半のいつもの新宿だ。鬼丸は気抜けして、その場にしゃがみ込みそうになったが、ヒョウリの手前我慢した。作業着姿の鬼丸と狩衣姿のヒョウリ。どうしてもひと目につく。

「ねえ、鬼丸さん、私たちってけっこう渋谷系ファッションのカップルって感じ？」

「くだらないこと言うな」

ふたりは止めてあった覆面パトカーに急いで乗った。後部座席に小麦早希を寝かせ、

ヒョウリは助手席に乗せた。

「きつくなかった？　鬼にはダメージきつい呪だからね」

鬼丸はいたわられたことになんとなくムッとして、

「おまえこそどうなんだ。おまえも『鬼』だろ。自分で自分の首を絞めてることになるんじゃないのか」

「そう……やっぱりきついけど、鬼だからこそわかることもあるんだ」

「ふーん……そんなもんか」

ヒョウリはシートベルトをしながら、

「あーあ、やっぱりひとりじゃ無理だったね。あの金髪の陰陽師《おんみょうじ》さんとふたりならなんとかなるかとも思ったんだけど、ひーっ、ヤバかった。もうちょっとで死ぬとこだったー」

「小麦はどうしたんだ。まさか血を吸われたんじゃ……」

「パニックになりそうだったから、昏倒呪《こんとうじゅ》を使って眠らせた。もうすぐ醒《さ》めると思う。それより金髪さんはどうして来ないの。あのでかい首と吸血鬼たち、私にしてはうまい具合に封じたほうだけど、たぶんよく持って一週間ぐらいかな。ほっといたらとんでもないことになるよ。ふたりなら退魔封呪祭ができると思ったのに」

「それがだな……」

鬼丸はベニーの状態について説明しようとしたが、それよりも先にきいておくべきことがあった。小麦早希が眠っているので今が都合がいい。

「まず、そっちの話からしてもらおうか」

車を走らせながら鬼丸は言った。

「なにを？」

「とぼけるな。おまえの素性、この事件の真相……なにもかもだ。おまえの知ってることを全部話せ」

「ひひひ。ききたい？」

鬼丸はカッとしたが、たしかに「ききたい」のだからしかたがない。

「ああ。言えよ」

ヒョウリは薄笑いを浮かべた。

「私は明智ヒョウリ。陰陽師でもあり、鬼でもある。曾祖父《そうそふ》は有名な探偵で陰陽師の明智小五郎」

「明智小五郎というのは、陰陽師なのか」

「そう。先祖は明智光秀」

「マジか」

「マジ。明智光秀も陰陽師の系譜なの」

「マジか」

「マジ」

「証拠はあるのか」

「明智光秀っていうひとは本能寺《ほんのうじ》の変ですごく知られてるけど、その出自はまるでわかってない。資料といっても、江戸時代になってからのものばっかりで、ほとんどが講談、軍談。父母の名前も、出身地もわからない」

「そうなのか……」

「有力な説によると、土岐《とき》氏という美濃国《みののくに》にいた豪族の支流明智氏の出身ということになってる。『明智系図』や『明智軍記』という資料にもそう書いてあるけど、どちらも江戸時代に書かれたものだからね。光秀が本能寺の変のまえに連歌の会で詠んだ『時は今雨《あめ》が下しる五月哉』という歌も、『土岐氏である光秀が天下に下知をなす』という意味だと言ってるひともいるけど、どうだか……」

「おまえ、歴女か」

「元禄《げんろく》時代に出た本には、光秀は『御門重兵衛《みかどじゅうべえ》』と名乗っていたのを信長《のぶなが》が気にいって、明智と名乗らせ家臣に加えた、と書いてあるんだよ」

「それがどうした」

「土岐と御門……土御門《つちみかど》でしょう」

あっ、と鬼丸は思った。土御門家といえば、平安時代の大陰陽師安倍晴明の子孫である。陰陽道と天文、暦術をもって代々朝廷に仕えた陰陽師のエリートといっていい家柄である。たしかベニーも、その道統に連なると聞いている。

「偶然じゃないのか」

ヒョウリはかぶりを振り、

「明智光秀の遠祖は源《みなもとの》頼光《よりみつ》だよ」

「だれだ、それ」

「知らないの？　大江山《おおえやま》で酒呑童子《しゅてんどうじ》を退治した豪傑。土蜘蛛《つちぐも》も退治してる。ただの侍に鬼や化け蜘蛛をやっつけられるはずないから、まちがいなく陰陽師だったんだと思う」

鬼退治という言葉に鬼丸は嫌な気分になった。

「源頼光の子孫光信《みつのぶ》のとき、美濃国土岐を領地としてそれから土岐氏を名乗ったらしいんだ。明智光秀の『光』は頼光から来ているという説もあるよ」

「…………」

「私の曾祖父の明智小五郎も探偵として活躍するかたわら、陰陽師として修行をしていた。陰陽道の技術を探偵道に活《い》かしていたんだね。第二次大戦後、しばらく警視庁に奉職していたんだけど、そのときに第一次陰陽寮を作ったのも小五郎祖父《じい》さん。正確にはひい祖父さん」

「陰陽寮はどうしてなくなったんだ」

「小五郎祖父さんたちは、東京の地下に徳川家康の首が埋まっていることに気付いたんだって」

その場所を特定して封印しないと大災害が起こる、という報告を当時の警視総監にしたところ、そのようなことが一般に知れたら東京の地価は暴落するうえ、最初の東京オリンピックをやることも決まっていたため、その開催も危ぶまれる。本当にそんなものが埋まっているかどうかは東京中掘り返してみないとわからないし、たとえ見つかったとしても危険なものではない、というのが上層部の判断だった。明智たちは何度も上申を行ったが、結局は政財界の圧力で潰《つぶ》されてしまった……。

「さいわいそのときは家康の首は目覚めることはなかったんだけど、明智家にはずっと『いつか復活するかもしれないから準備を怠るな』という家訓があったんだ」

「それが、今、というわけか」

ヒョウリはうなずいた。

「そもそも徳川家康の首がどうして危険なんだ？　天下統一したかもしれないがただのジジイだ。それがどうしていまだに生きている？」

「あのさあ、鬼丸さんの無知には驚くよ。いやしくも『鬼』でしょ？　鬼童丸っていえば、鬼一族のあいだでもけっこう名が通ってるみたいだよ。私も尊敬してた。実物に会うまでは、だけどね」

鬼丸は舌打ちをしたあとヒョウリをちらと見て、

「おまえはどうして『鬼』でもあるんだ？」

「私の父親は陰陽師だけど、母は鬼だった。父は、母親を封じようとして相対しているうちに『道ならぬ恋』ってやつに落ちたってわけ」

「ふーん」

「どちらの家からも猛反対されることはわかってたから、ふたりは駆け落ちした。母は私を産んだあと、べつの陰陽師に呪殺《じゅさつ》されたらしいんだ」

「…………」

「私は、父親の家族に陰陽師として育てられたんだけど、鬼としての特質も備えてる。こういう例は昔にもあって、ヒョウリと呼ばれてる」

「それは俺も聞いたことがあるな」

「うちの父は今、重い病気で動けないんだ。だから今回、家康の首が目覚めそうだという卦《け》が出たとき、私を自分の代わりに派遣することにした」

「そういうことをどうしてもっと早く俺に言わなかった」

「鬼丸さん、自分が鬼だってことをあの陰陽師に知られたくないでしょ？」

「そりゃまあ……」

「だから、詳しいことは警視庁では言えなかったってわけ。それに、鬼丸さんがどういうひとかわかんなかったから、ちょっと距離を保ってたんだ。いろいろ情報を集めてひととなり、というか鬼となりを調べて……」

「はあ？」

「『女郎蜘蛛』のバイトにもなったんだよ。鬼丸さんが来るかと思って……」

鬼丸は舌打ちして、

「これで、おまえのことはだいたいわかったよ。で、家康のことだが……」

そう言い掛けたとき、後部座席から「うーん……」という声がした。小麦早希が目覚めかけているのだ。

「じゃあ私、そろそろ行きます」

鬼丸はあわてて、

「新宿御苑のほうはどうするんだ」

「さっきも言ったけど、私の呪の効果はよく持って一週間。その間は大丈夫……なにもなければね」

「なにもなければ、というと？」

「だれかが変なちょっかいを出して、眠りをほどかなかったら、ということ。新宿御苑は当分立ち入り禁止にしてほしいんだよね」

「わかった。室長に頼んでみる。──そうだ、ヒョウリ、じつはうちの室長の陰陽師《おんみようじ》はこのあいだからなにかに憑《つ》かれてるみたいなんだ。ここへ来るまえも……」

鬼丸はベニーの症状について手短に説明した。

「えーっ、マジ？　変な動物霊とかかな」

「かなりヤバいやつだと思う」

「陰陽師っていうのは、鬼なんかの物っ怪と違って修行しただけのただの人間だから、フツーのひとよりもそういうザコ霊に魅入られたりするんだよね。イタチやスッポンならいいけど、蛇とか猫だとやっかいだよ。私が今度祓《はら》ってあげてもいいけど、そのひとが修行を積んだ陰陽師なら、今頃自力でその憑きものを身体から追い出してるんじゃないかなあ……」

ヒョウリの言葉を遮るように後ろから、

「えーっ、私、どうしてこんなところに？」

鬼丸が、

「気が付いたみたいだな」

「お、鬼丸さん……！」

小麦早希は震え声で、

「怖かったです。新宿御苑の地下に行ったら、たぶん作りものだと思うんですけど、化け物みたいな大きな顔があって……そのすぐ近くに出てしまったんです。逃げようとしたけど、あとからあとからひとが集まってきて動けなくなって、パニックになりかけてるところにヒョウリさんが来て、そしたらそしたら……」

「寝てしまったというわけか。ヒョウリが陰陽師としての力できみを見つけ出して、助けてくれたんだ。ヒョウリがきみのスマホで連絡してくれたんで、俺が駆けつけたってわけさ。——なあ、ヒョウリ」

そう言って助手席を見ると、そこにはだれも乗っていなかった。かわりに小麦早希のスマホとヒトガタに切った紙、そしてピンク色の名刺が一枚裏返しに置かれていた。名

刺には、

「このひとがいたら話せないから、あとでココに来て」

と書かれていた。名刺をひっくり返したとき、そこにあった文字を見て鬼丸はハンドルを切りそこないそうになった。そこには、

スナック女郎蜘蛛

ヒョウリ♥

と書かれていたのだ。

☆

上野の警視庁本庁舎まで戻ってきた鬼丸は、駐車場に車を停めたあと考え込んだ。このまま小麦早希を陰陽寮の部屋に行かせるわけにはいかない。内部はぐちゃぐちゃのままだろうし、ベニーはガムテープで縛られた状態だろう。大騒ぎになることも考えられる。

（なんとか俺だけが戻ることはできないだろうか……）

正面玄関のまえで逡巡《しゅんじゅん》していた鬼丸に小麦早希は言った。

「鬼丸さん、早く行きましょう」

「いや……煙草を一服……」

「なにを言ってるんです、ここは禁煙です。服を着替えないとおかしいですよ。それに室長に報告して、一刻も早く新宿御苑を封鎖してもらわないと……」

「それはそうなんだが……」

うまい理由が見つからない。

「なあ、きみはたいへんな目に遭って気を失っていたんだから、医者に脳波や心電図を診てもらったほうがいいんじゃないかな」

「報告が先です。医者はそのあとに行きます」

「うーん……」

小麦早希は鬼丸の手を引っ張って建物のなかに入ろうとする。早希の身体はドアをくぐったのだが、鬼丸が入ろうとした瞬間、

ばちっ！

紫色の火花のようなものが鬼丸の身体を包み、彼は路上へ投げ出された。その火花はおそらく常人の目には見えなかっただろうが、鬼丸には紫色の雲でできた巨人のような

ものが剣を抜き、斬りつけてきたのがはっきりとわかった。呆然《ぼうぜん》として立ち尽くしていると、小麦早希が憤然として振り返り、

「なにをしてるんですか！」

「あ、いや……その……」

もう一度チャレンジしてみる。警備員が立っている扉を……くぐる……。


ばちっ！


入道雲のようなものが鬼丸の首を絞めて高々と持ち上げた。顔面が鬱血《うっけつ》する。苦しい。鬼丸は手足を振ってもがいたが、雲のようなものはびくともゆるがず、鬼丸の身体を地面に叩《たた》きつけた。ベシャッ、という蛙を踏みつぶしたような音がした。周囲の人間には速すぎて、鬼丸が転んだだけのように思えたはずだ。右肩と右腕が腫《は》れ上がり、喉《のど》も真っ赤に充血している。さすがに小麦早希も不審げに眉根《まゆね》を寄せて駆け戻ってきた。

「どうしたんです？　具合が悪いんですか」

「あ、ああ……そうらしい。じつは新宿御苑でいろいろあってな……」

嘘である。間違いない、この建物には結界が機能している。しかもめちゃくちゃ強力なやつだ。

（あの馬鹿陰陽師がやったのか……？）

それしか考えられない。結界が破れていることに気付いたベニーが元に戻したのだろう。これでは鬼丸はなかに入ることができない。ベニーを助けることもできないではないか。そんなことは知らない小麦早希は、

「ご、ごめんなさい……私のために怪我を？」

「いや……その……」

鬼丸は言葉を濁した。

「すぐに医務室に行きましょう。私が連れていきます。肩を貸しますから」

「ダメだ。なかには入れないんだ」

「なにをわけのわからないことを言ってるんですか」

「本当なんだ。──いいか、小麦、よく聞いてくれ」

鬼丸は覚悟を決めた。

「俺はここにいる。この建物には入らない。たぶん……精神的なものだと思う。おまえひとりが陰陽寮に戻れ。そこでなにを見ても、その……驚かないでくれ」

「どういうことですか」

「いいから聞けよ！」

「は、はい……」

早希の顔がこわばった。鬼丸は心のなかで謝りながら、

「たとえ室長がどうなっていようと、部屋のなかがどうなっていようと気にせず、あり

のままを俺に報告してくれ。だれが、なにが、どんな状態であっても指一本触れず、そのまま戻ってくるんだ。——いいな」

「はい……わかりました」

「そのうえできみに頼みがある」

「どんなことですか」

「それは……」

最上階の部屋に行って結界を壊してくれ、とは言えない。そんなことを指示したら、鬼丸が「鬼」であることを教えるようなものではないか。

「それは……あとで言う」

早希は訝《いぶか》しげな表情を崩さず、何度も振り返りながら警視庁本庁舎ビルに入っていった。鬼丸はため息をつき、入り口を見上げた。雲のように実体のない、しかし、巨大で霊力のみなぎった「仁王」のようなものがそこにいた。

(腕を上げやがったな、陰陽師……)

鬼丸は喉をさすった。

☆

話はかなりまえにさかのぼる。暗闇のなかでベニーは意識を回復した。

（なんだ……？）

身体中が痛む。口のなかはカラカラだ。喉から胃にかけてひりつく。反射的に立ち上がろうとしたが、動けない。しばらくもがいて、やっと手足を縛られていることに気付いた。

（私はどうしたんだ？　なにがあった……？）

ベニーは爪の先を使ってなんとかガムテープを剝《は》がそうと試みながら、記憶をたぐった。

（たしかこの部屋に鬼丸くんと戻ってきて、話をしているときに……）

指と手首を粘り強く動かし、少しずつでもテープと手首のあいだに隙間を作ろうとするのだが、逆に食い込んでくる。

（Goddamn!）

舌打ちしながら、なおも手首を揺すり、爪でテープをガリガリと搔《か》いた。必死でやっているうちにテープがほんのわずか浮き上がってきた。しめた……と作業を続けること三十分、ようやく一部が剝がれた。しかし、そこまでだった。あとはいくらやってもめくれてこない。ベニーは思い切って椅子の背もたれを支えるステンレス製のアームに手首ごとガムテープをこすりつけた。どうにでもなれ、という気持ちでごしごしやっているうちにいきなりテープがべりっとちぎれた。あとは簡単だった。すべてのガムテープを取り払うのにまた三十分かかった。立ち上がって電気を点《つ》ける。気が付かなかったが、両手首から大量に出血している。爪で引っ掻いたり、アームにこすりつけたりしたからだろう。ティッシュで押さえようとしてまわりを見渡し、

「Oh, no!」

頭を両手で押さえながら叫んだ。部屋のなかは悲惨な状況だった。床はなんだかわからない寒天状の液体や血のようなもので覆われており、壊れたデスクや椅子、パソコンなどがあちこちに転がり、そのうえに書類や文房具などが散乱している。しかも、おのれの着ている狩衣《かりぎぬ》もどろどろに汚れている。

（いったいなにがあったというんだ……）

ベニーはため息をつき、片づけと掃除をはじめた。

（私は、ここがこんなことになるようななにをしていたんだろう。えーと……小麦くんのスマートフォンを使ってヒョウリから連絡があった。それは覚えている。だが、鬼丸くんはどこだ。小麦くんのところに行ったのか？　私を縛ったのはだれなんだ……）

什器《じゅうき》をもとの場所に戻し、床をモップで拭《ふ》きながら、ベニーは混沌《こんとん》とした記憶を掘り起こそうとした。

（そうだ……新宿御苑の地下に家康の首がある、と聞いた途端、急にすごく調子が悪くなったのだ……）

身体の底の方、足や内臓のあたりから、「新宿御苑に行かねば……ジョウシとひとつにならねば……」という思いが湧きあがってきて、頭のなかがいっぱいになった。それ

までの「ベニー芳垣」が脳から追い出され、新しいなにかが取って代わった……そんな気分になった。あとのことは思い出せない……いや、ひとつだけ覚えている。諸見里警視総監の体内に「鬼」が宿っているんじゃないか、と考えたことだ……。

(総監が鬼に憑《つ》かれている……ありうることだ。しかし、結界がちゃんと作動していれば、鬼はこの建物には入れないはず……)

とにかく自分の体調がきわめて悪いことは間違いない。そして、その体調不良が鬼のせいだと決めつけるには、まずは医者の診断を受ける必要があるだろう。ベニーは、「陰陽寮・予定」と書かれた壁掛けパネルの自分の欄に「外出・病院」とサインペンで書きいれた。そのときは医者に行くつもりだったのだ。

背広に着替え、部屋を出たところで気が変わった。そのまえに、最上階に陰陽寮が借りている小部屋の様子を見ることにしたのだ。陰陽寮を設立したときに、結界でこのビル全体を包み込むべくこの部屋に呪物《じゅぶつ》を設置したのだ。それ以来、外から鍵《かぎ》を掛け、そのままにしてあった。

(最低十年ぐらいは効果を発揮し続けるはずだが……)

ドアを開いてなかに入ると、すぐにわかった。呪物は部屋の端に無造作に積み上げられており、かわりに掃除道具やトイレットペーパーなどが置かれていた。ベニーはあきれ果てた。いつのまにか消耗品置き場にされている。おそらく諸見里総監が清掃部に許可したのだろう。

（これのせいか……鬼が自由に出入りできるのも当然だな……）

元に戻そう、とベニーは思ったが、諸見里総監が外出しているときに行わないと意味がない。結界を張ろうとしているときにその内部に鬼がいたら無意味だからである。結界の外側に鬼がいてこそ、結界は結界として作動するのだ。

とりあえずトイレットペーパーの入った段ボール箱などを片付け、隅にあった呪物を部屋の中央に戻し、結跏趺坐《けっかふざ》して呪文を唱えて準備を整える。あとは、諸見里総監の留守のときに最後の念を送ればシステムが発動する。

ベニーは部屋を出ると、入り口のドアに「当分の間使用禁止。陰陽寮」と書いた紙を貼りつけて、鍵をかけた。そして、警視総監室に行き、秘書に総監の予定をきこうとした。

「諸見里総監は今から外出する予定です」

秘書は迷惑そうに言った。ベニーが、アポなしの面会を求めにきた、と思ったようだ。しかし、ベニーにとっては好都合だ。

「どちらへお出かけですか」

「蒲郡都知事の万博関係工事進捗《しんちょく》状況の視察に同行なさるのです」

「どちらの工事です」

「新宿御苑です」

その瞬間、ベニーの体内でなにかのスイッチが入った。今の今まで鏡のようになめらかだった彼の心に、ふたたび波が立ちはじめた。波は次第に大きくなり、うねり、彼の全身を取り巻き、深く沈めていった。かわりに浮かび上がったのは……。

「新宿……家康……ジョウシ……どこにある……行きたい……連れていってほしい……」

秘書は怪訝《けげん》そうに、

「どうしたんです、芳垣室長」

そのとき奥の部屋のドアが開いて、諸見里総監が腕時計を見ながら足早に現れた。

「遅くなった。都知事をお待たせしちゃ申し訳ない。急いでくれ」

「はい、準備はできております。ぎりぎりで間に合うかと……」

「うむ……」

諸見里のまえにベニーは立ちはだかった。

「総監……」

「なんだね、芳垣くん。私は忙しいんだ。今から都知事の視察に……」

「私も……連れていってください」

「はあ……？」

「新宿御苑でしょう。私もぜひ一度、工事の状況を検分したいと思っておりました。良い機会です」

「それはそうかもしれんが……きみが東京万博に関心があるとは知らなかったよ。化け物や幽霊にしか興味がないと思っていた」

「東京都で開催される国際的な大事業がすみやかに遂行されることは、警視庁の一員である私にとっても重大な関心事です。ぜひとも協力したいと常々思っておりました」

「ほう……それは立派な考えだ。きみもようやくわかってきたとみえるね」

「お願いします。私も同行……」

秘書が困り顔で、

「人数や顔ぶれの変更は事前に東京都側に伝えないと……」

「そこをなんとか……。おとなしく後ろで見学しておりますから」

諸見里総監が、

「わかった。ここで議論している時間がない。来たいなら来ればいいだろう」

「ありがとうございます！」

ベニーはほくそえみながら頭を下げた。

☆

鬼丸は、警視庁ビルの入り口が見通せる植え込みの陰に座って、じっとそちらを見つめていた。鬼や物《も》っ怪《け》を寄せつけまい、とする蚊取り線香か殺虫剤のように鬱陶《うっとう》しい「気」がどんよりとそこに停滞している。なんとかあれを無効にする手立てはないものか……あれこれ考えたが良い作戦は思いつかない。自分では無理だ。前回は、陰陽寮室長名で勝手に清掃班にあの部屋を掃除道具入れに使うよう指示を出し、呪物を片付けさせたらうまくいったのだ。

(そんなに鬼が嫌いかねえ、陰陽師って連中は……)

そのときふと思ったのは、

(そうだ……ヒョウリだ……)

あいつは半分鬼で半分陰陽師だ。百パーセント鬼である俺が入れない結界でも、あいつならなんとか突破して、無効にできるのではないか……。

鬼丸が立ち上がったとき、玄関の階段を小麦早希が降りてくるのが見えた。

「鬼丸さん……!」

「どうだった?」

鬼丸がおそるおそるきくと、

「なんにもなっていませんでしたよ。いろいろ脅かすからこわごわ入ってみたんですけど、いつもどおりきれいに片付いてました」

「マジか……。床とかはどうだった?」

「べつになんとも……どうなってると思ってたんですか?」

「いや、その……室長は?」

「いらっしゃいませんでした」

「えっ……?」

ガムテープでぐるぐる巻きにしておいたのに……。

「どこに行ったかわかるか」

「掲示板には、外出・病院って書いてありました。刺青《いれずみ》事件が片付いたら病院で精密検査を受けるって言っておられたからそれじゃないでしょうか」

「うーん……そうか……」

あのあと、ベニーは正気を取り戻して、なんとか縛《いまし》めを外し、部屋を片付けて医者に行ったのか……それならそれでいいのだが……。

「室長の居場所を確認しておきたい。電話入れてみてくれ」

鬼丸が言うと小麦早希はスマホからベニーにかけた。

「あ、室長、お疲れさまです。今、もしかしたら病院ですか？　あ、検査中？　今晩ひと晩入院して明日《あした》帰る？　わかりました。お大事になさってください。鬼丸さんですか？　はい、ここにいます。代わりましょうか？　わかりました。では、明日……」

鬼丸は、代わってくれ、と早希に身振りで示した。

（なんだ、俺とは代わらないのかよ……）

「鬼丸さんがしゃべりたいそうですので代わります」

鬼丸は早希をひとにらみしてからスマホを受け取り、

「新宿御苑の地下に徳川家康の首があることを確認しました。室長不在で退魔封呪祭とかいうのが行えなかったので、ヒョウリだけの力でとりあえず首とその眷属《けんぞく》を一旦《いったん》封じてありますが、たいへん危険です。一般人が近づかないようにするために警視庁や東京都の名前で完全封鎖をお願いします」

「わかった。今、病院だから諸見里総監に電話して大至急手配してもらう。明日、検査が済んだらきみたちと対策を練ろう」

「よろしくお願いします。今日はおとなしく検査を受けるんですね。どちらの病院ですか」

「え？　あ、ああ……知り合いに紹介してもらった病院だ。じゃあ、明日」

「お大事に……」

鬼丸は通話を終え、スマホを小麦早希に返した。早希はさすがに疲れ切った表情で腕時計を見、

「五時過ぎましたね。室長もいらっしゃらないし、疲れたので今日は帰ります。鬼丸さんはどうされますか。よかったら一緒に晩御飯でも……」

「いや……俺は寄るところがあるから失礼するよ。また明日」

「そうですか……」

小麦早希はなにか言いたそうだったが、下を向いて、

「今日はありがとうございました。――あと、私に頼みってなんですか」

鬼丸は、最上階の部屋にある呪物をぶっ潰《つぶ》して、結界を取っ払ってほしい、と言う言葉を飲み込み、

「いや……もういいんだ」

「ほんとですか」

「ああ……」

小麦早希は鬼丸に背を向けて歩き出した。鬼丸は、

（明日、警視庁ビルに入れるんだろうか……）

と思いながら、上野の裏通りに入り込んだ。雑然としたビルの群れをそろそろ夕陽が照らしはじめている。甘味処、食料品店、牛丼屋、フィギュアショップ、コンビニ、カプセルホテル、パチンコ屋……などに混じって、一階に立ち飲み屋が入り、二階よりうえにスナックが七、八軒、整体マッサージ、個室DVD鑑賞店などがぎっしり入った雑居ビルがやたら目につく。警視庁本庁舎の近くではあるのだが、例の火災で焼け残った店舗が数多くあり、それらを核にしてどんどん増殖していき、ふたたび昔どおりになってしまったのである。

鬼丸はそんな雑居ビルのひとつに入ると、階段をのぼり、三階の突き当たりにある一軒のスナックのまえに立った。看板にはスナック「女郎蜘蛛」とある。鬼丸はためらわずにそのドアを押した。

「まあ……お久しぶり」

髪をアップにし、蜘蛛《くも》の巣柄の着物にゴケグモ模様の帯を締めた年齢不詳のママが言った。スツールに座ると、

「お仲間がいるわよ」

「仲間？」

「鬼一族のヒョウリちゃん。会うのはじめてでしょ」

「何度も会ってる。さっきも名刺をもらった」

「あら、あの子案外商売熱心ね。けど、店の外で会うなんてお安くないわ。――ヒョウリちゃん！」

　ママが奥に向かって声をかけると、ヒョウリが炭酸水のケースを重そうに持って現れた。

「あ、さっそく来てくれたんだ」

「おまえ、こんないかがわしい店で働いてたらろくな目に遭わないぞ。給料ピンはねされてるんじゃないのか」

　ママが目を吊《つ》り上げて、

「とーんでもない。ひと一倍働いてくれるから割増ししてんのよ。ねえ、ヒョウリちゃん」

「はーい、ママにはすごくよくしていただいてまーす」

「ほんとかよ」

　サングラスのバーテンが、

「いつものやつでいいですか」

「ああ、ボトルごとくれ」

　バーテンは大ぶりのグラスをひとつと、まだ封を切っていないタンカレーを鬼丸のまえに置いた。鬼丸は封を開けると、グラスになみなみと注ぎ、一息で飲み干した。もう一杯注ぐと間髪を容《い》れずに飲み、三杯目を注いだ時点で小声でヒョウリに、

「おまえ、自分が陰陽師《おんみょうじ》だってこいつらに話してあるのか」

　ヒョウリは小さくかぶりを振った。

「じゃあ、俺もそのつもりでいるよ」

　そう言うと鬼丸は三杯目を干し、四杯目を注いだ。ヒョウリは目を丸くして鬼丸の飲みっぷりを見つめている。ママが近づいてきて、

「それにしても、この店、いろんな物《も》っ怪《け》が来てくれるけど、鬼は鬼丸さん以外はじめてだわ」

　バーテンがミックスナッツを小皿に分けながら、

「都会に鬼はめっきり少なくなりましたからね」

　ママが、

「それを言うなら、陰陽師だって少ないわよ。陰陽師と鬼ってハブとマングースみたいなもんだけど、どっちも絶滅危惧種《きぐしゅ》よねえ」

「河童《かっぱ》や女郎蜘蛛だって同じですよ、ねえ、鬼丸さん」

「保護してもらえよ」

バーテンは指についたナッツの塩をなめ、

「嫌ですよ、そんなの。滅ぶときはみんなまとめて滅びましょうよ。恐竜みたいに」

「くだらねえ」

ママが水割りをひと口飲むと、

「ただでさえ少ない鬼一族なのに、鬼丸さんとヒョウリちゃんが面識がなかった、なんて驚きだわ」

鬼丸はヒョウリをちらと見て、

「こいつはな、ちょっと変わってるんだ。ひと付き合い、ていうか鬼付き合いが悪い家の出なんだよ」

ヒョウリはペロッと舌を出した。鬼丸はママに、

「ヒョウリと話があるんだけど、テーブルに移っていいかな」

「いいわよ、まだ時間早くてお客さん来ないから……。鬼は鬼同士よね」

ヒョウリは頭を下げ、

「すいません、ママさん」

「そのかわり、鬼丸さんにじゃんじゃん飲ませて売り上げに貢献してよ」

「はーい」

鬼丸は、グラスとボトルを持って端のテーブル席に移動した。

「陰陽師さんはどうだった？」

聞き取れないほど小さな声でヒョウリがきいた。

「病院で検査してもらってるらしい。今晩は泊りで、明日退院だとさ」

「新宿御苑の封鎖は？」

「それは手配してくれるそうだ」

「じゃあ、今日のところは安心だね。明日、もう一度、新宿御苑に行こう。陰陽師さんも一緒に……」

「退魔封呪祭か」

「家康も吸血鬼たちも眠らせてあるからうまくいくと思う」

鬼丸は残りわずかになったジンをラッパ飲みで飲み干すと、

「おかわり」

ヒョウリは、

「はいはい、毎度あり！　鬼丸先生、タンカレーもう一本！」

洗いものをしていたバーテンがにやりとして、

「鬼丸さん、ヒョウリちゃんに転がされてますね」

「うるせえ」

そう言ったあと鬼丸は真顔になり、

「家康がどうして吸血鬼の親玉になったのか、説明してくれ」

「そだね。どこから話したらいいかなあ……」

「ややこしい話なのか？」

「いや、無知なひとにどう説明すればわかってもらえるかと……」

ムッとして鬼丸は二本目のジンの封を切り、ごくごくとラッパ飲みをして、テーブルにドン！　と置いた。

「俺だってけっこういろいろ知ってるぜ。鬼だからな。それに陰陽師との付き合いもけっこう長い」

「ふーん……じゃあ『肉人《にくびと》』って知ってる？」

鬼丸はかぶりを振った。

「最初っからダメじゃん」

「知らねえものは知らねえよ」

「江戸時代に書かれた『一宵話』という随筆集があってね、そこに、徳川家康が駿府城にいたとき、肉人という怪物が現れた、と書いてあるんだよね」

駿府城の中庭に、赤い肉の塊のようなものが現れた。外観はこどものようで、手はあるが指はなく、天を差して立っていた。すばやく動くので捕えることができない。家康に報告すると、追い出してしまえ、とのことだったので、家来たちはそのように取り計らったという。あとでそのことを聞いた博学の士が、それは『白澤図《はくたくず》』に載っている『封《ほう》』というもので、これを食べると力が増し、武勇に優れたものになれるのに、と残念がった……。

「肉の塊か。『ぬっぺふほふ』みたいなやつだな」

「なにそれ？」

「腐肉が化けたっていう物っ怪だ。――で、その肉人がどうした」

「知ってる？　吸血鬼って、今でこそドラキュラとかノスフェラトゥとか、まともな人間の形をしてるけど、昔のヨーロッパの言い伝えでは『ぶよぶよと形のない、血の詰まった皮袋のようなもの』だと言われてるんだよね」

「…………」

「明智家に伝わる言い伝えでは、肉人はそのあと家康の座敷に現れた。『食べると力が増し、武勇に優れる』という話を信じた家康はこっそりとその『肉人』を食べようとしたんだけど、そのときに逆に嚙《か》みつかれたんだって。その結果……」

「吸血鬼になったのか」

「そう。――三尸《さんし》ってわかる？」

「おまえがまえに言っていたやつだな。そのときに少しだけ調べたけど、なんか虫みたいなもんだ」

「道教で言うところの三尸は、人間が生まれたときからその身体のなかに棲《す》んでて、庚《こう》申《しん》の夜、その人間が寝たあとに抜け出して、『天帝』にそいつの悪いところを告げ口する。だから、庚申の夜は一晩中寝ずに起きている。これが『庚申待ち』。庚申の神は猿だと言われてて、同じく猿を祀《まつ》る日《ひ》吉《え》神社や延暦寺《えんりやくじ》の山王一実神道とも関係があるらしい。ちなみに山王一実神道は、昔からある山王神道をベースに天海僧正が新しく作り直したものだと言われている」

「つまり、三戸の虫というのはどんな人間の体内にもいる存在なのか」

「本当はちょっとちがうんだ。三戸は天帝によって人間に植え付けられる。植え付けられた三戸は上戸《じょうし》、中戸《ちゅうし》、下戸《げし》の三つに分裂する。上戸はひとの頭に、中戸はひとのお腹のなかに、下戸は足に棲み、宿主に道に外れた欲望……つまり、吸血行為を起こさせる」

「じゃあ、徳川家康を噛んだ肉人が天帝だっていうのか？」

「天帝の使い、だろうね」

「信じられないな。ほとんどSFじゃないか。天帝なんてどこにいるんだ」

「肉人は天を差していたって言ったでしょ」

「ああ……だけど、漠然と『天』といっても……」

「火星」

「え……？」

「たぶん、肉人は火星から地球に来たんだ」

「宇宙人ってことか。馬鹿馬鹿しい」

「もちろん証拠はないよ。でも、そんな物っ怪は日本にいない」

「うーん……」

「肉人は家康に三戸を植え付けたあと、天に……火星に帰っていった」

「どうやって」

「UFOじゃないの？」

鬼丸には信じられなかった。

「あのさあ……明智光秀が天海僧正になった、という話は知ってるよね」

「ああ……なんとなく……」

「あれって、ほんとなんだよね」

「え……？」

ただのガセだと思っていた。

「都市伝説の番組なんかで言われてる根拠はねえ……」

ヒョウリは、光秀＝天海説の根拠を列挙した。
・家康の参謀として突然史上に現れたが、それまでの経歴があまりわからない。初対面の際、家康は人払いをして一対一で天海と話し込んだが、稀有《けう》なことであった。
・墓である日光に明智平《あけちだいら》という地名があり、命名者は天海だという説がある。
・日光東照宮に光秀の家紋である桔梗紋《ききょうもん》が数多く彫られている。
・天海がかつて修行した比叡山《ひえいざん》延暦寺には、光秀の死後に光秀の名で寄進が行われている。

・光秀の縁者である春日局《かすがのつぼね》が江戸城で天海にはじめて会ったとき、「お久しぶり」と言った。
・慈眼寺《じげんじ》は明智光秀ゆかりの寺だが、天海僧正の諡号《しごう》は慈眼大師《じげんだいし》である。

「どれもこれも根拠にしては薄弱すぎるな」

「でも、うちはなにしろ明智光秀さまの家系だから、世間の知らないことも伝わってるのよ。天海僧正は陰陽道《おんみょうどう》に基づいた結界を作り、江戸の町を守ったってことは……知らないよねえ」

「馬鹿にするなよ！　それぐらいはわかってる」

「艮《うしとら》の金神《こんじん》」事件のときに知った、というのは内緒だ。

「ひとつの都市を陰陽五行説によって霊的に守護するなんてことは、たんに知識があるだけじゃできないよ。天海僧正は陰陽師だったんだ、それも有能な」

「それも、おまえの家に伝わっているのか」

「そういうこと。――そして、家康は死んだ。天海のライバルだった金地院崇伝は、駿府の久能山に東照宮を建てて、昔ながらの吉田神道で祀るように言ったので、最初はそのとおりに実施された。でも、天海は陰陽師としての力で、家康がじつは死んでいないことを見抜いたんだね」

自分が仕えていた家康の身体に異変が起きている、と天海は気づいた。よくよく調べてみると、家康は巷間《こうかん》で噂されていたような病気のせいではなく、肉人という妖怪《ようかい》によって命を失ったことがわかった。天海は直占によって、その肉人が天から来た吸血生物で、家康はその生物に三尸を身体に注入されたと知った。このままでは家康はふたたび蘇《よみがえ》り、眷属《けんぞく》を増やしていくだろう。天海は、家康の遺言だと偽って、金地院崇伝の反対を押し切り、遺骸《いがい》の一部を日光東照宮に移して、みずからが創設した、陰陽道と神道を混ぜた山王一実神道なるものによって改めて祭祀《さいし》を執り行う、と発表した。

中国には「北辰信仰《ほくしん》」というものがある。北辰とは、北極星のことであり、宇宙を統べる「天帝」の象徴だ。天帝は、人間の命運を握っている。かつては庚申の日に天帝が降臨し、人間の行動の善し悪しを検分し、そのひとの寿命を決める、と言われていた。それが、いつのまにか三尸が庚申の夜に体内から抜け出して、天帝に人間の行為を告げにいく、という庚申信仰になった。

天海は、この信仰を利用することにした。日光の地に東照宮を作り、北極星を祀る。そこに家康の頭部だけを改葬して、北極星と家康を結びつける。家康は、天帝に選ばれたものだからである。事実、天海はその真上に北極星が来るように陽明門《ようめいもん》を建てたという。

しかし、天海の本心は違っていた。家康が「天帝から選ばれた」というのはそのとおりであるが、天海は天帝の居場所は北極星ではなく「災い星」こと火星であると考えていた。

「天海は、まず改葬ありき、だったからはじめの東照宮は簡素なものにしたんだろうね。――今でもときどき家康の遺体は久能山にあるのか、日光にあるのか、というのが議論の種になってるけど、一部を久能山に残し、一部を日光に移した、という説もある。これはある意味正しいってわけ。でも、お墓を掘り返すわけにはいかないから謎は永遠のまま」

「なぜ天海は頭だけを日光に移したんだ」

「さすがの天海僧正の霊力をもってしても、吸血鬼となった家康を滅ぼすことはできなかったんだ。そこで、天海は家康の身体を分断して、頭部を駿府から遠く離れた日光に移動させた。頭部には上戸が宿り、胴には中戸、足には下戸がいる。上戸だけを引き離して、江戸に近い日光に封じ、監視し続けるつもりだったんだと思う。バラバラにすればそれだけ力が弱まるから」

「どうして日光なんだ」

「わからない？　吸血鬼は日光に弱いんだよ」

そう言ってヒョウリはにやっと笑った。

「そんなわけで天海は、家康が久能山に埋葬された約一年後、頭部を日光に移そうとした。ところが、その途中で地震が起きたんだ。地面が割れ、家康の首は金輿《きんよ》に乗せた棺《ひつぎ》から転がり出て、穴のなかに落ち込んでしまった。なんとか取り戻そうとしたんだけど、地面はふたたび閉じてしまったらしい。そのことはすぐに天海に報告されたんだけど、名将にして名陰陽師天海の直占でも首の行方はわからなかった……」

「それが今でいう新宿御苑の地下だったんだな」

「そういうこと」

天海はしかたなく空の棺だけを日光に運び、奥の院に埋葬したあとも、必死で首を捜したが、その存命中には家康の首がどこにあるのかを確認することはできなかった。関東一円に有効な呪法を施したものの、そういう呪法は広いが浅い。不安のうちに天海は死んだ。

「東京のどこかに埋まっているらしい、とわかったのが、天海の死後三百年以上を経た東京オリンピックの直前ってこと。明智小五郎ひい祖父《じい》さんが言い当てたってわけ。優秀ーっ」

「………」

「でも、さすがの名探偵にして名陰陽師明智小五郎にも、東京のどこにあるかはわからなかった。それを言い当てたのがここにいる名陰陽師の末裔《まつえい》ヒョウリ。優秀ーっ」

「おい……！」

自分から陰陽師と口にしてしまいヒョウリはあわててまわりを見たが、ママもバーテンも気づいた様子はなかった。

「ほんとは、私の父が病床から『家康の首が復活する』って言い当てたんだ。私は、東京まで出てきて二ヵ月ぐらいかけてようやく新宿御苑のあたりってわかったんだけど…

…。それも、家康の首の妖力が強くなってきて、犠牲者がたくさん出始めてからだから、まるで後手後手なんだけどね。しょぼん……」

「気にするな。金髪陰陽師なんて、ずっと東京にいるうえ、警視庁に勤めてるのになにもわからなかったんだからな」

「そう……そうだよね。あいつに比べれば私の方が……」

「いや、あいつもなかなかのもんなんだ」

「鬼丸さん、どっちの味方なのさ」

「俺は中立だが、じつはな……」

鬼丸は警視庁の結界の件についてヒョウリに説明した。

「おまえはどうなんだ。鬼だが陰陽師でもある。警視庁の結界を無効にできるか？」

「強力な結界だと、なかに入るのはきついけど、たぶんなんとかなる。いつもそうなんだ。陰陽師としての呪《じゅ》は鬼としての自分を傷つけるし、鬼としての妖力は陰陽師としての自分に打撃になる。ずっと……私はそう」

「…………」

「明日《あした》、警視庁に行って結界をほどいてあげるよ」

「すまんな……と言いたいところだが、今から行ってもらえないか」

「そうだね。ここのバイト時間が終わったら行ってもいい」

「ありがたい。恩にきるよ。——話を戻すが、どうして家康の首は復活したんだ」

「もともとから切り離されて力が衰えていたところに、地下に埋められて血を吸うことができなくなって、そのまま衰弱して眠っていただけなんで、それが東京万博の工事で掘り返された衝撃で目覚めて、作業員たちの血を吸って回復……みたいなことなんだと思う」

「やっぱり万博のせいか。ろくなことをしないな、東京都は」

「それを言うなら『人間は』だよ」

「もうひとつききたいが、なぜ家康の首はあんな風にでかくなったんだ？」

「家康はもともと頭の鉢の大きいひとだったそうだけどね。――これも推測だけど、家康の首は眠ったまま地下で何百年も過ごすあいだ、栄養をとらなきゃならなかった。たぶんモグラや蛇や木の根なんかから血や体液や樹液をすすって生き続けたんだと思う。その過程で、組織に変化が起こり、膨れ上がったんだろうね。触手みたいなものがいっぱい生えたのも、獲物を捕まえてたぐりよせるための進化じゃないかな」

鬼丸は腕組みをして、

「俺は鬼だが……この話にはついていけない」

「私もギリだよ。自分の目で見るまでは信じられなかったもん」

「――そう言えば、うちの室長の陰陽師の卦《け》によると、警視庁内に鬼が紛れ込んでいるそうだ」

「鬼丸さんのことじゃないの？」

「ちがうみたいだな。もしかすると警視総監に取り憑《つ》いてるんじゃないか、とも言っていた。今の警視総監は万博を成功させるために赴任してきたそうだから、もしかしたら家康の中戸《ちゅうし》と下戸《げし》がやつに入り込んでいるのかも……」

「だとしたらたいへんだ。何百年もの時を超えて三戸が揃ってしまう。そうなったら手のほどこしようがないよ。──でも、たぶんそれはない」

「なぜわかる」

「家康の中戸と下戸は静岡の久能山に残っている。でも、三戸のなかのボスは上戸なんだよね。吸血したり、三戸のコピーを注入したりできる上戸は『頭』という物理的な形を維持できたけど、中戸と下戸が入ってた胴体と足は久能山の墓のなかでとっくに腐ってなくなってしまった。だから、中戸と下戸は今は目に見えない『鬼』としての状態で久能山に残っているはず。その警視総監が最近静岡に行ってたりしたらともかく、そうでなければ関係ないと思う」

「そ、そうか……」

なんとなく引っかかるものがあったが、ここは先へ行こう。

「なんで血を吸われて死んだ人間が生き返るんだ？」

「ゾンビ映画ではそんな説明はないよ」

「ないことはない。ウイルスとか……」

ヒョウリはくすくす笑った。

「なにがおかしい」

「鬼丸さんってゾンビ映画観てるの？」

そんなことは今、どうでもいい。

「あのね、肉人からオリジナルの三尸を植え付けられたのは日本では徳川家康ただひとり。だから、家康の首に棲《す》む上尸だけが、吸血した相手に三尸のコピーを注入することができる。三尸のコピーは三つに分かれて、血を吸われて死んだ人間の頭とお腹と足に宿り、そのひとをまるで生きているみたいに動かしてるってわけ」

「じゃあ、血を吸われた人間は死んでるんだな」

「そういうこと」

まさにゾンビではないか、と鬼丸は思った。

「家康の首は、血を吸い続けないと死んでしまうけど、胴体も足もないので動けない。それでゾンビたちを操って血を運ばせてるんだ。でも、コピーはコピーなんで効果はだんだん薄らいでくる。だからときどき『お噛《か》み直し』をして、新しい三尸のコピーを注入してるんだろうね」

「それが聖体拝受か……」

聞いているだけで気分が悪くなってきて、鬼丸はタンカレーを喉《のど》に流し込んだ。最近、ジンストでもあまり効かなくなってきた。水みたいに飲めてしまう。

──とにかく明日、あの陰陽師《おんみょうじ》さんが退院してきたら、すぐに新宿御苑に行こう。今日はなんとか私ひとりで封じられたけど、もし万が一、久能山にいる中戸と下戸が首の上戸と合体するようなことがあったら……」

「どうなるんだ」

「この世の終わりが来るよ」

鬼丸は唾《つば》を飲み、

「本当か」

「たぶん。——オリジナルの三戸が揃った徳川家康は、だれにも止められない存在となる。そして、この星の状況を天帝に告げると思う」

「どんな風に？」

「それはわからないけど、たぶん天帝側ではその報告を三百五十年以上も待ってたんじゃないかな」

「おまえとうちの室長が一緒にやれば、その退魔封呪祭というのができるのか」

「たぶん」

「たぶんじゃ困る」

「私にもわかんないよ、やってみないと」

そう言っているものの、ヒョウリの決意のほどはその両眼に現れていた。

（こいつ、命懸けだな……）

鬼丸はそう思った。

「おまえ……そういう細かいことはどうやって知ったんだ？」

「細かいことって？」

「たとえば、上戸が三戸のコピーを死体に注入して操るとか、家康の三戸が揃ったら天帝に報告に行くとか……」

「ああ、うちの父から聞いたんだ」

「おまえの親父っていうのもすごい陰陽師なんだろうな。──名前はなんていうんだ」

「鬼のくせに、知らないなんてモグリだね」

「いいから言えよ」

「明智十兵衛《じゅうべえ》。そりゃもう……日本一だね」

そう言ってヒョウリは胸を張った。

☆

ヒョウリのバイトが終わるのを待っているあいだに鬼丸はジンを三本空けた。これでも、ママが気を遣って、普段より一時間以上も早くヒョウリを上がらせてくれたのだ。

「ずいぶん高くついたぜ」

ぼやきながら支払いをする。安月給の刑事のふところには厳しすぎる額だ。しかも、酔わないのだからこんなもったいないことはない。

「じゃあ、ヒョウリちゃん、次回またよろしく。鬼丸さんも……」

ママがほくほく顔で言った。ヒョウリはママになにやら耳打ちした。

「え……？　そんなことあるかも、なの？」

「ないとは言えないんです」

「そう……できるかどうかわからないけど……やってみるわ」

ママはそう言うとふたりを見送った。雑居ビルの階段を降りながらヒョウリはすまなそうに、

「ごめんねー。散財させちゃって……」

「仕方ない。——そのかわり、結界の方、しっかり頼むぜ」

「わかってますって」

「ママとなにを話してたんだ？」

「ああ、あれ？　たいしたことじゃないっす」

ふたりは警視庁ビルに向かった。時刻は午後七時過ぎである。

「あー、なるほど……」

ビルの入り口をひと目見て、ヒョウリはうなずいた。

「あの金髪のひと、なかなかたいした腕だね。すごい門番がどんな鬼も通さないって顔で立ちはだかってる。各階の窓にも全部『気』がみなぎってる。すごいじゃん」

「そうか……」

ベニーの陰陽師としての腕をほめられて、なんとなく鬼丸はうれしかった。

「おまえも入れないか？」

「ふふふ……私があのひとよりもうえってとこ、見せてあげるよ」

ヒョウリは、ポーチからヒトガタに切った紙を取り出した。

「式神《しきがみ》か。なにをする気だ」

「まあ、見てて」

ヒョウリはその紙を手のひらに乗せ、ふうっと息を吹きかけた。ヒトガタは桜の花びらのように軽やかに舞い上がり、風に乗ったのか、建物の壁に沿ってどんどん上昇していき、たちまち見えなくなった。

「まるでドローンだな。呪物《じゅぶつ》は最上階の部屋に仕掛けられていて、その効果は建物全体を下向きに包むようになっているが、屋上はノーマークっていうことか。考えたな」

鬼丸は隣にいるヒョウリに顔を向けたが、そこにはだれもいなかった。

そして、三十分ほど経って鬼丸がやや苛立《いらだ》ちはじめたころ、正面玄関からヒョウリは堂々と大手を振って出てきたのだった。

「警備員になにも言われなかったのか」

「気を殺してるから、あのひとたちには私は見えないの。どこでもフリーパス」

「そうやっていつも入り込んでたのか。――で、どうだった？」

「ぶっ壊してきた。でも、バラバラにしたりすると壊れてるのがすぐバレるから、パッと見ただけじゃわかんない程度にしておいたよ」

「サンキュー」

「ついでにさあ、さっきの話に出てきた警視総監ってひとにほんとに鬼が憑《つ》いてるかどうか確かめようと思って、総監室まで行ったんだ」

「お、おい、おまえ、そんな勝手なことして……だれにも見つからなかっただろうな」

「秘書っていうひとに会って、単刀直入にききました。『陰陽寮の明智ですけど、総監さん、どこにいます？』って……」

「マジか……」

鬼丸は顔を手で覆った。

「でも、総監は留守でした。『今、総監は外出中だ。きみ、陰陽寮って言ったね。上司が上司なら部下も部下だ。アポもなくきみみたいな下っ端がやってきて、総監の行き先をきくなんて馬鹿すぎるだろう』って叱られたけどね」

「あたりまえだ。そんなこと俺でもしねえよ。――だいたい向こうも向こうだ。Tシャツにジーンズ、キャップ後ろ向きに被《かぶ》ってるネーちゃんを警察関係者と思うかね」

「でも、私は食い下がったよ。どうしても総監の居場所を教えてもらわなきゃ困るんです、ってね。そしたらその秘書のひと、すごく怒り出しちゃって、『なにを言ってるんです。きみのところの室長も同行してるんですよ。しかも、無理矢理にね。あなたが行く先を知らんはずがないでしょう。ほんと、都知事に失礼なことをして警視庁の大失態になったらどうするんだろうね。あの室長さんならやりかねないな』ってそう言われちゃいました。あの金髪の陰陽師さん、検査で病院なんか行ってないみたいだよ」

「そんなはずはない。俺と小麦にはたしかに病院に行く、と……」

「もしかしたら、そう言わないと鬼丸さんたちが心配して外出させてくれない、と思ったのかもね。あんたたち、すぐに検査しなさいってやいのやいの言い立てたんじゃないの？」

「うーん……」

以前はそんなこともあったが、今回の憑きものに関してはなにも言っていない。というか、検査を勧めるより早く、向こうが先回りして入院したのだ……。

「ほーんと、おたくの室長といい警視総監といい、どこにいるんだろうね。警視庁ってスケジュール管理大甘じゃん。とにかく私たちは新宿に……」

ヒョウリを無視して、鬼丸はあちこちに電話をしはじめた。

「どうしたの？」

「どうも気になる……」

秘書の話が本当なら、ベニーは諸見里総監とともに都知事に同行していることになる。鬼丸は、都知事のスケジュールを都庁広報部に照会した。

「わかった？」

「ああ……最悪だ」

「え……？」

「都知事は、新宿御苑の工事の視察に行っているらしい」

「都知事なんだからあたりまえじゃん。それがどうかした？」

「おい、ヒョウリ……」

「なによ、怖い顔して」

「さっき俺が警視総監に中戸と下戸が憑いてるんじゃないか、とおまえに言ったよな」

「うん、言った」

「そしたら、それはない、最近静岡に行ってたらべつだけど……と言ったな」

「言った言った」

鬼丸は、ずっと引っかかっていたことを思い出した。

「総監のことは知らないが、うちの室長は少しまえに久能山の東照宮に行ったそうだ。頂上で気分が悪くなったと言ってた」

「えええええーっ！」

ヒョウリはあたりはばからぬ大声をあげた。

「考えてみたら、あいつが体調を崩したのはそれ以降だな……」

俺がもっと気にかけてやれば、こんなことになるまで放っておかずにすんだかもしれない……。鬼丸は悔やんだ。

「そ、それ、ヤバいよ。ヤバいやつだよ。そのひと、ぜったい中戸と下戸に憑かれてる。

言ったでしょ、陰陽師って一般のひとより憑かれやすいんだって。そりゃ『鬼がこのビルにいる』って言うはずだ。だって自分のなかにいるんだもんね」

「獅子《しし》身中の虫か……。どうして当人にそのことがわからないんだ」

「灯台下暗しってやつだろうね。腹と足に潜んでるから、ときどき浮かび上がってくるとき以外はわからない。まさか自分のなかとは思わないから、直占の範囲から無意識に除外してしまう。あんまり近すぎるとかえってわからないもんなんだ。たとえば隣に鬼がいたとしても、気づかない陰陽師がいても不思議はないね。先入観で目を眩《くら》まされてるんだ」

いつもそばにいる俺にあいつが気付かないのも、そういう道理なのだろうか……。

「あの陰陽師を絶対に新宿御苑に行かしちゃダメだよ。三戸が合体したらおしまいだ」

「それがだな……」

鬼丸は、口惜《くや》しそうに言った。

「もう手遅れかもしれん。あいつは都知事のお供で新宿御苑にいるらしい」

ヒョウリは天を仰いだ。

☆

その三時間ほどまえの出来事である。

「どうしてだれも出迎えていないんだ？」

新宿御苑を取り巻くパネルの入り口で、東京都知事の蒲郡俊作《しゅんさく》は不機嫌そうに言った。

彼を長とする今日の視察団の人数は全部で十五人ほどであった。マスコミもいないので、進捗《しんちょく》を確認するだけの気楽な視察である。全員作業服にヘルメットと、形だけは揃えている。

「今日この時間に視察に行くということは伝えてあるんだろうな」

「は、はい、もちろんです」

都市整備局長と建築局長が同時に言った。

「ここの責任者はだれだ」

七十二歳の蒲郡は、東京万博を成功させることだけが生きがいと公言してはばからぬ人物である。事実、彼が都知事に就任してから、東京都の財政や福祉事業などは完全に停滞していた。彼は、万博さえ成功すればあとのことはどうでもよかった。それを手土産に中央政権に進出するつもりなのだ。

「丸橋組の有光部長です。どこにいるんだろう。今、呼んでまいります。——おい、ぐずぐずしていないで探しにいけ」

建築局長が部下たちに命じた。

「はいっ」

四名ほどがパネルのなかに入っていったが、十分経っても十五分経っても戻ってこな

い。諸見里は、同行の制服警官たちに同じことを指示したが、彼らも行ったきりだ。蒲郡は憤然として、

「もういい。ここで待っていてもしかたがない。なかに入るぞ」

一同はぞろぞろと工事現場に入っていった。

「なんだこれは……」

蒲郡は呆《あき》れたように言った。だだっ広い新宿御苑の敷地を見渡しても、作業員の姿はどこにもなかった。たくさんの工事用車両が無人のまま放置されているが、稼働しているものは一台もない。

「随分早い終業時間じゃないか。都知事である私が来ることがわかっているのに、みんな今日は早上がりというわけか。こんなことで工事が間に合うわけがない。来てよかった。スケジュールが遅れているはずだよ。――ただちに工事責任者をクビにしろ。いや、関係者を総入れ替えしろ。二十四時間、死ぬ気で働く連中を雇え。外国人でもなんでもかまわん。いいな」

「はい……ですが……」

「なんだ。私のやり方が気に入らんというのか。生ぬるいことを言ってたら万博なんてできんよ。東京だけじゃない。日本がひとつになって、全国民が命懸けでやるからこそ、不可能が可能になるんだ。ちがうかね」

「いえ……というか、これはおかしいです」

「なにがだ」

「まったくだれも見当たらないなんてありえません。話し声も物音もしません。大人数で昼夜問わずの突貫工事をしているわけですから、全員が急に作業を放り出すなんて考えられない。ましてや知事がお越しになることも伝えてあるわけですから……」

「じゃあ、どうしてだれもいないんだ」

そのとき、最後列から黙って様子を見ていたベニーの携帯が震えた。

「はい、芳垣です。ああ、小麦くんか」

芳垣は都知事たちの一団から離れて、声が皆に聞こえないあたりまで行くと、

「そうなんだ。病院でね、今、ちょうど検査中さ。まだはじまったばかりで、今晩ひと晩かかるそうだ。結果が出るのは明日《あした》の午前中なんで、それを聞いたら退院するよ。――鬼丸くんはそこにいるのか」

小麦早希に代わって鬼丸が出た。

「新宿御苑の地下に徳川家康の首があることを確認しました。室長不在で退魔封呪祭とかいうのが行えなかったので、ヒョウリだけの力でとりあえず首とその眷属《けんぞく》を一旦《いったん》封じてありますが、たいへん危険です。一般人が近づかないようにするために警視庁や東京都の名前で完全封鎖をお願いします」

ベニーはにやりと笑い、

「わかった。今、病院だから諸見里総監に電話して大至急手配してもらう。明日、検査

が済んだらきみたちと対策を練ろう」

「よろしくお願いします。今日はおとなしく検査を受けるんですね。どちらの病院ですか」

「え？　あ、ああ……知り合いに紹介してもらった病院だ。じゃあ、明日」

ベニーは電話を切ると、諸見里たちのところに戻っていった。そこへ制服警官のひとりが血の気の失《う》せた顔で駆けつけ、震える手で敬礼した。彼の後ろには都の職員たちも従っている。

「たいへんです、総監」

「なにごとだ」

警官は諸見里になにやら耳打ちをした。警視総監は蒼白《そうはく》になり、

「本当か……」

「はい。この目で見ました。作りものかもしれませんが、とにかくとんでもない代物です。それに、作業員たちを含む約百人ほどがそのまえで倒れています」

「死んでるのか」

「わかりません」

警官は泣きそうな声でそう言った。

「わかった……」

諸見里は都知事のところに行き、

「どうやら危険があるようです。視察は中止してお帰りください。あとは我々が調べます」

「それはいいが、工事の進行に支障が出るようなことだとまずい。新宿御苑を第一会場に使うという計画は今更変更できん。もし、そういうなにかが見つかったら『困る』からな。あとで報告頼むよ」

意味深な言葉を吐くと、都知事は職員を引き連れて帰っていった。諸見里はため息をつくと、警官たちに向かって、

「案内しろ」

と言った。警官たちは顔を見合わせ、

「たいへん危険だと考えられます。ただいま機動捜査隊や科学捜査研究所などと連絡を取っておりまして、一帯の徹底的な調査を行い、状況が把握できるまで総監は待機していただきたく……」

「そうはいかんのだ！」

それは、怒りとも諦《あきら》めとも取れるような口調だった。

「さっきの都知事の言葉を聞いただろう。私はただちにその……巨大な首とやらが万博工事に悪い影響を与えるかどうか判断し、もし妨害になるものであれば取り除いて、都知事に報告しなければならんのだ。――行く！」

どう聞いても「行きたくない」ときの言い方だった。

「どうぞ、こちらです」

警官のひとりが諸見里を先頭にしようとすると、

「おまえたちが先に行け。私はしんがりでいい！」

泣きそうになりながら諸見里はゆっくりと歩き出した。ベニーは並んで歩きながらにやにや笑っている。やがて地下への通路の入り口が見えてきた。皆は何度かにわけてエレベーターで降下した。

「この坑道の奥です」

警官たちはそう言うと一斉に拳銃《けんじゅう》を抜いた。総監はビクッとしながらも果敢に前進した。やがて、皆はついに工事用照明に照らされたものを目撃することになった。

「なんだ、これは……」

それは諸見里の想像を超えていたようだ。彼は腰が砕けたようになって尻餅《しりもち》をつき、その姿勢のまま、前方に聳《そび》え立つ巨大な顔面を凝視していた。警官たちも呆然《ぼうぜん》としている。家康の首は目を閉じ、あちこちから突き出た触手もだらりと垂れ下がっている。そのまえに百人ほどの男女が折り重なって倒れている。

「こ、こ、これは……芳垣くん、これはなんだ」

諸見里は震える声で言った。ベニーが、

「これは大御所公……徳川家康公の首です」

「死んでいるのか」

「いえ……生きておいでです」

「そんな馬鹿なことが……」

「聞こえませんか、このいびきが。この雷鳴のようないびきがその証拠です。大御所公は眠っておられるだけなのです」

「なぜそんなものがここにある」

「大御所公ははじめ駿府の久能山に埋葬されました。一年後、天海僧正によって首だけが日光東照宮に改葬されたのですが、その途上地震に会い、首は地中に埋没してしまいました。その場所がここだったのです」

「ううむ……信じられん」

諸見里は自分の両肩を抱《あ》くようにして震えている。恐怖のせいもあるだろうが、家康の首から押し寄せてくる悪しき「気」を感じているのだろう。目に見えぬ邪気は第五橋台に充満し、地上へも噴出していた。

「首のまえに寝ているこの連中はなんだ」

「彼らこそ、大御所公に血を吸われることによってその眷属となりし忠義の吸血鬼たち。ここ数ヵ月、工事現場などで失踪《しっそう》したひとたちです」

「こいつらも眠っているのか」

「はい。安らかな寝顔です」

ベニーは家康の首の正面に立ち、

「ああ……ようやく巡り合えました。懐かしや……懐かしや……。我ら一から出《い》でて三つとなり、今ふたたび一とならん……」

彼の両眼からは涙が滴り落ちていた。諸見里は座ったまま、

「なにをわけのわからんことを言っているのだ。これは妖怪《ようかい》だ。芳垣くん、とうとう陰陽寮が警視庁の役に立つときが来たぞ。きみの力でこの化けものをやっつけてくれ」

「大御所公をやっつける？　あはははははははははは……」

ベニーはけたたましく笑った。

「残念ながらそれは無理です」

「なぜだ。――そ、そうか。私と駆け引きをしようと言うのか。こんな非常時に卑怯《ひきょう》じゃないか」

「駆け引き？　そんなつもりは毛頭ありません。無理だから無理だと申し上げているだけです」

「わかったわかった。この化け首を外部に知られぬよう始末してくれたら、残りの条件はクリアしたものとして陰陽寮の存続を許可しよう。それで文句はあるまい」

「そういう問題ではないのです。この大御所公の首の秘めた霊力は強大至極。私のような非力な陰陽師《おんみょうじ》風情が太刀打ちできるようなものではありません」

「では……どうなる？」

「ふふふふふふ……このままだと大御所公の首も吸血鬼たちも眠りから覚め、新宿御苑

の外へと出ていくでしょう。そうなったら警察はおろか自衛隊や米軍でもそれを阻むことはできない。東京は壊滅するでしょう。万博どころではない。日本そのものが滅ぶのです」

　心なしかベニーの声には歓喜の響きが感じられた。

「どうすればいいのだ」

「彼らがまだ眠っているうちならチャンスはあります。霊力よりもっとたしかなもの……物理的な力で破壊してしまうのです」

「というと……？」

「あの首に攻撃をしかけて爆破してしまうのです。原形をとどめぬほど木っ端微塵《みじん》にしてしまえば、さしもの大御所公の首の脅威も失われるでしょう」

「そ、そうか。ならば、総理にお願いして自衛隊の出動を要請しよう」

「How silly of you! そんなことをしたらここで起きていることが世間に知られてしまいますよ。当然、万博は中止になるでしょう。警視庁の銃器対策部隊や特殊犯罪捜査係、ＳＡＴなどを動員するのもやめたほうがいい。新宿御苑でなにやらとんでもないことが起きていると宣伝するようなものですからね。――今ここにいる我々だけでなんとかするのです」

「我々だけで……？　そんなことが可能なのかね」

「私に考えがあります。あそこをご覧ください」

ベニーが指差したのは、壁際に積まれた段ボールケースだった。

「あれは工事用の爆薬です。あれを使って大御所公の首を爆破するのです」

「なるほど……だが、爆薬を扱えるものがここにいるかね」

「私はロス警察にいたころ、爆発物処理の資格を取るのと同時に爆薬取り扱いの勉強もひととおりやりました。国内での発破技師の免許は持っておりませんが、お任せくださ い」

「そ、そうか。——おい、おまえたち、芳垣警部に協力して差し上げるのだ!」

諸見里は警官たちに言った。ベニーは警官たちに命じてケースを開けさせ、爆薬を取り出して家康の首の周辺に積み上げさせた。自分は電気雷管を設置し、コードを長く伸ばして坑道の外まで引っ張り、そこに発破機を接続した。

「全員、安全なところまで下がるんだ」

ベニーがそう言うと、皆は坑道から退却した。諸見里は警官たちを押しのけるようにして、真っ先に外に出た。ベニーがスターターを押した。諸見里は耳を塞《ふさ》いだ。しかし、なにも起こらない。

「雷管の故障でしょうか」

警官のひとりが言うと、ベニーは無言で拳銃を抜き、雷管目がけて一発撃った。一撃で命中した。火花が散り、ゴブゴブゴブ……という鈍い爆発音が連続したあと、最後に打ち上げ花火のような閃光《せんこう》とともに大音響が轟《とどろ》いた。黒煙が生あるもののごとく天井と床を猛烈な速度で這《は》いずり、坑道から噴き出した。警官たちは身体をこわばらせて煙を見つめている。諸見里はそちらに尻《しり》を向けて床にうずくまり、顔だけかろうじて坑道に向けている。

やがて、爆発音もやみ、煙も消えた。全員の目は坑道に釘《くぎ》づけになったままだ。

「ははは、やったか……やったな！　やったやった！」

諸見里が自分の手柄のようにそう言ったとき、地面が揺れた。激しい横揺れだった。

「な、なんだ……？」

「地震か」

第五橋台の天井に亀裂《きれつ》が何本も走った。壁や床にもひび割れができ、照明が熟した柿の実のように落下し、重機が横倒しになった。ついには天井が崩落しはじめた。

「芳垣くん……どうなっているんだ……！」

諸見里は芳垣の腕にすがって立ち上がった。

「お喜びください、総監。大御所公が目覚めましたよ」

「な、なに……？」

「爆破の衝撃で眠呪《みんじゅ》が破れたのです。おかげで私も三百五十年ぶりの対面ができます」

「芳垣くん、きみは……」

諸見里がなにか言い掛けたとき、剝《は》がれた壁が左右から焼夷弾《しょういだん》のようにつぎつぎ降ってきたので、頭を抱えてその場にしゃがみ込んだ。しまいに諸見里は瓦礫《がれき》のなかに埋まってしまった。

ベニーはふたたび第五橋台のなかに戻った。家康の首は両眼を大きく見開いて、覚醒《かくせい》をアピールしている。首のあちこちから突き出した触手は昨日までの三倍ぐらいに増えており、その太さ、長さも倍ぐらいになっている。下方から生えている太い触手の束はしっかりと首を持ち上げている。家康の頭頂はすでに天井を突き破っており、黒煙と赤い炎をまとわりつかせながらゆっくり上昇を続けている。この地震のような揺れは家康の首が地上へ出ていこうとする動きに伴うものだったのだ。ベニーは笑いながらその光景を見ていたが、やがて自分もエレベーターに乗り、地上に向かった。

☆

新宿の夜気を引き裂くような凄《すさ》まじい轟音《ごうおん》とともに、新宿御苑の工事現場の地面に一本の亀裂が走った。亀裂は二本になり、三本になり、そのうちに地面が陥没をはじめた。大地に大きな穴がいくつも開いて、そこに工事用車両がアリジゴクのように引き込まれていく。それと入れ違うように、地の底からなにかが現れた。化けもののように大きなミミズの大群……いや、それは触手なのだ。ぬらぬらとした粘液にまみれ、光沢のある輪を環状につなげたような紫色の触手が地面から生え、うえへうえへと伸びている。触手のなかには、ぴらぴらした鰭《ひれ》のようなものに覆われたものや、ゴカイのように棘《とげ》の生えたもの、タコやイカの脚のように吸盤のあるもの、先端に鋭い鉤《かぎ》状の口吻《こうふん》があるもの、象の鼻のように毛が生えたもの……なども交じっていて、種類も豊富になってきているようだ。

もし、この様子を上空から撮影したら、新宿御苑に巨大な花が咲いたように見えただろう。その大輪の花の中心部の土が小山のように盛り上がったつぎの瞬間、土は四散し、地底から徳川家康の首が出現した。それに先立ってどこからか地上に出ていた吸血鬼たちは、首を囲んで土下座をし、リズムを合わせて大仰に礼拝しながら、

「大御所公……大御所公……天へお帰りだ。大御所公……大御所公……オオゴショコ・オオゴショコ・オオゴショコ、ゴショコ・ゴショコ・ゴショコ……」

「ショコ・ショコ・ショコ・ショコ……」

「ショコ・ショコ・ショコ・ショコ……」

月光を満身に浴びた家康の首は彼らを睥睨《へいげい》しながら、百メートルほどある長大な四本の触手を脚のように使ってしずしずと進んだ。吸血鬼たちは左右に分かれてあいだに道を作ると、立ち上がり、従者のごとく首に従った。首のまえに、ベニーが立っていた。ベニーは両手を広げ、

「ジョウシよ……！」

家康の首は口を開き、

「ホーホー……ホーホー……」

「今こそひとつにならん」

「ホーホー……ホー」

ベニーは家康の首に向かって走り出した。

そのとき。

横合いからひとつの影が現れ、ベニーに体当たりした。鬼丸だ。ベニーと鬼丸はもつれ合って地面に転がった。

「邪魔をするな！　私は……私は天に戻るのだ」

「天帝とやらに報告に行くんだろう？　そうはさせるか！」

「すぐに火星からの侵略が始まる。この星の生命はすべて血を吸われて天帝の僕《しもべ》となるのだ」

そう叫ぶと、ベニーは鬼丸の顔面を殴りつけた。かなりのヘヴィパンチだ。二発目を拳《こぶし》でブロックすると今度は鳩尾《みぞおち》に連打が来た。鬼丸は殴り返そうとして思いとどまった。相手はベニーなのだ。ベニーはそれをいいことに拳銃《けんじゅう》を取り出し、鬼丸に向けた。

「俺を撃つのか……？」

「もちろん」

ベニーはためらわず引き金を引いた。しかし、弾は発射されなかった。ベニーは舌打ちをして、

「弾切れか」

そして、拳銃を逆さに持ち替えると、台尻《だいじり》を鬼丸の額に叩《たた》きつけた。額が割れて血が流れおちた。ベニーは続けざまに十数回、鬼丸を台尻で殴ったあと、にやりとして、

「張り合いがないな。反撃しないのか」

ベニーは肩で息をしながらそう言った。

「おまえは俺の相棒のあの陰陽師《おんみょうじ》じゃない。そのふりをしてるだけの屑《くず》野郎だ。だが、俺が本気を出せば、陰陽師まで死んでしまう。だから、俺は手を出さない」

「ほほう、じゃあこのまままされるがまま、というわけか」

「いや……ちがう。こうするのさ」

鬼丸は、ベニーの口に右腕を突っ込んだ。

「うふっ……げふっ……」

ベニーが唾液《だえき》を噴きながら苦しげにもがくのもかまわず、腕を喉《のど》から食道へとめりこませていく。ベニーの顔が紫色に変じていった。無理もない、呼吸ができないのだから。しかし、鬼丸はなおも腕をずぶずぶと下へ……胃へと降ろしていった。

「うがあっ、ああぐ……いぐわっ」

ベニーは釣り上げたばかりの魚のようにのたうちまわっているが、鬼丸はじたばたもがくその身体を左手で押さえつけながら、右手でベニーの胃を掻《か》きまわした。

なにかが指先に触れた。鬼丸はそれをぐいと握り締めた。指を振りほどこうとして暴れるそれを握ったまま、鬼丸は腕を思い切り引き抜いた。鬼丸はベニーの口から摑《つか》み出

したそのなにかを地面に叩きつけた。

びしゃっ、という水気の多い音がしたが、その正体は普通の人間の目には見えない。しかし、鬼丸とヒョウリにはありありとその姿が見えた。人間の顔をした犬のように毛むくじゃらの獣と、牛の頭部から一本の足が生えた怪物……中尸と下尸である。実体のない二匹の怪物は家康の首にとりすがろうとしたが、ヒョウリがすかさず笏《しゃく》を持つと、

「オン・ボアミ・ルダイ・ゲミ・ギドウ・ガンジャマジソワカ。汝《なんじ》、蚤《のみ》シラミに劣る浮遊鬼の分際でこの陰陽師のまえに出てまいるとは身の程知らずの大たわけ！　汝、塵芥《じんかい》ならば塵《ちり》と芥《あくた》に、汝、泥土ならば泥と土に、汝、糞尿《ふんにょう》ならば糞と尿に切りほどかれ、もとの『無』に帰すがよい！」

笏から青い光線がほとばしったが、中尸と下尸は巧みにかわし、牙《きば》を剝《む》き、角を突き出してヒョウリに襲いかかった。ヒョウリはそれが精一杯だったらしく、二体の鬼の猛攻を避《よ》けきれず、地面に倒れた。中尸と下尸はヒョウリの喉に食いつこうとして大口を開けている。目に見えぬ牙の先端がヒョウリの皮膚に触れた。

「ヒョウリ……！」

鬼丸はそう叫んでヒョウリに向かって突進したが、それより早く、

「滅滅鬼！　滅滅鬼！　滅滅鬼！　あー、ひいや、滅滅鬼！」

周囲の空気が鳴動するような裂帛《れっぱく》の気合いとともに発せられた「呪」と同時に、中尸と下尸は悲鳴を上げて消滅した。

「室長……！」

鬼丸はベニーに駆け寄った。

「ご無事ですか！」

「ああ……なんだか……長い夢を見ていたようだ。だれかが私の口のなかに、真っ赤に焼けた太い鉄棒を突っ込んでいる夢だった……」

「…………」

「夢なのに……喉が焼けるように痛むね」

ベニーは咳《せ》き込んだが、その表情はいつものベニーだった。鬼丸はひそかに胸を撫《な》でおろした。そこへふらふらになったヒョウリが合流した。

「えーと……えーと、その……はじめまして。明智ヒョウリです」

「ベニー芳垣だ。——きみは陰陽師のようだな。それも、凄腕《すごうで》の」

「謙遜《けんそん》してる場合じゃないんではっきり言うと、なかなかの腕だと思ってます」

「それは心強い。よろしく頼む」

「ベニーさんもけっこういいセンスしてるとは思いますけど……アレに気が付かないようじゃちょっとね……」

「アレとはなんだ」

「それはまあ、あとでおいおい……。とにかく退魔封呪祭をしたいんだけど、あいつらが眠ってるときならともかく、目覚めちゃったんで、どう考えてもひとりじゃ無理なんです」

「私もひとりでは無理だが、ふたりならできるかもしれない。護摩壇《ごまだん》もなにもないが……とにかくやってみよう」

「はい」

ヒョウリは鬼丸に、

「この祭儀は、強力な農薬みたいに四方の鬼を皆殺しにしてしまう。鬼丸さんはここから出て、できるだけ遠くに逃げててね」

そう言うと、鬼丸に背を向け、ベニーの方に歩いていった。その後ろ姿は、血刀を担いで戦場へ赴く兵士のように見えた。

ふたりの陰陽師は家康の首のまえに立った。家康は高い位置からふたりをにらみつけている。ベニーは顔を右手で覆いながら、

「凄《すご》い邪気だな。顔が痛いよ」

ヒョウリも、

「シャワーみたいに降り注いでますね」

吸血鬼たちがふたりに近づいてくる。しかし、様子を見ているのか、手出しはしてこない。ふたりは豪胆にもその場に結跏趺坐《けっかふざ》して、目を閉じた。

「オン・ラ・ミシシキ・エンコウソワカ、オン・アンダリ・キマイラ・ユルウソワカ、オン・カシラギ・サカシラ・イジュグソワカ……神徳博士《しんとくはかせ》に物申す、神徳博士に物申す。

ああら……ああら聞き届けたまえんや、ああら聞き届けたまえんや！」

そのとき、家康の首がふわりと浮き上がり、凄《すさ》まじいスピードで滑空してふたりの陰陽師に向かっていった……そう見えたのだ。実際には、首を支える無数の触手が、一旦《いったん》首を上へと高く持ち上げたあと、前下方に向かって押し出すようにしたのである。それによって家康の顔は空を飛んだような状態になり、一秒後には陰陽師たちのすぐそばに来ていた。家康の顔はヒョウリに激突し、ヒョウリは木の葉のように吹っ飛んだ。続いて家康はベニーに襲い掛かった。大口を開け、サメのような歯を剥いてベニーを食いちぎろうとしている。ベニーも家康の息の風圧で仰向《あおむ》けに倒れた。ベニーのうえに吸血鬼たちがわらわらと群がった。ベニーの首に、作業服姿の男が牙を立てようとしているのが見えた。ベニーはぐったりしているように思えた。

「鬼」の力を発揮するべきか、鬼丸は一瞬考えた。人間の姿のまま助けることは不可能だ。正体を知られたら、この世界を去らねばならなくなる。しかし……見過ごすことはできない。

鬼丸は隠れていた場所から飛び出した。それは本能的な行動だった。鬼丸は、その男の襟髪を摑んで思い切り引っ張った。彼は自分で自分の力を制御できなくなっていた。両腕の筋肉がぶきぶきと盛り上がり、すべての腕の毛が釘《くぎ》のように太くなり、爪がナイフのように長く伸びていく。

「うごおおおっ！」

獣のように叫びながら鬼丸はその男をベニーから引き剝《は》がし、遠くに放り投げた。べつの吸血鬼が入れ替わりにベニーの喉に嚙《か》みつこうとし、同時にもうひとりが鬼丸に襲いかかってきた。鬼丸はひとりを右手で、もうひとりを左手で持ち上げると、地面に叩き付けた。いつのまにか鬼丸の額には角が生え、口には牙が生えていた。

鬼丸はその勢いのまま走り出すと、家康の首のまえに立ちはだかり、そこにあったコンクリートブロックを摑んで家康の上の前歯に叩きつけた。二度、三度ぶつけると、前歯が一本欠け落ちた。鬼丸はなおもブロックを歯に打ちつけまくり、家康が痛さに口を開いた瞬間を狙って、口腔《こうこう》に頭と両腕をねじこんだ。そこにあったのはどす黒い、巨大なナメクジのような物体だった。ところどころに血管が浮かんでおり、表面はヤスリのようにざらざらしていて、ぐねぐねと動いている。家康の「舌」だ。鬼丸はその舌を両手で摑み、家康は「ええっ、ぐえっ」と何度もえずいたが、鬼丸は家康に背を向け、抱えた舌を背負い投げのように手前に引いた。

「今だ。呪詛《じゅそ》の続きを……」

鬼丸は、ようやく立ち上がったヒョウリに向かってそう言った。ヒョウリはかぶりを振りながら鬼丸のそばまで来ると、

「鬼丸さん、早くここから出ていって！　でないと……でないと……」

「かまわないから……やれ。やるんだよ！」

「やれって言われてもやれないよ。邪魔だから出ていって！」

鬼丸は、独立した生物のように暴れる舌を必死で押さえつけ、

「うるさい。俺の言うことをきけ。俺は死んでもいいんだよ。こいつをこの場で潰《つぶ》せるなら……」

「あの陰陽師《おんみようじ》のために？」

鬼丸は一瞬考えたが、

「ちがう。俺のためにだ」

「わかった。——鬼丸さん」

「なんだ？」

「鬼丸さんってわかりやすいね」

ヒョウリはベニーのところに戻り、彼を助け起こした。ベニーはよろよろ起き直り、頭を左右に振った。ふたりは、ふたたび家康の首に向かって座り、笏を掲げた。

「神徳博士に物申す、神徳博士に物申す。ああら……ああら聞き届けたまえんや、ああら聞き届けたまえんや。四海のただなかに峨峨《がが》とそびえる泰山《たいざん》の頂きにましますありがたの猿神《さるがみ》にして、七十二般変化の術と乗雲の法を会得し、大小八十一難を凌《しの》いだる斉天大聖《せいてんたいせい》、庚申《こうしん》の三尸《さんし》の害からわれらを守り給う孫悟空《そんごくう》の神よ」

孫悟空……？　化けもののようにのたうつ舌を押さえ込みながら、鬼丸はその言葉を聞き咎《とが》めた。たしか中国の道教の神話に出てくる空を飛ぶ神猿だ。庚申の神や日吉神社の神、それに山王一実神道の神は猿だというが、それは孫悟空のことなのか……？

「今ここに凶神にわかに現れ、わが国土を蹂躙《じゅうりん》す。この大難を見ざる言わざる聞かざるの法をもって救いたまえ、守りたまえ、とかしこみかしこみ申す……」

オン・ブッシ・ブッタカ・イシュルワ・カゲラソワカ
オン・ギョイ・アグル・サグルサグ・ミノタケソワカ
オン・ドリミン・ソミン・イココ・アシバレチソワカ
オン・シュキシテン・ゲンダバヤ・ハラギノウソワカ
オン・ゼホウ・ライガネ・キチグリダブ・ソミソワカ
オン・クネミツ・リサンダブ・イセン・ヨヨラソワカ
オン・ヒネン・ルショバイタラ・ギンネ・ゲゾソワカ
オン・ヒエ・ヒヨシ・ララタマ・イミタマヒッソワカ……

ベニーとヒョウリの声が揃う。抑揚や声質、発音などがまったく同じで、まるで二本の蛇がからまって一匹に見えているような揃いかただ。
舌と戦う鬼丸の身体を何百何千という触手が鞭打《むちう》ち、締め付けている。吸血鬼たちも鬼丸にのしかかり、その両手両足を引っ張って、なんとか家康の舌から引き剝がそうとしている。ついに鬼丸は両手を放さざるをえなくなり、触手にからめ捕られて十メートルほど上空に持ち上げられたあと、地面に叩《たた》きつけられた。めきっ、という音が身体のあちこちから聞こえた。起き上がろうとしたが、全身に激痛が走って、立てなかった。骨が何本か折れたのかもしれない。

(あとはおまえら次第だ。頼むぜ……)

そう思った瞬間。

新宿御苑の地面全体が黒い鏡のように凹凸のない平面になった。まるで、黒いスケートリンクである。巨大ななにかがその平面に立っていた。それは、巨人のようにも神のようにも、怪物のように大きな猿のようにも、また、ただの入道雲のようにも見えた。

「徳川殿……それにおられたか、徳川殿……」

猿に似た顔のそのなにかは、家康の首に向かって呼びかけた。

「お見忘れか、わしじゃ、大明神《だいみょうじん》じゃ。いつまで娑婆《しゃば》にしがみついておられるのじゃ。我、貴殿を案内《あない》せん。疾《と》く冥土《めいど》に参られよ。あの世の国盗《くにと》りをともにいたそうではないか」

鬼丸は気づいた。

(豊国《とよくに》大明神……豊臣秀吉《とよとみひでよし》だ!)

かつて家康を家来としていた男、明智光秀を討った男、幼名を日吉丸《ひよしまる》といい、死後は豊国大明神として祀《まつ》られた男……。

(そうだ、日吉丸……日吉神社の神……家康は秀吉が死んだあと豊臣家を滅ぼして天下を奪ったんだ……)

秀吉は、巨体を折り曲げ、家康に顔を近づけて、ぐいとひとにらみした。

途端。

新宿御苑の底が抜けた。あらゆるものが落ちた。家康の首も、吸血鬼たちも、土砂も瓦礫《がれき》も工事用車両も重機もなにもかも……そして鬼丸も、錐揉《きりも》み状になって墜落していった。果てしない落下だった。

（ああああああああああ……！）

鬼丸は声にならない悲鳴を上げながら漆黒のなかをどこまでも落ちていく。あらゆる「鬼」や「魔」を退け、地下の根《ね》の国底《くに》の国に引きずり込み、封印する怖ろしい呪法である。鬼のひとりである鬼丸も、吸血鬼たちと同じくこの呪にからめとられてしまったのだ。こうなることはわかっていた。常世《とこよ》の国についたら、もう二度と娑婆へは戻れないのだ。

（いろいろやり残したこともあったような気がするが……しかたないか）

ベニーにもう一度会って、一言お別れを言いたかったが、そんな未練を言い出したらきりがない。鬼丸は目を閉じた。みんな……さよなら……。

そのとき、どこからか声がした……ような気がした。

「鬼丸さん……つかまって……」

目を開けると、なにかきらきら光る糸のようなものが見えた。鬼丸はほとんど無意識にその糸にしがみついていた。つぎの瞬間、落下が止まり、反動で鬼丸の身体は、びゅん、と上方へ跳ねあがっていた。

☆

新宿御苑の工事現場で火災があった。かなりの規模の大火事で、東京都消防庁の消防車のほとんどすべてが集結したが、工事用のダイナマイトなどに引火してそれらが大爆発し、危険なので消防隊員も近づけなかったため、被害が広がったらしい。ようよう鎮火したのは明け方だったが、

「火災現場の様子がおかしい」

という噂がSNSなどを通じてじわじわと都内に広がっていった。工事現場の視察に行った都知事が帰ってきていない、いや、都知事はもう帰っている、帰ってこないのは同行した警視総監と警官たちだ、火災のまえに土砂崩れがあったらしい、地面が割れてその割れ目に工事用車両や建築資材なんかが落ち込んでいる、地震か、いや地震計にそんな記録はない、作業員や工事関係者はどうなったんだ、わからない、土砂の下敷きになっているのか地下に埋まっているのか、そんなんじゃないらしい、一回新宿御苑の敷地を地下深くまで掘り返してなにもかもめちゃくちゃに混ぜたあとその場にぶちまけたみたいになってるそうだ、そんな馬鹿な、そこに火を点《つ》けたってことか、外国人のテロかも、ありえねー、万博に反対する反日組織の仕業じゃないかな、メイソンだってメイ

ソン……。

しかし、ほぼ同時刻に、静岡の久能山東照宮と栃木の日光東照宮が激しく鳴動し、門や鳥居、五重塔《ごじゅうのとう》、拝殿、神廟《しんびょう》の一部が崩壊したが、新宿の件との関連については一切報道されなかった。

☆

鬼丸は目を開けた。

（俺は……死んだのか？）

上半身を起こそうとすると、身体中に激痛が走った。

「ああ、ダメよ。しばらく寝てなさいって」

声がした方を見ると、スナック「女郎蜘蛛」のママだ。バーテンもいる。

「ここは……？」

「うちの店。ヒョウリちゃんから電話があって、新宿御苑にいるんだけど鬼丸さんが怪我してるから連れてかえってくれって……。草むらに倒れていたのを車に押し込んでさ……たいへんだったんだから」

「すまん……」

「そのあと急に火事になってね、新宿御苑は丸焼け。ぎりぎりのタイミングだったわ」

「えっ？」

客用のソファに寝かされていた鬼丸は痛みをこらえながら起き上がろうとした。

「痛ててて……」

「骨があちこち折れてるのよ。私たちは医者に行くわけにいかないから、しばらく辛抱して治すしかないわね」

「うちの室長はどうなったんだ？」

とりあえずそれが気がかりだった。

「入院してるそうよ」

「火災のせいで、か？」

「喉《のど》と食道と胃の炎症、それに栄養障害。でも、たいしたことないって」

「そ、そうか……。ならいいんだ」

今度は本当に入院したらしい。鬼丸は照れ隠しにバックバーから勝手にジンを取って、ラッパ飲みした。少しは痛みがまぎれるだろう。

「俺はどうなったんだ？」

「さあ……私はよく知らないけど、ヒョウリちゃんの話だと、徳川家康の首だかなんだかと戦ってぶっとばされて気を失って……そのままだったみたいよ」

「じゃあ……あれは夢だったのか……」

「なんのこと？」

「ヒョウリとあの陰陽師《おんみょうじ》が猿みたいな顔をした神を召喚して、家康を根の国底の国に連れていこうとしたんだ。俺も巻き込まれて……」

「ヒョウリちゃんは、祓《はら》いは成功したって言ってたわ。吸血鬼たちも消えたって」

「ヒョウリはどこだ」

「いなくなっちゃった」

「——え？」

鬼丸は思わずボトルをカウンターに置いた。

「電話が切れたあと、新宿御苑に行ったんだけどどこにもいなくて……。で、店のポストにこんなものが入ってたわ」

ママは一枚のメモを鬼丸に見せた。そこにはこう書かれていた。


鬼丸さん。

仕事が終わったので私は故郷に帰ります。

退魔封呪は私にもかなりダメージでした。

当分、家でゴロゴロして、身体を治します。

では、また、どこかでおめにかかりましょー。

明智ヒョウリ

追伸
言うべきことは言ったのですっきりしました。

鬼丸は何度もそのメモを読み返した。ママが、

「私宛《あて》のメモもあって、いろいろお世話になりました、身体が言うことをきかないのでバイトは辞めます、勝手言ってすいません、て書いてあったわ」

鬼丸はメモをポケットに押し込むと、

「もう行くよ。世話になった」

「大丈夫？　骨折れてるんだからね」

「わかってる。養生しながらぼちぼちやるよ。じゃあな」

鬼丸は店を出た。さすがにふらふらする。見栄《みえ》を張って酒なんか飲むんじゃなかった、と思ったがもう後の祭りだ。雑居ビルから道へ出ると、まだ外は暗かった。時計を見ると、午前三時だ。

（もしかしたら……）

と鬼丸は思った。新宿御苑でベニーを助けたとき、変身している様子を見られたかもしれない。そうだとしたら、

（俺は……刑事を辞めなければならない）

鬼だとわかったら、陰陽師の側にいることはできない。あたりまえだ。今までが異常だったのだ。

(人間の世界に長くいすぎたのかもな……)

空を見上げると、あれほど赤く輝いていた火星は雲に隠れたのかどこにも見当たらなかった。

(そういえば……)

と鬼丸は思った。奈落《ならく》へ落ちていく鬼丸の目のまえに垂れ下がった白いもの……あれは蜘蛛《くも》の糸だった。あのおかげで助かったのだが……。

(あれも夢だったのかな……)

鬼丸が振り向くと、スナック「女郎蜘蛛」の看板の明かりはすでに消えていた。スマホを見ると、小麦早希から数十回着信があった。鬼丸は苦笑いすると、とりあえずひと眠りするために寮に向かって歩き出した。

エピローグ

「鬼丸さん、遅いです！」

小麦早希の頭頂には目に見えない角があるように鬼丸には思えた。

「お酒臭い！　どこに行ってたんですか」

陰陽寮に出勤した鬼丸は頭を掻《か》き、

「どこって……飲み屋だよ」

「夜通し電話してたのに……！」

「すまんな。スマホを寮の部屋に置きっぱなしにしてあった。なにかあったのか」

「いろいろです。まず、新宿御苑に視察に行った諸見里総監と警官が行方不明です。その件で警視庁の警察官全員に緊急出動命令が下されました」

「知らなかったからしかたがない」

「あと、新宿御苑で大火事がありました。もう鎮火しましたが、丸焼けだそうです」

「ありゃまあ。じゃあ、家康も焼けちまったかな」

「かもしれません。それから……室長が入院しちゃいました。たぶん検査で悪いところが見つかったんだと思います。体調不良とかおっしゃってました」

「どうせたいしたことないんだろ」

鬼丸は自分の椅子にそろそろと腰を下ろした。

「どうしたんです？　腰が痛いんですか？」

目ざとく見つけた小麦早希に、

（全身、どこもかしこも痛いんだよ！）

と鬼丸は言いたかったが、

「いや……ちょっと酔っ払って階段から落ちてね……」

「気を付けてください。室長がいないあいだ、私と鬼丸さんだけでがんばらないといけないんです」

「室長、いつ退院なんだ」

「三、四日かかるそうです。お見舞いに行きましょうか」

「行かないよ。行きたかったらひとりで行ってくれ」

「冷たいですね」

小麦早希は分厚い報告書の束を鬼丸に突きつけて、

「新宿御苑の火事の関係資料です」

「へえー、火事《ひとごと》ねえ」

「もう……他人事みたいに……」

鬼丸はそれをぺらぺらとめくり、

「家康の首のことも吸血鬼たちのこともなにも書いてないな」

「まだ現場検証の途中らしいんですが、そういうものはなにも見つかってないみたいです。高熱で原形が残らないほど燃えてしまったんでしょうか」

「警視総監一行のことも記載はないな」

「所持品なんかは見つかってるみたいですが、消防庁の非公式見解では、火災に巻き込まれて死亡したのでは、とのことです。都知事の記者会見が午前中にあったんですが、新宿御苑を東京万博の第一会場として使用するのは断念する、とのことでした。自分も、危険を感じて視察を途中で中止したので助かったが、あのとき判断を誤っていたら火災に巻き込まれたかもしれない、行方不明の警察関係者が早く見つかってほしい……とかも言ってました」

「万博はどうなるんだ」

小麦早希はかぶりを振り、

「わかりません。——でも……」

「でも？」

「一度やると言ったんだから、なにがなんでもやるでしょうね。東京の……日本の威信をかけて」

「だろうな。警視総監や都知事の代わりなんかいくらでもいる。——くだらない話だ」

ふたりはしばらく無言で仕事をした。しばらくすると小麦早希がコーヒーを淹《い》れはじめた。香ばしい匂いが漂う。

「鬼丸さん……」

「なんだ？」

「吸血事件の真相ってなんだったんでしょうか」

「さあね」

「もしかしたら……火星からきた宇宙人だったのかも」

鬼丸は驚いた。こいつは、「肉人」の話を知っているのか……？

「どうしてそう思ったんだ」

「たまたまこの本を読んでいたんです」

そう言って小麦早希が差し出したのは、H・G・ウェルズ著の『宇宙戦争』という文庫だった。

「古いイギリスのSFなんですけど、火星からタコみたいな恰好《かっこう》をした宇宙人が侵略に来るんです。大きな頭部の下にたくさんの触手があって……」

鬼丸は、家康の首とそれを持ち上げていた触手を思い出した。

「火星人たちの目的は、人間を捕まえて、その血を吸うことです。彼らは動物の生き血を自分の血管に直接注入することで生きているんです」

「……………」

「火星に知的生命が棲《す》んでいて、それが吸血のために地球に来る、なんて……ＳＦとしても荒唐無稽《こうとうむけい》すぎますよね」

鬼丸は笑わなかった。窓から空を見る。どんよりと曇った東京の空だ。空のはるかうえにある赤い星に天帝たちが棲んでいて、地球からの報《しら》せを待っているのだ、と思うと良い気持ちではなかったが、

「もう忘れろ。そんなことを心配していてもしようがないさ。なにしろ、なにもかも燃えちまったんだからな」

鬼丸はそう言うと、小麦早希の淹れたコーヒーをひと口飲み、

（もう、この部屋に戻ることはないかもしれない……）

そんなことを思った。

☆

病室のドアについたインターホンを鳴らすと、ベニーの声で、

「はい」

「ええと……鬼丸です。どんな風かと思いまして……」

「ひとりか」

「は、はい」

小麦早希には内緒で来たのだ。鬼丸には、ひとりで確かめなければならないことがあるのだ。

「入れ」

おずおずと鬼丸は部屋に入った。狭いが個室が取れたらしい。ベッドに横になったベニーの身体には、何本もの透明なチューブやコードがつけられていた。

「今回はご苦労だったな。よくやった」

うえから目線かよ、と思ったが、なぜかうれしかった。鬼丸は、事件の顚末《てんまつ》を知っているかぎり報告した。ベニーは黙って、何度もうなずきながら聞いていた。鬼丸はちらちらとベニーの顔つきを盗み見したが、その表情は以前と変わらなかった。

（よかった……どうやら気づいてないみたいだ……）

安堵《あんど》の息をひそかに漏らしながら鬼丸は言った。

「陰陽寮はどうなるんでしょうね」

「わからんが、総監が変われば警視庁の方針も変わるだろう。少なくともしばらくは大丈夫だと思う。存続できるように働きかけていくつもりだ」

「それはよかったっす」

「だから……今後ともよろしく頼むよ、鬼刑事さん。――いや、鬼の刑事さん」

「――え？」

鬼丸は全身の血が下がっていくような感覚を覚えた。

「私もうかつだったよ。こんな身近に鬼がいたとはね。陰陽師《おんみょうじ》失格もいいところだ」

「…………」

鬼丸の視界が一瞬で黄色く染まった。

「たしかに、これまでのいろいろな出来事も、きみが鬼だと考えればすべて説明がつく。なにか不思議な……人間ばなれした能力があるようだ、とは思っていたが、人間ではないのだから当然だ」

口のなかで血の味がした。歯を嚙《か》み締めすぎたらしい。

(やっぱり気づいていたのか……)

鬼丸はそう思った。

(考えてみたら当然だよな。あれだけいろいろやらかしたんだから、気づかないほうが馬鹿だ……)

鬼丸は、ベニーとの蜜月《みつげつ》が終わったことをはっきり認識した。鬼と陰陽師……そんなコンビが長続きするはずがない。本来仇敵《きゅうてき》なのだ。こんなことになるなら、コンビなんか組まずにおとなしく、息を殺して、遠くから見ていればよかったのだ……。

「いつから気づいていたんです」

「もしかしたら、と思ったのは、外法谷から帰ってきたころだ。鬼が近くにいる、という卦《け》は出ているんだが、まさか自分のなかに三戸がいるとは思わないから、可能性としてまずはきみを疑った。結局は、警視総監ではないか、という説に傾くんだがね」

ベニーは苦笑した。まるで世間話でもしているかのような気軽な口調だ。

「俺が鬼かもしれない、と思ったのに、どうして一緒に捜査を続けていたんです」

「それはね……」

ベニーは言葉を切り、大きく息を吸ったあと、

「忌戸部署ではじめて会ったときから、きみのことを信頼していたからだ。鬼だろうと人間だろうと関係ない。側にいてもらいたい……そう思っていたからだ」

「………」

「でも、本当に確信したのは、つい昨日、新宿御苑でのことだ」

「見られてましたか」

「ああ。でも、状況が状況だから、幻覚かもしれない、とも思っていた。ところが……彼女が教えてくれたんだ」

「彼女？」

「ヒョウリさ。あの子が別れ際に私に言った。鬼丸さんは『鬼』ですよ、とね。ベニーさんは、こんなことを言っても鬼丸さんへの接し方が変わるひとじゃないと思うから、とも言っていた。それを聞いて、ようやく推測が確信になったのさ」

「あいつ……」

鬼丸は舌打ちをした。自由すぎるだろ。

「わかりました……」

鬼丸はベッドのベニーに向かって頭を下げた。

「長いあいだお世話になりました。もうお会いすることはないでしょう」

ベニーは驚いたような顔をしてベッドから半身を起こした。

「お、おい、なにを言ってるんだ。まるで警察を辞めるような言い方じゃないか」

「そうするしかありません。警察だけじゃなくて、人間の世界から去るつもりです」

「それは困る……とても困るんだ」

「そう言われても……俺は鬼ですから」

「きみが鬼だろうと、いや、ほかのなにであろうと、私のパートナーはきみひとりだ、と心に決めている。勝手に辞められては困るんだよ」

「え？　じゃあ……」

ベニーは手を伸ばして鬼丸の手を摑《つか》んだ。

「さっき言っただろう？　今後ともよろしく頼むよ、鬼くん」

鬼丸はその手を強く握り返した。ふたりのあいだでなにかが変わった日だった。

了

本作はフィクションであり、実在の人物、団体等とは一切関係ありません。

本作は書き下ろしです。

警《けい》視《し》庁《ちよう》陰陽《おんみよう》寮《りよう》オニマル　鬼刑事《おにけいじ》VS吸血鬼《きゆうけつき》
田中啓文《たなかひろふみ》

角川ホラー文庫　21370

平成30年12月25日　初版発行
令和6年6月15日　再版発行

発行者―――山下直久
発　行―――株式会社KADOKAWA
〒102-8177　東京都千代田区富士見2-13-3
電話 0570-002-301（ナビダイヤル）
印刷所―――株式会社KADOKAWA
製本所―――株式会社KADOKAWA
装幀者―――田島照久

●お問い合わせ
https://www.kadokawa.co.jp/（「お問い合わせ」へお進みください）
※内容によっては、お答えできない場合があります。
※サポートは日本国内のみとさせていただきます。
※Japanese text only

ISBN978-4-04-104906-8　C0193

角川文庫発刊に際して

角川源義

第二次世界大戦の敗北は、軍事力の敗北であった以上に、私たちの若い文化力の敗退であった。私たちの文化が戦争に対して如何に無力であり、単なるあだ花に過ぎなかったかを、私たちは身を以て体験し痛感した。西洋近代文化の摂取にとって、明治以後八十年の歳月は決して短かすぎたとは言えない。にもかかわらず、近代文化の伝統を確立し、自由な批判と柔軟な良識に富む文化層として自らを形成することに私たちは失敗して来た。そしてこれは、各層への文化の普及滲透を任務とする出版人の責任でもあった。

一九四五年以来、私たちは再び振出しに戻り、第一歩から踏み出すことを余儀なくされた。これは大きな不幸ではあるが、反面、これまでの混沌・未熟・歪曲の中にあった我が国の文化に秩序と確たる基礎を齎らすためには絶好の機会でもある。角川書店は、このような祖国の文化的危機にあたり、微力をも顧みず再建の礎石たるべき抱負と決意とをもって出発したが、ここに創立以来の念願を果すべく角川文庫を発刊する。これまで刊行されたあらゆる全集叢書文庫類の長所と短所とを検討し、古今東西の不朽の典籍を、良心的編集のもとに、廉価に、そして書架にふさわしい美本として、多くのひとびとに提供しようとする。しかし私たちは徒らに百科全書的な知識のジレッタントを作ることを目的とせず、あくまで祖国の文化に秩序と再建への道を示し、この文庫を角川書店の栄ある事業として、今後永久に継続発展せしめ、学芸と教養との殿堂として大成せんことを期したい。多くの読書子の愛情ある忠言と支持とによって、この希望と抱負とを完遂せしめられんことを願う。

一九四九年五月三日

オニマル

異界犯罪捜査班　結界の密室

田中啓文

異形刑事コンビに芽生える絆

美貌の警部にして、陰陽師のベニー芳垣は、占筮《せんぜい》の最中、伊原塚《いはらづか》という男に、怨霊による殺害の危機が迫っていることを知る。陰陽の力で男を護ることを命じられたベニーは、伊原塚の部屋の周囲に“最高の結界”を張り、万全の態勢で怨霊を待ち受けるが、はたして伊原塚は無惨に殺されてしまうのだった。邪鬼の侵入を完璧に防ぐはずだった結界はなぜ破られたのか⁉ 前代未聞“異界の密室殺人事件”発生！　陰陽師&鬼コンビ、再び。

角川ホラー文庫

ISBN 978-4-04-101236-9

ISBN 978-4-04-101356-4